I0634886

PUBLICATIONS

DE

L'ÉCOLE DES LANGUES ORIENTALES VIVANTES

—————— — ——————

VIII

BAG O BAHAR

LE JARDIN ET LE PRINTEMPS

PARIS. — TYPOGRAPHIE A. HENNUYER, RUE D'ARCET, 7.

BAG O BAHAR.

LE JARDIN ET LE PRINTEMPS

POËME HINDOUSTANI

TRADUIT EN FRANÇAIS

PAR GARCIN DE TASSY

MEMBRE DE L'INSTITUT
PROFESSEUR A L'ÉCOLE DES LANGUES ORIENTALES VIVANTES
PRÉSIDENT DE LA SOCIÉTÉ ASIATIQUE. ETC.

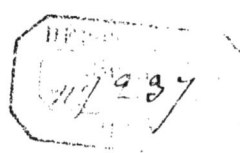

PARIS

ERNEST LEROUX, ÉDITEUR

LIBRAIRE DE LA SOCIÉTÉ ASIATIQUE DE PARIS,
DE L'ÉCOLE DES LANGUES ORIENTALES VIVANTES, ETC.

28, RUE BONAPARTE, 28

1878

PRÉFACE DU TRADUCTEUR

Les *Aventures des quatre derviches et du roi Azâd-bakht,* dont je donne ici une rédaction en vers hindoustanis, accompagnée de la traduction, sont en grande vogue en Perse et dans l'Inde. Il y en a plusieurs rédactions, et j'ai eu l'occasion d'en mentionner quelques-unes, toutes en prose, dans mon *Histoire de la littérature hindoue et hindoustani.* Celle-ci est seule en vers, et c'est ce qui m'a engagé à la publier accompagnée de la traduction. Elle a été, il est vrai, lithographiée à Lakhnau; mais aucun exemplaire, je crois, si ce n'est le mien, n'est parvenu en Europe, et ainsi c'est comme si je donnais une édition d'après un manuscrit unique; car le texte représente en effet le manuscrit de l'auteur, et les fautes qui s'y sont glissées n'ont pas été corrigées comme elles l'auraient été si l'ouvrage eût été imprimé. J'ai rétabli de mon mieux, en plusieurs endroits du texte, des mots manquants ou reproduits inexactement par la lithographie, en scandant avec soin chaque vers et faisant attention aux rimes. Les vers sont du mètre *mutacârib,* composé du pied *fâūlūn,* trois fois répété, et du pied *fâāl,* aux deux hémistiches. La réunion de ces vers forme ce qu'on nomme un *masnawî,* poëme sur lequel on trouve des renseignements dans ma *Rhétorique et Prosodie des langues de l'Orient musulman.*

Je regrette de n'avoir rien à dire sur l'auteur de cette rédaction; car il serait curieux de savoir qui il est et si on lui doit d'autres ouvrages. Quoi qu'il en soit, il doit être ajouté à la liste des principaux écrivains hindoustanis; car cet ouvrage est certainement digne de figurer à côté des écrits les plus populaires.

BAG O BAHAR

LE JARDIN ET LE PRINTEMPS

<hr />

INVOCATION

Je commence tout d'abord à écrire la louange de celui qui traça sur la tablette de l'éternité le mot *kun* (sois), par lequel il produisit l'univers. Le monde existe par lui et l'éternité est son partage. Il est en tout et hors de tout; il est manifesté et caché comme l'odeur dans la rose. Tout œil ne peut apprécier sa beauté, et l'esprit de tous ne peut la concevoir. Il n'est pas donné accès à tout le monde auprès de cet être excellent; il n'est pas donné à tout le monde d'être son ami. Il est seul le maître de la terre et de la mer; il réunit les qualités les plus pures. Appelez-le *Allah* (Dieu), c'est le seul nom qui lui convienne. D'un grain il produit mille grains; la rose et le bouton; le rameau, la feuille et le fruit. Comment expliquer sa puissance ? La perle est manifeste par sa belle eau et l'eau par la perle. Personne n'est privé de ses bienfaits : les anges et les hommes, les jinns et les péris; l'un a eu le cœur enflammé d'amour, et l'autre a mani-

1

festé l'inquiétude qu'il éprouve par la couleur jaune de son visage, pareille à celle du miroir (d'acier rouillé).

L'un possède la fortune et une position élevée ; l'autre est dans la détresse. Celui-ci pleure sans cesse ; celui-là est toujours en mouvement et en agitation. L'un serre sa poitrine à cause d'une blessure qu'il a reçue et l'autre l'entoure d'une étoffe précieuse. Ici la rouge tulipe et le jasmin, là le tamarin et l'acacia. Ici la droiture, là l'artifice ; ici le lierre tortueux, là le droit cyprès. Ici la blancheur, là la noirceur ; ici la mendicité, là la royauté. Ici le *jîm* de la beauté (*jamâl*), qui est aussi le *jîm* de l'âme (*jân*) ; là, tout près de l'*alif* (d'*Allah*), se trouvent l'*alif, lâm* et *mîm* de la douleur (*alam*). Dieu a donné à quelques-uns la lumière des yeux, afin qu'ils voient les manifestations divines. Lui, dont la splendeur se reflète dans le *Kauçar*[1], s'est manifesté par la flamme à Sinaï. Il opère partout d'une nouvelle manière, mais il y a un nouveau mode et un nouveau jeu. Partout est éclatante la même lumière : la terre et le ciel ; le soleil, la lune et Sinaï. Ce qui n'existe pas, n'existe pas ; et l'existence ne manque pas à ce qui existe. Dieu est le commencement et la fin. Il est demeuré et il restera. Sa puissance est merveilleuse. Ses voies sont étonnantes. Il a fait tout ce qu'il a voulu, et il fera tout ce qu'il voudra. Il ne saurait être en faute, là même où des centaines d'hommes zélés seraient impuissants. La pensée ne peut parvenir jusqu'à lui ni pénétrer le secret divin. Le Seigneur, miséricordieux et indulgent, ignore nos fautes, il nous

1. Fleuve du paradis.

donne du pain et pourvoit à nos besoins. Comment un être quelconque pourrait-il percevoir cette puissance ; comment un fil de fer (chaud) pourrait-il se comparer au feu ? Si de chaque poil du corps il se formait cent langues, elles ne pourraient exprimer convenablement la puissance de Dieu. Quant à toi, Schamla, pourrais-tu en dire quelque chose ? Borne-toi au respect, car c'est bien ici le cas. Comment ta pensée impuissante pourrait-elle atteindre à cette hauteur, en sorte qu'on pût connaître Dieu par ces pages ? Comprends cette histoire qui est très-longue, adresse à Dieu tes prières : le moment est favorable.

Prières et supplications au Créateur.

O échanson des deux mondes, verse-moi à boire tout de suite avec ta bienveillance ordinaire. Je voudrais du vin qui eût quelque ressemblance avec l'eau du Kauçar, afin qu'il fût pour moi un remède contre la fièvre qui me consume. Ce vin que tu me donnes dans une coupe brillante me fera trouver les idées profondes que je cherche. Je rappellerai à mon souvenir les accents du désir de mon cœur ; je transcrirai des prières de la manière la plus expressive.

« O mon créateur, dirai-je, toi qui du faîte de l'élévation que tu habites fais parvenir la nourriture quotidienne aux grands et aux petits, je te reconnais pour l'auteur de toutes choses, je vois que tu aimes à pardonner, que tu es la miséricorde même, et que tu couvres nos fautes, toi qui maintiens le monde depuis son

commencement! Toi seul peux calmer les troubles du
pécheur en agréant ses excuses et en lui pardonnant. Tu
es l'asile de tous les cœurs blessés, le refuge des esprits
désolés. O mon Dieu, je suis malheureux par l'effet des
circonstances. Je suis piqué par l'aiguillon du scorpion
du temps. J'ai éprouvé l'injustice et le malheur, j'ai
supporté des injures et des peines. Le ciel a été défavo-
rable au jeu de *nard* [1] de mon cœur, il a dérangé tous
mes plans. Je suis désolé, égaré, blessé, misérable; le
lien qui m'attache à celle que j'aime est pour moi un
sujet d'angoisse. L'état fâcheux où je suis est gros de
malheurs. Je suis dans l'agitation de la tête aux pieds
et on dirait que chacun de mes cheveux se ressent
de ma position pénible. Brisé quant à mon espoir, je suis
désespéré; le jour et la nuit sont pareillement noirs pour
moi. Ma fortune est renversée; mon horoscope est sens
dessus dessous, mais le bon augure de l'espérance
semble apparaître du milieu de la nuit [2]. »

Explication sur l'état de trouble de l'auteur au sujet de la rédaction de cette histoire.

Echanson, donne-moi promptement à boire une coupe
de vin, car le trouble où je suis rend mon cœur pareil à
du *kabáb* [3]. Il me faut dire l'objet de mon désir, c'est à
savoir la cause de la rédaction de ce livre.

1. Sorte de jeu de dames.
2. Je supprime ici, comme dans le texte, une tirade astrologique.
3. On nomme ainsi en arabe les morceaux de viande grillée.

La ville où je suis né est auprès de la rivière de *Mátá*, séjour de la gaieté, au soleil et à l'ombre. Son nom est l'anagramme du mot *anûp* [1]. Par la réputation de science et d'éloquence qu'elle a acquise, cette ville a été célèbre comme un petit Bénarès. Personne n'oubliera son aspect gracieux. La fleur du chambéli n'est-elle pas la poussière du soleil? Qu'on ne soit pas étonné que ce lieu d'un si grand pèlerinage soit dans un état florissant. Celui qui la contemplera d'un œil recueilli n'éprouvera pas de crainte au jour de la résurrection. Il sera content, délivré du chagrin du siècle et du souci des deux mondes. Il n'éprouvera jamais les malheurs du temps; et le filet du destin ne parviendra pas jusqu'à lui. Mais quant à moi, ma mauvaise fortune m'a rendu tellement malheureux, que j'ai été obligé de quitter ma ville natale; il a fallu en sortir, et le sort m'en a conduit bien loin. Il m'a mené dans le zila de Chandéra et m'y a montré le monde du changement. C'était un pays ravissant et un sol admirable, mais la difficulté que j'y trouvais pour vivre me remplit de tristesse. Ce fut ainsi pour moi un véritable enfer, j'y trouvai la misère, et ma situation fut désastreuse. Là, le plus petit espace de terrain offre des montagnes et des villes, des jardins et des déserts. Le huma n'est-il pas le *carcarâ* [2] de ce pays, et l'épine n'y égale-t-elle pas la rose? Admettre de la grossièreté, c'est ouvrir la porte au cynisme; le magasin de la misère est la maison de la défaillance. La marque de la prospérité des

1. En retournant ce mot, qui signifie «incomparable», on a *Pûna*, patrie de l'auteur.

2. L'oiseau nommé *ardea virgo*.

habitations, c'est lorsqu'on appelle l'automne un zéphyr matinal. Ce qui est bon peut avoir une enveloppe malpropre, l'homme honnête peut-être sale et négligé ; mais tout homme qui a la foi doit résister à la tromperie, à l'astuce et à la calomnie ; celui dont la langue est silencieuse à l'égard de Dieu n'éprouve pas, quand il mange ou quand il boit, la satisfaction de celui qui remplit ce devoir.

Pour revenir à ce zila, je le considère comme une division de l'enfer ; on n'a jamais vu ni entendu parler d'un tel district. Quelqu'un qui le traverse peut-il y demeurer? Dans ce cas il y éprouverait mille tourments comme en enfer. Je demeurai néanmoins une année entière attaché au tribunal, où j'étais constamment occupé ; mais j'y restai comme un oiseau dans sa cage ; sans moyens suffisants d'existence ; le cœur impatient, malade d'esprit, plongé dans l'océan de la crainte et de l'espérance. Comment décrire un tel état d'affliction? car un moment était pour moi comme mille ans. Toutefois l'ombre du bonheur s'étendit sur ma fortune, Dieu eut pitié de mon état, en sorte que le chef du cadastre de ce zila fut nommé ailleurs. Son successeur, étoile lumineuse de bonheur, était brave et généreux, savant, sans pareil, sage et tout à fait digne de ce poste. Ses pieds auraient embelli le trône royal [1].

---

1. Ici se trouve, sur le personnage dont il s'agit, une longue tirade que je supprime.

Commencement de l'histoire. Explication sur le roi de Grèce.

Echanson, verse-moi du vin de ta coupe transparente, en sorte que tout à coup la joie parvienne à mon cœur. Excite en moi une pensée qui m'enflamme et qui rende ma langue aussi pénétrante que le feu. Par ton moyen, je n'aurai ni peine, ni fatigue, et une ancienne verve animera mon jeune corps. Fortifié par elle, ce récit merveilleux couvrira de honte la tour de Babel.

Nous apprenons par une ancienne légende qu'il y avait un roi des rois de Grèce, qui appartenait à une noble race et était l'asile du monde. Ce grand potentat possédait d'immenses trésors. Il avait une grande armée; il était gai, jeune et brave; il était, plus que tout autre, comme un vrai lion pour la bravoure. Il était généreux comme Hatim; il avait la grandeur en partage, et pour la bravoure il l'emportait cent fois sur le célèbre Rustam. Ce prince jeune, heureux et fortuné se nommait Azâd-bakht (Fortune libre). Ce monarque privilégié avait la puissance de Salomon, la montagne était au-dessous de lui quant à la hauteur de ses vues. De sa bouche, lorsqu'elle s'ouvrait, sortait l'éclat du commandement, et de ses yeux se manifestait la splendeur royale. Le monde était florissant dans son siècle; le chagrin et la tristesse y étaient inconnus. Dans son temps, personne n'était pauvre, car il s'efforçait de travailler au bien-être de tous. Les voleurs n'avaient pas besoin de voler; car la munificence du roi atteignait tout le monde. Personne ne songeait à ce qui pouvait se passer; nul n'éprouvait d'inquiétude au sujet de la fortune. Personne n'avait souci de sa nourriture, ni n'enviait autrui. Les villes étaient nombreuses dans son royaume; à chaque instant des réjouissances avaient lieu partout. La justice régnait dans toute la monarchie; l'injustice s'en était enfuie. La coupe du désir était pleine de joie, le jardin des souhaits avait toujours de la fraîcheur. Jour et nuit les cyprès agités par le zéphyr étaient verdoyants; ils n'éprouvaient pas le vent d'automne ni la vexation à cause des pierres qu'on pouvait leur jeter. Les branches étaient couvertes de roses, et des centaines de rossignols s'empressaient auprès de toutes ces roses. Les fleurs s'épanouissaient et elles faisaient l'admiration du jardin, ici la chambéli, là la rose blanche. Il y avait jardin sur jardin; on y voyait la tulipe qui semblait abreuvée de vin; on apercevait quelque part le buis se mouvant comme un homme ivre avec un bouquet sur le dos. Les colombes faisaient perdre l'esprit par leurs gémissements, leur collier était comme l'anneau à l'oreille des esclaves. Bref, on jouissait d'un printemps perpétuel et dans les allées des jardins il n'était pas question d'épines. Azâd-bakht était un océan de générosité, un lion de bravoure, jeune, heureux et plein de courage. La moindre chose qu'il faisait en fait de justice, c'était de rendre les méchants lions obéissants aux chèvres. Ses soldats étaient vaillants, son armée innombrable, car les étoiles étaient son armée et il était le roi du monde. S'il désirait avoir une troupe de soldats, le double de ce qu'il voulait s'offrait à lui. Il chassait sans cesse aux lions, et il n'y avait jamais le moindre arrêt dans sa chasse. Il percevait

l'impôt des sept climats et on le nommait « le Roi des
rois ».

Ce potentat au sourcil élevé et aux lèvres duquel le
souffle du Messie obéissait, ce possesseur du monde, ce
Darius de l'empire de l'univers dont je décris les belles
qualités, et qui était tel que si chaque cheveu du poëte
était un calam, il ne pourrait en tracer la dignité ; ce
potentat, dis-je, dont le cœur était content de toute
façon, avait seulement le regret de n'avoir pas d'enfants.
A chaque instant il se plaignait de son sort, car il n'avait
pas d'héritier de son trône. Dieu ne lui avait donné aucun
fils, en sorte que sa chambre à coucher, d'obscure
qu'elle était, devînt lumineuse. Ceci était un chagrin
pour son esprit et un désir pour son cœur, mais il espérait toujours en Dieu dans cette attente. Ce prince
ambitieux avait donc le cœur serré, et il se décida sage-
ment d'aller chaque nuit aux tombeaux des saints personnages se recommander à leurs prières. Le fou ne sait
quel est son but ; mais la nuit est merveilleuse si le ciel
est propice. Il prit l'habitude de fréquenter les derviches,
et dans l'espoir de la lampe de la maison [1] il donna
tout. Il sortit une nuit étant très-affligé, tandis que la
lampe du firmament était affaiblie. Il jeta les regards au
loin dans cette nuit sans lune, pour voir s'il n'y avait pas
quelque flamme brillante. Il aperçut une lampe allumée
exposée à l'air dans un jardin florissant, mais elle
disparut bientôt. Il dit en lui-même : « Est-ce un jeu des
jinns, ou un miracle des saints ? » Etonné de ce spectacle,

1. C'est-à-dire d'un fils.

dans son état d'affliction, il alla avec crainte et espoir vers l'endroit où se trouvait cette lampe. Lorsqu'il fut tout près, il vit qu'en effet c'était une lampe allumée et posée sur une pierre. Il comprit, dans son étonnement, que cette lampe n'était pas allumée pour rien, et qu'il y avait en cela quelque secret. Comme il regarda de plus près, il vit qu'il y avait là réunis auprès d'elle quatre derviches. Il fut content, et avec cent prières il remercia Dieu, et dit : « O Gouverneur de l'univers ! O Créateur des hommes, le discours de *Mîr Hâçan* a été juste pour moi. *Le moment de la grâce n'est pas venu pour toi; mais aie confiance et ne te livre pas au désespoir* [1]. Je remplirai donc la coupe de l'espérance du vin de la gaieté, car la lampe de mon désir est brillante. Ces gens de Dieu, qui augmentent l'éclat moral, réaliseront la cure entière de ma maladie. Mon bonheur, digne d'Alexandre, est véritable pour moi, car Khizr a produit les ténèbres où je suis [2]. Ne désespère pas de la faveur de Dieu, ainsi va baiser les pieds de ces derviches. Quoique mon instinct naturel m'eût donné ce conseil, toutefois mon esprit ne me permit pas de le suivre en disant : Toi qui es agité, ne te livre pas à la précipitation, il peut se faire qu'il soit nuisible de se hâter. Comme un lion méchant qui peut être pris dans le filet, ne mets pas trop de promptitude dans ton affaire. Il ne faut pas aller tout de suite dans une société étrangère sans la connaître en rien. Sache du moins ce que peuvent être ces gens-là et flaire la senteur de la

1. Ceci est une citation du célèbre poëte hindoustani Mir Haçan, l'auteur du *Sihr ul Bayân*.

2. Allusion à une légende musulmane.

poche de leur musc ; tu sauras alors si ce sont des hommes
ou des démons, si ce sont des dives ou des ogres du désert. Sans te cacher de leurs yeux, reste assis dans un
coin en secret, afin que la chose te soit connue et que
leur nature te soit manifestée par leurs discours. »

Alors, ayant écouté la voix de la raison et réfléchi dans
son esprit sur le message de l'intelligence, le roi alla
dans un angle et y resta assis en silence. Il s'assit ; mais
sa fortune, qui était endormie, se réveilla, et alors il entendit tout simplement de ses oreilles qu'un de ces derviches se mit tout à coup à répandre les perles de l'éloquence et à dire : « O roi des rois (spirituels) ! nous
sommes de vrais amis, des compagnons de douleur, nous
sommes assis ensemble dans la même réunion intime, en
sorte que nous quatre, pleins de chagrin et de tristesse,
nous sommes joints ensemble par l'effet de la bonté de Dieu,
et notre esprit ne se met jamais en peine des révolutions
qui ont lieu le jour et la nuit. Dieu seul sait ce qui doit arriver ; par exemple, si nous, derviches, nous serons longtemps réunis. Ainsi, maintenant, sans souci et en priant,
nous devons désirer que cet état se prolonge. Il n'est pas
bon de dormir dès à présent, car le derviche revêtu de son
froc doit veiller la nuit. Mais que sans tromperie et sans
erreur chacun de nous raconte ses aventures. Tous de-
vront dire ce qui a pu leur arriver, afin que cette nuit se
passe en nous tenant éveillés. » Les derviches s'accordèrent alors là-dessus et dirent à celui d'entre eux qui leur
avait adressé la parole : « O roi, libre des soucis du
monde, élevé en dignité, il est bien loin de nous de ne
pas vouloir obtempérer à vos désirs avec la tête et les

yeux. Racontez d'abord vos aventures, puis nous expose-
rons les nôtres. »

Aventures du premier derviche.

Echanson, apporte-moi tout de suite un peu de vin de
Portugal et abreuve-m'en, en sorte qu'il montre à mes
yeux la lumière et qu'il éloigne le voile du secret. Je vais
donc raconter les premières aventures, je vais montrer à
tous les premières occurrences.

Alors le derviche, ayant agréé la demande qui lui était
faite, raconta ses aventures dès le commencement avec
un esprit triste. « Ce qui s'est passé avec peine et chagrin,
a eu lieu, dit-il, à l'égard du fils d'un riche marchand.
Celui qui est actuellement sur la terre dans cet état de
supplication a été bien élevé dès le berceau et tendrement
choyé. Mon père était un grand marchand sans pareil et
son commerce était ancien. Exposerai-je le tableau de ses
richesses et de sa position? La plume ne saurait le faire
pas plus que la parole. Dieu avait donné une lumière à
ses deux yeux, car il avait une fille et un fils. Il maria
celle-ci de son vivant et lui donna un grand douaire.
Mais voyez mon mauvais sort et comment il m'a noyé
dans le sang. En peu de temps, mes parents (père et mère),
qui me comblaient de caresses, de bonheur et de repos,
se mirent en marche pour le royaume de l'éternité et
ainsi je fus affligé par la tristesse et par le chagrin. Je fus
en proie à la douleur, aux soupirs et aux gémissements
et en butte à la violence et à la rigueur du temps. J'allai la
tête nue, le collet déchiré, et la poussière de l'orphelinat

vola sur ma tête. Expliquer cette douleur passée serait
renouveler mon chagrin, mes plaintes et mes soupirs.
Bref, lorsque cet événement arriva, les marchands d'orge
et de blé se réunirent et recherchèrent mon amitié; et
aussi les libertins, les aigrefins et les escrocs. Ces gens se
familiarisèrent avec moi au point que leur plus petite absence me semblait un malheur. Je ne comprenais pas ce
qu'on me disait, mais on me soufflait sans cesse aux
oreilles : O toi qui as le sentiment des choses ! voilà le
temps de la jeunesse, n'éloigne pas de toi sa faveur.
Quand cette saison est passée, elle ne revient plus, et elle ne
vous touche qu'un jour. Prends maintenant la saveur de la
jeunesse, savoure le goût de ce monde périssable avec du
vin de Kétaki dans ta coupe ; rends comme de la viande
grillée le cœur des envieux. Prépare un lieu secret, fais-y
venir une belle et prenez du plaisir dans votre société
mutuelle. Il faut lui faire boire une coupe pleine, puis la
serrer voluptueusement dans tes bras. Que la faveur de la
nuit qu'éclaire la lune ne soit pas le partage de celui qui
n'affronte pas l'envie dans Babel. Sans cela le charme du
monde n'a pas lieu, la lune éclaire en vain la nuit pour la
promenade des jardins. Ceux-là ne jouissent pas du bien-
fait de l'existence qui n'ont pas eu en partage la joue
d'une amie. Celui qui n'a pas tenu le sandal d'une jambe
n'a pas eu la faveur des horizons.

« Cette effervescence du commencement de la jeunesse
a un entraînement séducteur. Quand s'est manifestée
cette flamme excitante, le cœur marche dans cette voie.
Je ne me souciai plus du jour ni de la nuit; je ne songeai
qu'au vin et au doux plaisir de l'amour. Toutefois, après

peu de jours, tout ce que je donnais en abondance à mes
amis, tout ce qu'ils mangeaient et buvaient avidement,
tout cela ne dura pas. Mes amis songèrent alors à me quitter, et comme feuille à feuille. La lampe de l'assemblée
fut éteinte, il n'y avait plus de flacon et l'échanson n'avait
plus de fonctions à remplir. La flèche alla loin de son but,
la détresse et les querelles se mirent à avoir lieu. Il ne me
resta pour me couvrir le corps qu'un vêtement de cuir.
Ma nourriture fut désormais le sang de mon cœur. Comme
peu à peu le malheur tomba sur moi, à la fin je devins,
par l'effet de mon chagrin, aussi maigre qu'un cheveu.
Mon corps était aminci, j'avais la figure renversée. On
aurait dit que mon printemps s'était changé en automne.
Mon corps n'avait plus la même apparence, mon visage
avait perdu son éclat, on comprenait qu'il annonçait la
manifestation du chagrin. Comme je ne trouvais nulle
part d'asile à mon malheur, je jetai les yeux sur la maison
de ma sœur. Quand j'y allai, ma sœur, en me voyant,
mouilla de ses larmes le pan de sa robe et me dit : Hélas,
hélas ! Quel est l'état où je te vois ! comment es-tu donc ?
Ce n'est ni toi ni ton apparence. Quel chagrin t'a rendu
si maigre ? Comment se fait-il que tant d'infortunes soient
tombées sur ta tête ? Comme je trouvai ma sœur compatissante à mon chagrin, je lui racontai, tout en pleurant,
ce qui m'était arrivé. En l'entendant, elle fut fort triste et
me dit : O mon cher, il faut que nous éprouvions les vicissitudes du temps. Je n'ai jamais ouï dire que ce qui doit
arriver n'arrive pas, ni que l'écrit du destin puisse être
changé. Ce n'est donc pas ta faute si tu es malheureux,
ainsi éloigne de ta pensée le souvenir de ce qui s'est

passé. Ne te mets en peine de rien, reste auprès de moi et ne te livre pas au désespoir. Nous sommes deux perles de la même huître, nous sommes deux fruits du même arbre.

« Je restai chez ma sœur un certain espace de temps ; toutefois elle me dit un jour les yeux pleins de larmes : Si vous voyagiez, vous trouveriez le repos sans importuner personne. J'ai dans ma maison tout ce qui est nécessaire pour le commerce. Ayant donc pris des marchandises, je les remis au chef d'une caravane. Et comme je voyageai tout seul par la voie de terre, je parvins promptement à Damas par la grâce de Dieu. Mais j'arrivai à la ville en temps inopportun, et d'un œil affligé j'en vis la porte fermée. Les gardiens n'agréèrent point ma prière, ils n'ouvrirent pas la porte, sans égard pour mes supplications. Que devais-je faire dans mon désespoir? J'étais fatigué et je restai sous les murs de la ville. Après y avoir passé la moitié de la nuit, je vis un spectacle étonnant. J'aperçus en effet un coffre descendre du château, et je m'en réjouis, pensant que c'était quelque chose de bon. C'est peut-être, me dis-je, un augure favorable que Dieu me manifeste dans ma détresse. C'est une faveur du jeu de cartes du monde invisible. Ne serait-ce pas même de l'argent que m'enverrait la bonté indubitable de Dieu? J'allai donc auprès de ce coffre et je l'ouvris. Il fut alors manifeste pour moi qu'on y avait enfermé une personne qu'on avait traîtreusement maltraitée. C'était une jeune femme de quatorze ans, qui était à demi morte noyée dans son sang. Cette charmante femme disait doucement : O infidèle, ce mauvais traitement est complet; je ne t'ai jamais offensé, je n'ai jamais affligé ton cœur par la moindre parole. Lorsque je t'ai vu triste, je t'ai fait rire. As-tu pu dire que je t'aie tourmenté? Telle est la récompense de ma bonté, telle est la rétribution de mon amour, tel est l'échange de ma bienveillance, en sorte que tu sois devenu l'ennemi de ma vie. Je livre au généreux par excellence pour le jour de la résurrection ta méchanceté et ma bonté. O infidèle, voilà ce que je te dis. Ne me traite pas aussi cruellement. Donne-moi un coup définitif, car la vie ne m'est désormais plus supportable.

« Lorsque je vis ce spectacle, je m'évanouis ; on aurait dit que le monde de la mort m'avait entouré. Toutefois je me soutins comme je pus, et je dis à cette belle qu'aussitôt que le jour paraîtrait, je ferais de mon mieux pour la servir, quelque chose qui arrivât, que je vécusse ou que je mourusse. Sur ces entrefaites, la nuit fit place à l'aurore et la chose n'en fut plus douteuse pour le monde. Alors je conduisis tout de suite la belle à la ville et je la mis en lieu sûr. J'allai ensuite chercher du secours, de rue en rue et de porte en porte. J'appris dans la ville le nom d'un médecin pareil à Iça (Jésus-Christ), et qui portait le même nom. Je l'amenai auprès d'elle, il examina ses blessures et je ne mis pas de retard à la servir. Par la grâce de Dieu elle fut bientôt rétablie et elle revint à la santé. Mais tout mon argent et mes meilleurs profits furent mis aux pieds de cette belle au visage de fée. Par intuition, elle comprit que j'allais me trouver sans ressources ; m'ayant vu soucieux, cette belle se mit donc à me dire en souriant: Voyageur, il n'y a pas lieu de se désoler. Ne sois en souci d'aucune manière ; si j'avais une feuille de papier, je te

procurerais un trésor. Je lui donnai du papier, un calam
et de l'encre, et elle écrivit je ne sais quoi. Elle plia ce
papier, me le remit et me dit : Sous le château il y a une
belle maison; celui qui l'a fait construire et qui en est le
maître, c'est Sîdî Bahâr; vas-y et remets-lui cette petite
lettre. Je portai donc cette lettre à son adresse, je la remis à cet homme de belle apparence. Alors il m'envoya
tout de suite, sur la tête d'esclaves, des plateaux pleins
d'or. Je les portai fidèlement à la belle en question, et
elle me dit alors : O toi qui es plein d'intelligence, il ne
faut plus se lamenter. Dans une boutique à l'extrémité
du marché il y a un marchand nommé Yuçuf; achète-lui
ce qu'il faut au moyen de cet or. Je me revêtis d'un man-
teau, j'allai à l'adresse en question et je donnai en or le
prix demandé. Comme ce fameux marchand était aimable,
il devint mon ami tout de suite. Puis il me fit une invitation et il me dit d'une bouche souriante : Faites-moi
l'honneur d'accepter avec bienveillance l'humble invitation que je vous fais de venir chez moi [1]. Tandis que je
m'occupais de mon achat, il répéta plusieurs fois cette
invitation. Comme il insista beaucoup, je fus forcé de
l'accepter. J'allai remettre mon acquisition à la belle
inconnue et je lui fis savoir l'insistance d'Yuçuf et ma
promesse. Accomplissez votre promesse, me dit-elle, et
je répondis que j'agirais ainsi. J'allai donc chez Yuçuf et
je trouvai tout disposé pour un banquet.

« Lorsque nous fûmes assis, tout rideau fut éloigné et
le vin rouge fut apporté. Dans cette essence de plaisir

---

1. C'est-à-dire à sa maison et non à sa boutique.

sans peine ni souci, mon hôte bienveillant avait néanmoins les yeux mouillés de larmes. Je lui demandai s'il
n'était pas séparé d'une personne chérie et si le désir de
posséder cette consolation du cœur ne l'agitait pas. Je lui
donnai donc la permission de la faire venir, mais elle dé-
truisit par sa présence le bien-être de notre réunion. Si je
décrivais son visage, ceux qui en entendraient le récit en
éprouveraient une véritable horreur. Sa figure était noire
comme mille noirs malheurs : elle rappelait l'obscurité du
Sinaï. Les hôtes, en la voyant, furent fâchés ; mais le
jeune homme qui était triste fut content. De cette façon,
pendant trois jours et trois nuits, cette réunion de plaisir
et d'amour eut lieu. Lorsque l'aurore parut et augmenta
le plaisir, je pris congé de mon hôte. J'allai tomber aux
pieds de ma belle, mais elle me releva en riant et en m'embrassant. Cependant elle me demanda des nouvelles de
l'invitation. Je lui en donnai et je m'excusai, puis elle me
dit : Il est poli d'inviter aussi ce jeune homme, mais ne
songe pas aux préparatifs, n'en sois pas en peine. Dieu
rendra facile ce qui est difficile. J'allai donc auprès d'Yuçuf, d'après le désir de ma belle inconnue, et je le suppliai d'accepter mon invitation. Bref, je l'amenai et je
vis que la maison où je demeurais était préparée d'une
manière merveilleuse. Des tapis de prix étaient étendus
partout et leur vue réjouissait le cœur. Dirai-je toutes
les magnificences royales qu'il y avait? Cette belle toute
charmante, ayant changé de vêtement, prenait toute seule
la peine de faire les préparatifs du banquet. Faites maintenant, me dit-elle, les honneurs de l'hospitalité et dévouez-
vous dans la mesure du possible. Si par malheur votre hôte

était triste, tous mes soins seraient vains. Il est nécessaire
que sa maîtresse vienne aussi, afin que la douleur de l'absence soit éloignée de son cœur, afin que notre hôte soit
tout à fait content et que moi aussi je sois libre de peine.
J'allai donc dire à mon hôte : Si la chose vous fait plaisir,
agissez sans façon et faites venir celle qui est le repos de
votre cœur. Comme je ne lui dis que ce qu'il désirait, cette
laide femme parut bientôt. En la voyant j'en eus horreur,
et cependant le jeune homme eut un *lakh* [1] de joie. Bref,
elle resta trois jours sans voile, dans cette société et cette
compagnie, le vin circulant à la ronde. Cependant l'invité
me dit : Il est temps de se retirer, mais mon cœur désire
que nous buvions encore ensemble. Il s'assit alors derrière un rideau lointain, mais dirai-je ce qui s'y passa?
Etant ivre par l'effet du vin qui ne cessait de circuler, je
tombai sur un lit sans sentiment. Lorsque après quelque
temps j'ouvris les yeux, je ne vis plus ni la réunion, ni les
préparatifs, ni tout le spectacle antérieur : tous ces embel-
lissements, tous ces ornements avaient disparu sans laisser de trace, comme lorsqu'un endroit a été dévasté par
les pluies. Dans mon étonnement, je me mis à chercher
de tout côté, mais je ne trouvai pas la trace de ma belle
inconnue, sa vue ne frappa mes regards nulle part. Toutefois, dans un coin, sous une couverture, je trouvai mes
deux hôtes assassinés. Je fus fort surpris en mon esprit
et je m'écriai : Seigneur, quel est ce secret? J'étais dans
cette perplexité lorsque l'eunuque, le même qui était le
cuisinier du festin, se présenta à mes regards. Je repris

1. Un lakh vaut cent mille. C'est un idiotisme.

alors courage et je lui demandai l'explication de ces circonstances. Il me répondit : Que t'importe? il n'y a pas de demande à faire là-dessus. Ayant compris ce que cela signifiait, je lui demandai néanmoins de m'indiquer où était ma belle. Faites-moi savoir bienveillamment, lui dis-je, ce qu'elle fait et pourquoi elle a paru me congédier. L'eunuque me tranquillisa sur la maîtresse du harem et me dit où elle était allée ce soir. Je m'assis dans un coin près d'une porte avec cent espoirs et cent craintes. J'étais dans l'attente du jour. La nuit se passa tandis que je tremblais.

« Lorsque le soleil brilla du côté du levant, cette lune parut à une croisée. Mes yeux la virent et je poussai un soupir bien naturel. Je lui dis : Bien que je sois le siége de cent imperfections, ne m'éloigne pas ainsi de ton cœur. Comme elle m'entendit, elle se voila le visage ; alors j'éprouvai encore plus d'émotion. Tel était l'état des choses, lorsque l'eunuque arriva et me dit : O toi qui es destitué de ce que tu désires! vois cette mosquée, vas-y rester, et peut-être y réussiras-tu dans ton désir. J'allai donc là et je restai dans l'attente, comme le jeûneur attend le soir. Quand une portion de la nuit se fut écoulée, ce même eunuque vint encore. Il me mena avec lui dans un jardin pour m'y faire trouver un remède à ma blessure. Après un peu de temps, la belle parut. Pareille au buis, elle se présenta à ma vue dans une allée. Comme je n'avais pas des milliers de pièces d'or à mettre à ses pieds, j'y mis celles des larmes de mes yeux. Cet eunuque compatissant me conduisit auprès d'elle et lui parla en ma faveur. Mais elle lui répondit en fronçant le sourcil : Dites

à cet individu de ne concevoir aucun désir relativement
à moi ; mais d'accepter mille sacs de pièces d'or, puis de
se retirer misérablement où il voudra. Je me sentis évanouir en entendant ces mots ; on aurait dit que le monde
de la mort s'était étendu sur moi. Je tombai donc sur la
terre en pleurant et en gémissant ; je me levais et je re-
tombais. Je lui dis enfin, m'adressant à elle en me soutenant et ayant retrouvé le sentiment : Es-tu à ce point in-
grate? Rappelle-toi le jour où je te sauvai ; ne jette pas
au vent mes services. Si j'avais aimé l'or, je ne l'aurais
jamais prodigué si facilement pour toi. Je ne l'aurais pas
mis à tes pieds, et je n'aurais pas adouci tes chagrins.
Comprends toute la peine que je me suis donnée, lorsque
je suis venu à bout de rendre vermeille ta bouche em-
preinte de la pâleur de la mort. J'ai jeté au vent pour toi
mon cœur, ma religion et mon or ; et à la fin, voilà ma
récompense ! Mais j'ai fait l'énorme faute de ne t'avoir
pas reconnue infidèle. C'est en me connaissant que tu me
méconnais et que tu oublies entièrement la fidélité que je
t'ai vouée. J'ai mis sur tes blessures des cataplasmes, et
tu voudrais mettre du sel sur celles de mon cœur. O Dieu !
rappelle-toi mon dévouement sans bornes dans ce malheur imprévu ! Dis-moi jusqu'où est allée ta bienveillance,
et jusqu'où est allé mon dévouement. Tu as été tout à
coup fâchée contre moi, et tu m'as méconnu. Par Dieu,
ne me donne pas du poison en place de reconnaissance ;
car le poison est-il jamais dans la pistache [1] ? Ne me
frappe pas d'une épée par ton discours. Je suis donc im-

1. Allusion à la bouche de la personne dont il est question.

molé par toi, quel malheur! Si tu crois que c'est justice,
tranche-moi la tête avec une épée d'acier, en sorte que
je sois éloigné des soupirs et des gémissements et que je
sois en sûreté loin de l'agitation.

« Lorsqu'elle eut entendu ma réponse de ses oreilles,
l'aversion sembla s'accroître dans ce cœur de pierre.
Elle ne fit pas du tout attention à mon état ; elle se leva et
prit le chemin de son palais. Quant à moi, tout en pleurant et en criant, je frappai ma tête et mon corps avec
une pierre. Toutefois, elle se refusa absólument à m'entendre, bien que dans mon désespoir je déchirasse le
collet de ma robe. Que dirai-je de plus ? Le désespoir
s'était étendu sur ma vie, et l'espoir était changé en
milliers de désappointements. Car je voyais que maintenant le résultat de tout ceci ne serait pas selon mon
désir et que mon temps ne serait que tristesse. Je me levai
donc désespéré et désolé, dégoûté de la vie. Je déchirai
mon collet jusqu'au bas de ma robe et je fis voler de la
terre sur ma tête. J'errai, autant que je le pus, de lieu
en lieu ; mais nulle part le but que j'avais en vue ne fut
atteint. Je n'eus plus la force de marcher et mes lèvres
ne purent plus soupirer. Comme j'étais dans ces an-
goisses, j'allai de nouveau sous les murs de la mosquée, et je m'étendis sans force auprès de la fenêtre ;
mais il arriva que cet eunuque bienveillant, compagnon
des malheureux et des délaissés, vint à passer par là, et,
m'ayant vu, il soupira et jeta sur moi un regard de pitié.
Il compatit à mon triste état et il m'emmena, pensant que
j'étais privé de raison. Il me conduisit au palais de l'in-
grate princesse, comme un étranger. Elle lui demanda

qui j'étais. Il répondit : Majesté, c'est celui qui est resté
éloigné de votre présence. C'est ce malheureux, objet de
blâme, qui est tombé loin de vos yeux comme de véritables larmes. Il n'a plus ni figure, ni couleur, ni odeur; il
n'a ni force ni parole. Son état était tellement désolé,
qu'il n'a actuellement d'autre refuge que vous. — Ce n'est
pas lui, dit-elle à l'ennuque, il est parti d'ici.—Si j'ai sécurité pour ma vie, répondit l'eunuque, je dirai donc ce
que comprendra une personne qui apprécie les choses :
il se repent, il est affligé et il m'a rendu compatissant à
son égard. Son état est changé par l'absence ; il est malheureux à cause de ce qui s'est passé. Il a dédaigné l'argent que vous lui avez offert, et il est maintenant en votre
présence, ô belle voleuse de cœur ! Regardez-le avec faveur, ne prenez pas sur votre cou le sang innocent. Car,
au jour de la résurrection, si vous ne l'agréez pas, il vous
saisira de sa main par le pan de votre robe. Ne songez
donc plus à sa faute, soyez-lui fidèle et accordez-lui ce
qu'il désire. Il vous convient d'être compatissante envers
lui et de vous l'attacher. Il ne faut pas rebuter l'ardeur
d'une personne aussi dévouée ; il n'est pas juste de le
tyranniser dans son esprit; Dieu vous l'a amené par
l'effet de sa bonté, et il lui a fait oublier toute malice et
toute colère.

« Cet eunuque, m'ayant donc appelé auprès de lui,
me dit : Quelle est ton intention et que désires-tu en
définitive? Pourquoi te déchirer inutilement la peau ;
tes services véritables et parfaits ne sont-ils pas réels?
La gratitude peut-elle s'éloigner du cœur?

« Il est vrai que ce qui arrive est destiné ; car lorsque

le Ciel voulut enfin mon bonheur, mon mariage se découvrit dans le lointain. Un jour que, malgré cent désirs,
je n'eus de goût que pour le silence, voyant cet acte de
ma part, cette belle se mit à me dire avec grâce, en riant :
O homme timide ! je ne voulais pas pousser les choses
jusqu'à cette épreuve. Je reconnais la justice de ta demande. — Mais, lui dis-je alors, j'ai une appréhension, et
mon cœur a un soupçon. Tant qu'il ne sera pas dissipé,
je ne serai pas tranquille. Quand elle eut entendu ces
mots, bien qu'elle en fût affligée, elle consentit à la fin à
dire son secret. Elle expliqua d'abord l'histoire du plaisir
et du divertissement, celle de son enfance ; puis le changement soudain de son caractère, l'altération de ses goûts
et la sauvagerie qui l'atteignit et lui inspira l'éloignement du monde. Je dis la chose à mon eunuque, con-
tinua-t-elle, en le priant de trouver un remède à ma
mélancolie, et l'eunuque me dit : Si la princesse buvait
un peu de la liqueur de chanvre, elle reviendrait à son
état naturel. — Bien, dis-je. Alors il vint ayant en sa main
le flacon de la liqueur indiquée. Je bus donc de cette
liqueur, d'après le conseil de l'eunuque. Je donnai l'ordre de m'en apporter une fois par jour, et j'en demandais
plus souvent encore. L'enfant qui m'apportait toujours le
flacon en question avait les vêtements sales, mais il s'exprimait facilement. Il était agréable, il parlait bien, il
avait une bouche douce ; il était charmant, et il aurait
brillé dans une réunion. Il plut beaucoup par ses paroles
à mon cœur, et il me charma de plus en plus. Bien que
je lui donnasse toujours quelque chose, parce que j'étais
contente de lui, il ne changeait néanmoins pas de vête-

ment. Comme je lui en demandai la raison, il me dit : Je
ne suis pas libre, et quand même on me donnerait des
milliers de roupies, je ne pourrais en jouir. J'eus compassion de lui, et je dis à l'eunuque d'ordonner qu'on lui
confectionnât des vêtements. Il fut aussi délivré de l'esclavage ; il fut en honneur et il reçut une éducation
royale. Alors sa figure changea de jour en jour, et il devint comme la lune brillante dans les jours qui précèdent
sa pleineur. Il y avait une maison ou plutôt un palais qui
était séparé d'un jardin dont celui du paradis était blessé
par jalousie. Je lui donnai la maison pour sa résidence,
sans regret, ignorant que là même il m'assassinerait. Sa
condition d'esclavage cessa entièrement, et il fut re-
nommé dans le commerce. Quant à moi, absorbée dans
son amour, je n'avais de repos que lorsque je le voyais.
Cependant il arriva à la jeunesse et il entra dans le monde
de l'adolescence. La chose fut évidente, et involontairement il se cacha de moi. Comme cette lune ne se présenta
pas à ma vue pendant quelque temps, le monde fut téné-
breux à mes yeux. Tout à coup, j'écartai la patience de
mon cœur, et l'impatience commença à élever en moi
la pensée qu'il me trahissait. Les vexations cachées que
j'éprouvai finirent par être exprimées sur ma bouche par
des soupirs. La pâleur parut sur mon corps et la mort
était peinte sur mon visage. On pouvait voir mes lèvres
muettes et mes yeux baissés, et si jamais je les ouvrais,
c'était pour soupirer. Ma raison était perdue, mes sens
troublés, et je restais sans cesse plongée dans l'océan de
la misanthropie. La douleur de cette absence se manifestait dans toutes mes paroles, un changement eut lieu

dans tous mes mouvements. M'ayant vue à un tel point
agitée, mon eunuque prit part à ma peine, et il me dit :
Je vais sans différer pratiquer un passage souterrain de
ce palais jusqu'à l'habitation de ce jeune homme. Lorsque
vous désirerez le revoir, vous pourrez aller par ce chemin ou le faire venir auprès de vous. Quand j'eus entendu
l'exposition de ce plan je fus contente, et tout de suite je
fis construire ce chemin, et mon jeune homme venait me
trouver de temps en temps par ce passage souterrain.
Notre réunion avait lieu quelquefois ici, quelquefois là,
et nous nous amusions et nous nous divertissions. Jour
et nuit le vin passait à la ronde, et nous nous donnions
du plaisir l'un à l'autre. Cependant, une nuit, ce traître
se mit à pleurer au milieu de nos plaisirs. J'ignorais son
dessein et j'étais enserrée dans le monde de l'amour.
Comme je l'interrogeai, je découvris son désir, c'est à
savoir un jardin et une esclave. Il désirait faire cette acquisition, mais il en était empêché par le prix qu'on
exigeait absolument. Je consentis à le payer. Mon jeune
homme, qui était triste, fut alors content et m'exprima
sa gratitude. Dès le lendemain matin il acheta ce jardin,
et ce méchant fut satisfait.

« Lorsque j'y allai, après quelque temps, je le vis tout
à mon aise. Je m'y rendis une nuit, après cent désirs : il
y était ; mais, étonnante rencontre ! je le trouvai dans un
kiosque, s'amusant, sans égard pour moi, avec cette esclave. J'en fus agitée, et, de jalousie, je fus brûlée comme
la viande grillée. Par intuition, je compris l'état des
choses ; mais il me demanda pardon de ses actions. Je
m'étais dévouée à lui de cœur et d'âme, et comme je

m'assis, il fit venir du vin. Il m'en fit boire quelques
coupes, qu'il avait eu soin de bien remplir, et il finit ainsi
par me faire perdre la raison. Toutefois, le crime était
nécessaire pour lui, car il aurait pu se faire que je me
fusse vengée. Dieu seul sait quelle devait être la fin de
tout cela ; mais ce ne pouvait être que l'infamie la plus
absolue. Dans l'appréhension qu'il avait de ma vengeance, il se leva sans remords et il m'assassina traîtreusement. Lorsqu'il crut m'avoir tuée, conformément à
son désir, il me mit dans un coffre qu'il lança sous les
remparts. Il me traita ainsi, renonçant au sel qu'il avait
partagé avec moi. Toutefois, la vie me restait, et je tombai en tes mains. Voilà la cause de mon ignominie ; mais,
en compensation, ta passion a eu lieu. Par tes soins, j'ai
été sauvée du danger que m'avait fait courir l'amant
d'une prostituée. T'ayant vu amoureux, comme je croyais
que l'était ce malheureux jeune homme, j'ai enfin laissé
tomber sur toi des regards de compassion. Car, comme
tu m'as rendu un grand service, j'ai fini par te traiter
avec bienveillance.

« Actuellement, je t'ai entièrement raconté mes aventures ; mais, puisque tu veux mon bonheur, emmène-
moi d'ici quelque part, car il n'est pas convenable que je
reste en ce lieu. — Ayant ainsi parlé, la princesse resta
ensuite silencieuse, et moi, tout de suite debout, je mis
ma chaussure. Je me fis amener deux chevaux lestes et
rapides comme le vent, et je demandai à la princesse de
monter sur l'un des deux. Elle s'arma ; mais cette belle
qui tranquillisait le cœur, étant une petite lune, ne pouvait devenir Mars. Nous nous mîmes donc en marche

à l'aventure ; toutefois une rivière se rencontra sur notre
route ; nous n'avions ni bateau, ni barque, ni amis, ni
connaissances. Comme nous ne pûmes traverser cette
rivière, stupéfait, hésitant et tremblant, je fus désolé.
Ayant fait asseoir cette belle en un endroit sûr, j'allai
faire des recherches sur la rive. J'allai et je vins beaucoup sans réussir à ce que je désirais. Je retournai désespéré, mais je ne trouvai plus la princesse à sa place.
Alors un état de tourment eut lieu pour moi, tel que je ne
le désirerais pas pour un ennemi. Je cherchai beaucoup,
mais je ne trouvai aucune trace de la princesse, et je réso-
lus ceci dans mon esprit, à savoir que, puisqu'il n'y avait
pas moyen de salut ni de remède à l'anxiété que j'éprouvais, il fallait se soumettre au destin et renoncer à la vie.
Ayant fait cette résolution, je montai sur une haute montagne, et je voulais m'en précipiter, lorsque tout à coup
un cavalier me prit par la main et me dit : Ne renonce
pas à ta vie, et agrée ce que je te dis. Si tu vas du côté
de la Grèce, tu y trouveras trois personnes affligées
comme toi. Là, il y a le roi Azâd-bakht; il est aussi affligé de cœur et malheureux. Quand vous cinq serez
réunis, ton désir sera accompli, et vous tous, par la grâce
de Dieu, vous parviendrez à votre but. — Ayant ainsi
parlé, le derviche ajouta : Grâce à Dieu, d'après cette
indication, nous sommes réunis ; et il est certain que
lorsque la rencontre aura lieu avec le roi, les désirs de
chacun de nous seront facilités. »

Aventures du second derviche.

Le second derviche dit alors : « Je vais raconter à vous, qui êtes possesseurs de belles qualités, tout ce qui m'est arrivé. Veuillez m'écouter attentivement et entendre les détails de mes aventures.

« Bien que maintenant je sois revêtu de la livrée des faquirs, néanmoins je suis prince et la Perse est mon pays. Mon père, de son vivant, était très-généreux; je voulus l'imiter. Comme j'avais entendu vanter l'histoire d'Hâtim, j'éprouvai le désir de l'égaler en générosité, d'autant que, comparativement à moi, il était dans la gêne. En conséquence, je fis construire un édifice avec quarante portes, pour y distribuer des aumônes. Un faquir vint par chaque porte, et par chacune d'elles il obtint le double de ce qu'il avait reçu dans l'autre. Puis, cet homme avide revint de nouveau à la première porte. J'en fus choqué, et je lui dis : C'est assez : mon trésor est pour les nécessiteux, mais non pour les gens avides et souillés de péchés. — Ayant entendu ces mots, ce faquir, plein de colère et fronçant le sourcil, jeta tout de suite ce qu'il avait reçu, et dit : Ne vous flattez donc pas d'avoir de la générosité; il y a à Basra une princesse parfaite en ce genre. Elle donne à chaque faquir le double de ce que vous donnez, et elle chemine ainsi dans le sentier de la vie. — Ce faquir se retira; mais je désirais voir de mes propres yeux les faits et gestes de cette reine de Basra. Je voulais m'en assurer par moi-même, car je ne pouvais le croire. Comme j'étais devenu

roi, il m'était loisible de faire ce que je voulais. J'écrivis
à mon ministre en fonctions pour le charger du gouvernement, et sous l'apparence d'un faquir je partis pour
ce voyage lointain. Quand j'arrivai à Basra, je trouvai
tout à fait ce qu'on m'avait annoncé au sujet de la générosité de cette princesse. Je désirais avoir une entrevue
avec elle, car j'étais épris d'elle de cœur et d'âme. Ayant
donc rencontré un jour un de ses eunuques, j'adressai à
la princesse, par son entremise, une lettre très-amou-
reuse, en ces termes :

LETTRE DU ROI DE PERSE A LA REINE DE BASRA.

« Je suis roi de Perse ; je traite bien mes sujets, et ils
trouvent en moi un protecteur. Je dois d'abord m'excuser
à votre égard, gracieuse et charmante princesse. Je suis
foulé aux pieds par l'amour, à cause de vous, qui faites
honte à la pleine lune. Vous êtes généreuse, et je ne dois
pas vous cacher que la flèche de votre regard m'a eu
pour but. Elle m'a percé sans que je vous aie encore vue,
mais je crains que vous n'éprouviez aucune compassion
pour moi, et que vous soyez insensible à mon amour.
C'est parce que j'ai appris l'excellence de vos qualités que
je suis venu ici sous l'apparence d'un faquir et à demi-
mort. Traitez ma position avec bienveillance et accomplissez le vœu de mon cœur. Faites-moi venir à votre
cour, pour que je me dévoue sur le chemin de vos pieds.
Si le vœu de votre humble serviteur est accepté, toute
douleur sera éloignée de mon cœur. Que la reine m'appelle auprès d'elle, et je lui exposerai mon état. Si la réponse est favorable, j'en éprouverai de la satisfaction et

je vivrai, ou, dans le cas contraire, je mourrai. Pourquoi,
dans l'espoir d'un solliciteur, en dirai-je davantage? C'est
assez. Salut.»

« Lorsque cette lettre fut partie, la réponse m'arriva
m'annonçant que je pouvais me présenter tout de suite
à la cour. Lorsque j'eus entendu cette nouvelle, la vie
que j'avais comme perdue me revint. J'allai donc, et je
vis une vieille femme, très-parée, et avec une apparence
de pouvoir complet. Elle était derrière un rideau doré;
et elle vint les mains jointes au-devant de moi. En me
voyant, elle me dit d'avancer et de m'asseoir. Puis elle
ajouta poliment : La reine a ouvert et lu en entier la lettre
affectueuse que tu lui as écrite, et voici sa réponse : d'a-
bord elle te salue. Puis elle dit : Je n'éprouve pas de
honte à consentir à prendre le prince pour époux, mais
il faut qu'il remplisse d'abord la condition exigée. Si je
réussis dans ce que je souhaite savoir, le désir du prince
sera aussi satisfait. Alors je dis aussitôt à cette femme :
Je joue ma vie; je me lance dans un lac de mille afflictions. Puisque je suis venu, je veux parvenir à mon but.
Ainsi fais-moi connaître tout de suite ce qu'il faut que je
fasse. Dieu aidant, je n'ai pas d'autre désir que d'exécuter sans reculer la condition exigée. Bref, tandis que
j'étais agité et le cœur brûlé, elle fit venir auprès de moi
un individu nommé Bihroz. Cet excitateur de trouble dit,
en s'adressant à moi, après en avoir obtenu la permission : Il y auprès de la reine des milliers d'esclaves. J'en
suis un et je me nomme Bihroz. Faisant profession de
commerce, j'allai une fois, sans peine ni souci, du côté de
Nimroz. Je vis que tout le monde était vêtu de noir, et

que grands et petits soupiraient. Evidemment, ils étaient
en proie à l'infortune : on pouvait penser qu'ils étaient en
deuil de quelqu'un. Je pris de tout côté des informations,
mais personne ne put me donner aucune explication de
la chose, et je ne pus deviner la cause de ce deuil. Je restai
là quelques jours dans l'étonnement, et un soir on m'annonça ce qui allait avoir lieu. Le lendemain matin tout
le monde étant sorti de la ville alla du côté d'un *jangle* et
s'y rangea en ligne. L'un soupirait, l'autre pleurait, mais
je comprenais que tous étaient dans l'attente. Tout à coup
un jeune homme parut monté sur un taureau. Il avait
en main une épée tranchante ; et un esclave qui le suivait tenait une espèce de bride qu'il montrait à tout le
monde en parcourant les rangs. Puis le jeune homme
trancha la tête à l'esclave. Ensuite ce méchant retourna
d'où il était venu, et grands et petits se retirèrent en soupirant. Je fus donc témoin de la folie de ce jeune homme
et de la réunion de tout ce monde à cette occasion. Toutefois, personne ne put m'indiquer ce que tout cela signifiait, ni pourquoi cela se passait.

« Lorsque la reine eut entendu le récit de cette aventure, elle résolut de décider que si quelqu'un découvrait
ce secret il deviendrait son époux et le maître de son
royaume. Si tu as l'ardeur nécessaire, tente l'entreprise,
sinon lève-toi et quitte le pays. Je dis alors : Je partirai
tout de suite et je rapporterai la nouvelle de la chose dans
tous ses détails. Mais je suis dans l'appréhension des ob-
stacles du chemin. Si la reine m'accorde la faveur de sa
vue, alors elle pourra répondre à tout ce que je lui de-
manderai, afin que mon trouble se passe.

« Lorsque la permission de m'expliquer me fut donnée, j'exprimai sans empêchement ce que j'avais sur le cœur. C'est à savoir : Toutes ces choses et ces provisions hors de toute limite, dis-je, ces dépenses et cette générosité qui sont au-delà de l'explication sont telles, que le trésor de Coré n'y suffirait pas ; d'où cela vient-il, et que s'est-il passé? Quelque idée qu'on ait de la royauté, on doit reconnaître que la chose est impossible. Si j'apprends comment elle a lieu, j'irai alors à la recherche de ce que la reine désire.

« Quand la reine eut appris ma demande, elle dit : Ma fortune est telle, qu'elle ne finira jamais. Elle est comme une plante de vesces. Je suis en possession d'une indubitable abondance. Le roi mon père avait sept filles ; tout à coup, un soir, il appela toutes ses filles et leur dit : Seriez-vous en possession de votre rang et de votre position si je n'étais roi? C'est par mon éclat que vous brillez. Vous n'auriez pas de grandeur sans moi. Mes six sœurs s'accordèrent à confesser la chose, ce que je ne fis pas, moi coupable. Aussitôt on m'enleva mes ornements et on me fit partir sans hésiter pour le désert. On me laissa au milieu des épines. Il n'y avait pas un endroit où je pusse me tenir dans ce désert. Je n'avais là ni compagnes ni amies, il n'y avait d'autre bruit que celui de la solitude. Je ne vis pas même de compagnon à mon malheur; aussi comment dirai-je le tourment que j'éprouvai? Au lieu de larmes, c'étaient des fragments de mon cœur qui sortaient de mes yeux et qui se pressaient contre mes cils. Dans cette position, je m'assis pleine de confiance en Dieu, lorsque, tout à coup, je vis dans les jan-

gles un pauvre vieillard en pleurs, pareil à un ange, et
qui s'appelait Khizr. Cet ami de Dieu, en me regardant
bienveillamment, se mit à me dire, les yeux pleins de
larmes : Tandis que ton père possède un trône et une
couronne, il ne te reste maintenant que l'indigence. Tu
n'as ni compagnon, ni ami, ni boisson, ni nourriture, si
ce n'est le chagrin. Tu n'as pour habitation que ce désert plein d'épines et tu n'as que des soucis. N'attriste
pas néanmoins ton cœur et n'oublie jamais Dieu dans ce
monde. Pourquoi t'entretenir dans la tristesse? car il
est dit dans le Coran : *Ne désespère pas* (1). Ne porte pas
la moindre appréhension dans ton esprit. Voici quelque
chose, prends-le. Bref, il me donna un morceau de pain
dont il faisait sa nourriture, et on aurait dit que la vie
revenait dans ma vie. Ce derviche resta donc le compagnon de mon chagrin, et voici quel fut son usage constant. De ce qu'il se procurait en mendiant, il se nourrissait et me nourrissait moi-même. Quelque temps se
passa ainsi, puis une chose merveilleuse se rencontra.
Un jour, ayant voulu me peigner, je déployai le ruban
qui attachait mes cheveux, et alors, par la puissance de
Dieu, il tomba tout à coup des plis du ruban de précieuses émeraudes. Je les donnai à vendre à ce vieillard,
en lui disant que nous aurions par ce moyen de quoi vivre
quelque temps. Sur ces entrefaites, j'eus une bonne nouvelle dans un rêve. Creuse la terre, me fut-il dit, comme
pour bâtir une maison, et tu trouveras du miel sans l'aiguillon de l'abeille. Dès le matin je creusai donc la terre,

1. XII, 87.

et alors une porte se présenta ; je l'ouvris et je trouvai de
l'or en telle quantité, que je ne puis l'évaluer et que
mon calam ne peut l'exprimer. J'en pris une partie, et
je cachai le reste, afin que personne n'en trouvât la
trace. Comme Dieu, la miséricorde des mondes, fut compatissant envers moi, je bâtis un palais vraiment royal.
Le sultan mon père, en ayant appris la nouvelle, m'envoya un message pour m'annoncer sa visite. Je lui fis
dire que c'était très-honorable pour moi qu'il voulût bien
me visiter, et que si Sa Majesté daignait accepter mon
invitation, j'en serais toute fière. L'ambassadeur, ayant
entendu ma réponse, s'en alla joyeusement la porter
à son maître. Je fis alors les préparatifs de l'invitation,
et je restai dans l'attente de la splendeur royale.

« Sur ces entrefaites, j'appris l'arrivée du roi, et j'allai
le recevoir avec honneur sur la route. Quand il fit tomber son ombre sur moi, je jetai aussitôt en *niçâr* (1) plus
que le trésor de Coré. Mais le roi, après avoir pris le
repas que je lui offris, dit de sa langue bénie : De quel
écrin ta perle est-elle tirée? de quel ciel ton étoile brille-
t-elle? de quel orient vient ce soleil et d'où provient cet
éclat sans voile? Explique-moi pourquoi tu demeures en
ce lieu et pourquoi tu as construit ce palais dans les jan-
gles. Quand je lui eus fait connaître toute mon histoire,
lui qui, par sa position, semblait trôner au ciel, fut déconcerté. Alors l'amour paternel se fit sentir, et tout à
coup il me serra dans ses bras. Il se repentit du discours

1. Ce mot, qui pourrait se rendre par « hommage », signifie proprement une cérémonie qui consiste à jeter sur une nouvelle mariée
des perles, des pièces de monnaie, des fleurs, etc.

qu'il avait tenu, puisqu'il avait vu le résultat de mon malheur. Dès l'instant il m'emmena avec lui, et il déclara
que j'étais l'héritière du trône. Ainsi je devins reine, et
telle est mon histoire. Tu l'as actuellement entendue
complétement, et tu vois que cette fortune que Dieu m'a
donnée est inépuisable. Actuellement, songe à ce que tu
dois faire. Ne diffère pas et n'emploie pas de ruse. —
Eh bien, dis-je, je pars avec confiance. Si j'arrive sain
et sauf et que je découvre la chose, je reviens aussitôt.
J'ai espoir en ma sébille de faquir. Je ferai comme Bal-
khîs, qui parvint de bien loin auprès de Salomon.

« Je restai donc pendant une année à voyager dans la
douleur et l'affliction, et je finis par errer dans le désert
de Nimroz. J'y trouvai et j'y vis le spectacle que la reine
m'avait fait connaître en secret. Quand le jour de la date
fixée arriva, de grandes lamentations accompagnées de
cris eurent lieu. Troublés et pleurant, vêtus de noir, tous,
grands et petits, hommes et femmes, sortirent de la ville
et se réunirent ensemble dans une plaine, d'un air affligé.
Je restai néanmoins avec eux, compagnon de leur marche
et de leur route.

« Après un petit espace de temps, un tout jeune homme
arriva là monté sur un taureau. Un esclave le suivait
ayant en sa main un vase orné de fleurs, pendant qu'un
millier de personnes pleuraient. Le jeune homme descendit de sa monture et s'assit devant le vase en question.
Comme toute la foule alla auprès de lui, il tua l'esclave
sans crainte. Puis, d'après son usage, il remonta sur
le taureau tout seul, et s'en retourna vers son habitation pendant que des milliers de personnes étaient dans

la stupéfaction. Je m'en retournai aussi, mais avec cent
désirs de le suivre, et m'entretenant avec ceux qui faisaient partie de la réunion ; mais personne ne m'indiqua
la cause de tout cela, et je n'en trouvai pas l'indice. Désespéré, je fis dans mon esprit la résolution que, dussé-
je mourir, je ferais le guet. Lorsque, après un mois,
le jour en question eut lieu, j'allai sur le chemin et je me
tins caché, restant dans l'attente. Ce même cavalier arriva bientôt de la même manière. Il fit son tour, conformément à son usage ; mais, m'étant levé, je le suivis aussitôt. Ce jeune homme, affligé par la douleur d'un amour
malheureux, s'arrêta, entendant le bruit de mes pas, et
me dit : Pourquoi veux-tu laver tes mains de la vie?
Agrée ce que je te dis, ne reste pas avec moi. Je n'ai pas
mille pièces d'or à te donner en ce moment, mais j'ai
une épée enrichie de perles. Je te la donnerai si tu veux
l'accepter, et tu obtiendras même de moi tout ce que tu
voudras. Après avoir dit ces mots, il retira de sa ceinture
l'épée, et il s'en alla en la jetant de mon côté. Il me la
donna donc, mais je ne la pris pas, et sans souci je me
mis à courir à sa poursuite. Lorsqu'il s'en fut aperçu, il
prit un visage sévère, et s'écria avec colère : Comment
n'agirais-je pas? En disant cela, il tira son épée pour
m'en percer. Alors je lui présentai ma tête en pleurant,
par l'effet de la peine morale que j'éprouvais, et je lui
dis, en lui tendant la main : Je me confie en Dieu et je te
pardonne mon meurtre, car, par ce moyen, je serai dé-
barrassé de mon chagrin. Il me répondit : L'amertume
est avec ce monde périssable ; je conçois que tu sois
rassasié de vivre. Étant tombé dans un filet enfumé, tu

désires abandonner la vie ; mais ne crois pas que je veuille ensanglanter le pan de ma robe. Ne me rends pas coupable par le meurtre d'un innocent, et ne m'attriste pas par cette douleur.

« Je fus étonné de ce que me disait cet étranger ; mais, dégoûté que j'étais de la vie, je ne l'écoutai pas et je le suivis hardiment. Étant arrivé à deux kos de la ville, j'aperçus dans une plaine déserte une enceinte. Il jeta un cri et y entra. Je restai debout, en dehors, tout pensif et tête basse. Après un peu de temps un esclave arriva, et il m'annonça que son maître m'appelait. J'allai donc, et comme je regardai, je vis que ce tout jeune homme était entouré de coussins richement brodés, et qu'il travaillait avec dignité à fabriquer un arbre d'émeraude. Je le saluai, mais il n'y fit pas attention. Toutefois, le coucher du soleil était proche, et nous nous trouvâmes tout à coup réunis. Agité, j'allai vers un côté ; mais il le voyait, et nous nous cachions tous les deux l'un de l'autre. Le jeune homme finit par se lever de son siége, et il ferma à clef toutes les portes ; il alla auprès du taureau dont il a été parlé ; il le frappa d'abord, puis le caressa. Mais ensuite, ayant ouvert les portes fermées, tous ceux qui étaient cachés parurent. Il fit l'*uzû*, en forme de supplication ; il récita le *namâz* du soir [1]. Quand il eut fini, il m'appela ; il mangea et me fit manger. Mais avant de manger il congédia les esclaves. Lorsque la salle fut vide de tout le monde, ce jeune homme me dit alors douloureusement : Pourquoi es-tu

1. Sur ces expressions propres au culte musulman, voyez l'*Islamisme*, p. 207 et suiv.

fatigué de la vie? Révèle-moi ton secret. Alors, ayant
trouvé un compagnon de ma peine, je lui fis entendre
entièrement de ma bouche le motif de mon chagrin et de
ma tristesse. En l'apprenant, il poussa un soupir qui alla
jusqu'au firmament. Ayant donc compris les sentiments
de son cœur, comme un saint connaît un saint, je lui dis:
Ne soupire pas, mais fais-moi connaître ton état, afin
que je puisse t'aider autant que possible et partager
ton chagrin. Si deux cœurs s'unissent ensemble, ils bri-
seront une montagne, mais la défaite atteint une troupe
nombreuse.

« Alors, comme il vit que j'étais dans le même cas que
lui, et que je me trouvais compagnon de sa peine, cet
homme au cœur enflammé se détermina à s'expliquer:
Je suis prince de Nimroz, me dit-il. Pour mon malheur,
dès le jour de ma naissance il fut révélé à mon père que
si avant l'âge de quatorze ans je voyais le soleil ou la
lune je serais perdu.

« Mon père ressentit de cet horoscope un peu de peine
et un peu de plaisir; mais il fallut avoir soin de m'élever en conséquence. Lorsque j'eus dix ans, il arriva un
jour que, par une fente de la tenture du plafond, je vis
une fleur fraîchement éclose. Je voulus la cueillir, et j'al-
longeai la main pour le faire; mais j'entendis alors rire
aux éclats. Je regardai et je vis un trône qui était orné
d'une manière royale. Sur ce trône était une belle personne, au visage de rose, portant une couronne enrichie
de perles. De la tête aux pieds, elle était l'image du printemps; une nouvelle jeunesse, une nouvelle beauté. Ses
boucles de cheveux, son visage, ses dents, ses lèvres,

n'étaient pas comme ceux des mortels : c'étaient des ja-
cinthes, des lis, des perles et des rubis. Elle s'approcha
et s'arrêta devant ma tour. On aurait dit qu'une perle était
tombée d'un écrin. Elle m'appela auprès d'elle avec convenance, et sans hésitation elle me fit asseoir auprès
d'elle. Ayant une coupe de vin rouge dans une main,
elle mit gentiment l'autre autour de mon cou, et elle me
dit : Ne veux-tu pas partager mon breuvage? Prends cette
coupe, si tu veux le connaître. Puis elle me serra contre
son sein et me prit la main. Mon cœur palpita, ma respiration s'arrêta, et dès lors je fus son esclave sans avoir
été acheté. Je pris la coupe et la vidai ; je m'abandonnai
à mon destin et au sort qui m'était réservé. Nous restâmes
ainsi un peu de temps ensemble en nous donnant des
marques d'amour et de tendresse. Toutefois, comme la
roue du ciel est traîtresse, que vis-je tout à coup, moi,
malheureux? La balle du malheur tomba sur mon hor-
loge, et j'aperçus alors debout quatre fils de fée armés,
qui dirent quelque chose de fâcheux à la belle, qui n'était
autre qu'une fée. Alors elle me serra de nouveau contre
son sein, et me dit : Mon cher ravisseur de cœur, je ne
veux jamais abandonner l'espoir de te posséder, et je
veux rejeter bien loin de moi le désespoir. Mais que faire?
Le ciel excite du trouble contre moi, je suis désespérée et
dépourvue de tout moyen de résistance. En ce moment
je n'ai pas la force de parler, mais je suis la fille du roi
des génies. Ayant alors saisi le pan de sa robe, je lui dis :
Ma charmante, quoi! vous partez sans moi? J'aurai donc
à supporter mille peines de l'absence, et je mourrai dans
les pleurs et dans l'agitation ! Puisque tu m'as rendu

amoureux de toi, ne me jette pas par ton éloignement
dans la désolation. Alors elle chercha à me consoler en me
disant : Nous nous retrouverons un jour, si nous vivons.
Ne crains pas dans ton esprit ; considère-toi comme près
de moi et moi près de toi. L'attachement de l'amour réside dans le cœur : il donne l'union même dans l'absence,
quand il est le pivot de nos pensées. Il faut espérer et
ne jamais désespérer. L'amour est nécessaire dans le
monde, il découvre les secrets cachés. Il ne regarde pas
tout de son œil ; il n'entend pas toute chose et de son
oreille tout discours. Bref, elle me rassura par ce qu'elle
venait de dire, et elle partit l'œil humide. Je compris que
la vie me quittait, car mon cœur s'en alla à la suite de
cette belle. Je restai comme quelqu'un qui a perdu son
âme ; on aurait dit que j'étais endormi du sommeil de l'insouciance. Toutefois, je repris un peu mes sens ; mais
les larmes ne vinrent pas à mes yeux ni les soupirs à mon
cœur. Je restai sans sentiment ni mouvement, comme
quelqu'un qui est frappé d'apoplexie. L'impatience s'empara de mon esprit, l'agitation me jeta dans la faiblesse.

« Lorsque mon père eut appris cet événement, il fut
encore plus troublé que moi-même ; car toutes les dispositions que les sages avaient prises n'avaient produit
aucun effet. Ma divagation et mon agitation ne furent
pas moindres, mais mon tourment fut encore plus grand.
Je sentis plus vivement dans mon esprit mon malheur :
mes yeux restèrent fermés jour et nuit. Quelques années
se passèrent ainsi sans que la tranquillité me revînt. Toutefois, il arriva des marchands qui annoncèrent qu'il y
avait dans l'Inde un médecin pareil à Platon. Il réside,

dirent-ils, sur une haute montagne, célèbre dans le monde. C'est là qu'il reste jour et nuit, le corps couvert de cendres, dans un temple qu'il a élevé à Siva. Lorsqu'il se montre au dehors, son bon naturel est affligé en voyant les malades qui ont recours à lui. Mais ce n'est qu'une fois, chaque année, à la fête de Schivrât[1], que cet homme, au souffle du Messie, sort du temple. Il trouve à sa porte une foule de malades, et il indique à chacun un remède convenable. Après s'être baigné, il retourne au temple.

« Nous étions là au moment où des milliers de malades recouvrèrent par son moyen la santé, et aucun ne se retira de sa porte sans être guéri. Celui qui, affecté d'une maladie quelconque, va le voir, est sûr d'être rendu à la santé. Si on lui amène le prince, dirent-ils, il obtiendra ce qu'il désire. Avec la permission du roi, le vizir, qui était âgé, qui avait de l'expérience et qui était industrieux, m'y conduisit. Lorsque j'arrivai, je trouvai quelque mille malades qui attendaient le goçâïn[2] qui avait ce merveilleux pouvoir de guérir. Tous, debout, paraissaient contents, et disaient : Maintenant notre désir sera bientôt satisfait. Le jour de l'arrivée du goçâïn est proche, et chaque infirme recouvrera la santé. Quelques jours après, sa porte s'ouvrit; le saint personnage parut, et je trouvai qu'il avait un air extraordinaire. Il était de taille moyenne et jeune de cœur. Ses yeux semblaient être une coupe de sang. Ses cheveux étaient tressés sur

1. C'est-à-dire « Nuit de Siva », fête qu'on célèbre le 14 de la quinzaine obscure de *phâgun* (février-mars).

2. Faquir hindou.

sa tête; ils étaient couverts de cendre. Le peuple pensait
que c'était par cette cendre qu'on obtenait son désir.

« Le faquir fixa ses regards sur la rangée des malades
et il indiqua à tous des remèdes ; mais, quant à moi, il
me dit de le suivre pour recouvrer la santé. Comme j'entrai dans le lieu de sa demeure, je vis qu'il y avait un
jardin où l'âme s'épanouissait, et où on aurait dit que la
porte fermée du cœur s'ouvrait. Il me montra une chambre, et me dit d'y rester pendant quarante jours sans
compagnon ni commensal. Après que j'y fus resté le
temps fixé, je vis ce Platon du siècle, cette langue du
Messie. M'ayant regardé et étant content, il sourit; puis il
m'ordonna de me promener dans le jardin. Il me donna
sur une feuille de palmier une sorte de conserve ; ce n'é-
tait pas un élixir, mais une composition de sang. Après
me l'avoir donc donnée, il m'indiqua la manière de m'en
servir, et me dit l'effet que la chose produirait. Je fis
ce qu'il me dit, et mon cœur en fut tout à fait réjoui.
Force revint à mon corps et énergie à mon âme ; mon
œil aveugle devint de nouveau lumineux. Toutefois, je
n'oubliai pas la première apparition de cette fée et ma
réunion avec elle, ni comment la rencontre d'un jour
s'était évanouie tout à coup par l'ouverture du plafond.
Alors un livre relié se présenta à mes regards; je l'examinai, et je vis que c'était comme un océan dans une
cruche [1]. Je le lus en entier, et je m'assurai que la
vraie sagesse consistait dans l'asservissement de la volonté.

1. C'est-à-dire un « abrégé des sciences ».

« Je restai une année entière sans parler; mais le jour de ma sortie arriva. Le faquir me mit en main un porte-plume enrichi de pierreries, et me dit de le suivre. Il sortit, et ceux qui étaient debout à l'attendre se jetèrent à ses pieds par respect. Mes compagnons, qui étaient affectés par ma maladie, se mirent à lui adresser des louanges et des félicitations. Le jogui, d'après son usage, se baigna, puis il vint inspecter les malades. Il y avait dans la foule un jeune homme très-faible, très-chétif et très-maigre. Après avoir prescrit des remèdes à tous les malades, et avoir ainsi donné de l'éclat à sa solitude, il prit avec lui ce jeune homme. Il allait lui fendre le crâne pour retirer avec un forceps un ver qui s'y trouvait. Comme il était sur le point de le faire, je lui dis en particulier : Si vous vous y prenez de cette façon, l'insecte ne quittera pas le malade. Appliquez plutôt des pinces brûlantes au dos du malade, et tout de suite l'effet sera produit, car le ver sortira naturellement, tandis que, de l'autre manière, la vie du malade sera en danger. En entendant cela, il me regarda, puis il alla tout seul dans un coin du jardin. Il fit de ses cheveux une corde, au moyen de laquelle il s'étrangla et mourut en un instant. En allant à sa poursuite, je vis qu'il était mort. Ce beau jardin était désormais fané pour moi. Ne sachant que faire, et désespéré, je voulus l'enterrer. Comme je dénouais la tresse de ses cheveux qui lui avaient servi de corde, deux clefs en tombèrent. Je les pris, mécontent et chagrin, et je cachai dans la terre le corps du faquir, comme je l'aurais fait d'un trésor. J'appliquai ces clefs à toutes les portes, et elles ouvrirent deux chambres. Ce n'étaient pas des chambres, mais des écrins de perles ; du sol au plancher on ne voyait que rubis et que perles. Je trouvai là un livre qui offrait l'abrégé des opérations pour commander aux jinns et les faire agir. Le grand nom (de Dieu) y était écrit et la conjuration des démons. Rien des choses du temps n'était en dehors de ce livre. Comme je trouvai là un trésor infini, mon cœur satisfait songea à retourner à mon pays.

« Mon père, en me voyant, fut ravi de joie, et j'habitai de nouveau le jardin. Lorsqu'on apprit que j'étais arrivé sain et sauf, la joie fut indicible. Cependant, je me procurai tout ce qui m'était nécessaire, et je restai tranquille pendant quarante jours. Lorsque je fus en bon état, après ces quarante jours, le roi des génies parut sur son char et me dit : O toi qui as la vue courte, quelle est la cause pour laquelle tu as soulevé la terre sur ta tête ? Explique ce que tu veux, et indique-moi ce que tu désires de moi. Alors je lui fis savoir que j'étais immobile dans l'amour de la péri sa fille. Quand il l'eut appris, il s'écria incontinent : O homme ! qu'est pour nous l'espèce terrestre (humaine) ? Comment l'homme peut-il être notre compagnon ? — Je veux seulement voir ta fille, répondis-je ; je me contente d'obtenir cette faveur. Je ne dissimule pas ; je te fais savoir simplement ce que je veux. Je jurai de ne pas aller outre, et alors le jinn agréa ma requête, et il me dit avec énergie : Il est inutile de rien ajouter : si tu manques à ta promesse, tu t'en repentiras et tu en souffriras. Cependant le trône arriva et la fée parut ; elle se manifesta dans son éclat dans ma chambre même. J'accourus, et je fis le *niçâr*. Je soupirai et elle pleura. Quand j'eus lavé ma figure (par mes larmes), nous nous assîmes ensemble, et des deux côtés le livre du chagrin fut ouvert. Toutefois, nous ne pouvions songer à la séparation ; de notre cœur s'effacèrent la douleur et la peine. Nous restâmes à côté l'un de l'autre, embrassés, impatients au sujet de ma promesse. Le soupir restait toujours sur nos lèvres, à cause de mon serment, et le rire, à cause de notre bonne fortune. La fée m'avait dit quelquefois de bien me garder des dives. Ils obéissent, disait-elle, aux ordres qu'ils reçoivent, et, j'en jure par Dieu, ils sont ennemis de l'âme. Il faut garder soigneusement le livre que tu possèdes, de crainte qu'il n'en mésarrive. Bien que je fusse toujours très-attentif, le destin me préparait mille dangers. Une nuit, par l'effet de la séduction du diable, j'oubliai la recommandation de la fée, et j'entendis la voix perçante d'un jinn qui me cria : O toi qui ne marches pas droit, sois courtois et donne-moi le livre ! J'étais ivre d'une double ivresse, et je donnai de ma propre main cette sauvegarde. Incessamment, le jinn fit passer le livre à un autre jinn. Alors je regardai à mon oreiller, et je vis qu'il y avait tout auprès plusieurs jinns. La péri tomba en syncope tout en se moquant de moi, et alors mon ivresse cessa. Je voulus me ressaisir lestement du livre, mais un second jinn le prit du premier. Je regardai, et je vis des milliers de fils de fées, bien que je fisse usage de beaucoup de charmes et de fascinations pour les éloigner. Tous mes actes ne produisirent aucun effet, et aucune de mes dispositions n'eut de résultat. Le dive qui était à mon chevet se changea en bœuf.

« Voilà ce qui se passa. Toutefois, la fée ne reprit pas ses sens, et cependant je soufflai à son oreille des paroles de magie. Depuis ce jour, je ne cesse d'occuper d'elle mon esprit et mon cœur. Chaque mois je montre à la foule assemblée un vase orné de branches d'émeraudes que j'ai fait pendant les trente jours précédents, et je tue un imberbe. Je reviens ensuite et je fais de nouveau cet ouvrage jusqu'à ce que quelqu'un ait pitié de moi, qu'il dénoue le nœud de mon cœur et me délivre du lien du chagrin.

« Quand j'eus entendu cette histoire lamentable, j'oubliai mes propres infortunes et je lui dis : Quoique moi aussi je sois malade (d'amour), je veux néanmoins te porter secours avec dévouement. Tant que je ne trouverai pas la clef de ton cœur fermé, je m'évertuerai pour y réussir. J'oublierai ma propre affaire, je m'abstiendrai de tout ce que Dieu permet.

« Ayant ainsi parlé, j'allai de nouveau parcourir le désert, et je souffris du chaud et du froid, de mille manières. Je restai troublé pendant cinq années, mais je ne parvins pas à ce qu'il désirait. Désespéré, je montai sur la cime d'une montagne, voulant m'en précipiter, mais un cavalier m'apparut et me dit : Homme sans expérience, ne renonce pas à la vie, mais dirige-toi vers la Grèce, et là, si tel est ton destin, ton désir sera atteint. Tu y rencontreras de malheureux derviches, et vous obtiendrez tout ce que vous désirez. Après m'avoir donné cette explication, le cavalier mystérieux ajouta : Sois content, il est certain que tu obtiendras bientôt ce que tu souhaites.

« Le fait est que quiconque est admis auprès du roi voit sa position désolée changée en bien. Je l'espère pour ce qui me concerne, car tout le monde vit dans l'espérance. »

Lorsque le discours de ce second derviche fut terminé, il ne restait que peu de nuit. Azâd-bakht se leva de son coin, satisfait dans son cœur et épanoui dans son esprit. Il se hâta de retourner dans son palais et y resta tout seul. Les faquirs ne se doutèrent de rien et ils s'endormirent paisiblement, couchés sur leurs tapis.

**Le roi fait venir les quatre derviches en sa présence;
il les traite avec respect;
il leur explique l'histoire de l'emprisonnement éventuel
du vizir.**

Échanson du vin couleur de rose, indique-moi quelque chose, car ce n'est pas le moment de s'endormir. Donne-moi une coupe de vin pur, extrait du raisin, car l'air frais est le précurseur de la lumière du jour.

Lorsque l'aurore qui annonce la joie se développa, et que les boutons s'épanouirent par le souffle du zéphir, lorsque la fraîcheur de l'aurore se manifesta partout et qu'on entendit l'*izân* des muezzins, les rossignols se précipitèrent sur les fleurs et une foule d'oiseaux perchèrent sur les arbres. Le zéphir arriva selon sa coutume; il y eut le chant des rossignols et le parfum des fleurs. Alors le sultan, après avoir récité la prière du matin, donna ses ordres aux *chopdâr* (appariteurs), qui en conséquence coururent là où les derviches étaient réunis et leur firent savoir que le sultan les demandait. S'étant souvenus de

la parole d'Ali le Martyr qu'ils avaient entendue, ils suivirent, contents, les appariteurs. Ils entrèrent dans le
palais avec cent cérémonies et, ayant offert leurs hommages au roi, ils s'assirent dans une humble posture.
Alors le roi leur dit en toute sincérité et simplicité :
O vous qui êtes rois en réalité et mendiants à l'extérieur,
veuillez bien me faire savoir vos circonstances et dire
d'où vous venez. Les derviches répondirent : « O roi des
rois, illustre souverain ! ces quatre personnages couverts
de haillons portent depuis longtemps leur bagage sur le
dos. Ils ont parcouru le monde, ils ont éprouvé des
malheurs ; mais pourquoi faire connaître leur nom ? Ce
qu'ils ont souffert par les révolutions du temps ne peut
s'expliquer, si ce n'est en abrégé. C'est une histoire
fâcheuse et déplorable, qu'on n'a ni la force d'entendre
ni celle de conter. » A cette réponse, le roi dit en souriant : Vous avez raison ; mais d'un coin où j'étais j'ai
entendu de loin, cette nuit, tout ce qui a été dit. Il me
reste cependant à apprendre les aventures de deux
d'entre vous, et je les prie de me satisfaire. Mais écoutez
d'abord mes propres aventures, que je vais vous raconter
intégralement. »

Les faquirs étonnés gardèrent le silence, leur cœur fut
saisi de crainte et ils ne purent rien répondre. Quand
le roi les vit embarrassés à ce point, il leur dit : « Il n'y a
personne qui n'ait éprouvé quelque accident fâcheux, car
les créatures sont la proie de l'instabilité. Moi qui suis
roi, par la grâce de Dieu, j'ai eu aussi des aventures. Si
vous le permettez, je dirai ce qui en est, à condition que
vous l'écoutiez de l'oreille du cœur. » — « O roi aux vues

4

élevées, répondirent alors les faquirs, bien que nous ne méritions pas cette faveur, qu'il ne soit pas éloigné de la bonté de Votre Majesté de nous conter tout cela. » Le roi, les voyant alors désireux de connaître ses aventures, leur en fit entendre le récit en les exposant de la manière suivante :

« O vous, chefs des chefs du monde spirituel, sachez que mon père était, avant moi, roi du monde temporel. Il siégeait sur ce trône béni ; il était jeune, il avait le cœur jeune et la fortune jeune. Le ciel frottait son front à sa porte ; tout était sous son sceau, depuis la lune jusqu'au poisson. Il était brave, conquérant du monde. La Chine et le Khatai lui obéissaient. Roi du temps et de la terre, il était favorisé par la miséricorde de la Miséricorde des mondes (Mahomet). Quand mon tour de régner arrriva, le gouvernement me devint facile. Par la bonté de Dieu, la fortune me sourit ; je fus le souverain du royaume, je possédai la couronne et le trône. Une bonne odeur fut départie au monde de l'existence, c'était un nouvel éclat de Khosroès. Le siècle fut satisfait de ma justice, païens et musulmans firent des vœux pour moi. Le commencement de la jeunesse est la joie du cœur ; c'est un temps de contentement et d'une sorte d'ivresse ; tantôt j'étais occupé de musique et de réceptions, tantôt je me trouvais volontiers avec des belles.

« Sur ces entrefaites on vint me dire : O roi des rois, vous dont les vues sont heureuses, il est arrivé miraculeusement à votre cour un marchand du Badakhschân ; il a avec lui, de tous les pays, des raretés dont chacune est digne d'être offerte en présent. En apprenant cette nou-

velle, je donnai ordre de faire venir ce marchand auprès
de moi pour qu'il me montrât ces raretés. Ce marchand,
plein d'intelligence, vint en effet, en ma présence, porteur de ces choses. Il me dit respectueusement et avec
modestie : J'ai apporté ces objets pour les offrir en don
à Votre Majesté. Comme je regardai attentivement ces
raretés, je m'assurai que je n'avais rien vu de pareil. Il y
avait entre autres un rubis de belle couleur qui pesait
cinq miscals, ce qui me parut de bon augure. Ce lourd
diamant, dont on n'avait jamais vu auparavant le pareil,
m'ayant charmé par sa belle eau, je fis au marchand plusieurs présents en échange et je lui donnai un écrit pour
recommander que partout où il irait on n'agît pas contre
sa sûreté et que les percepteurs d'impôts n'eussent rien à
lui demander. Il resta pendant quelque temps à ma cour,
mais poliment, tant de près que de loin. Ses manières
distinguées me plurent; j'aimais ses discours; je pris
aussi l'usage de demander à voir ce rubis de vive couleur
et je disais aux grands personnages présents : Je n'ai jamais vu un rubis pareil, ni je n'en ai entendu parler. Mais
écoutez ce qui arriva par hasard : on n'entendit jamais
chose semblable.

« Un jour grands et petits étaient réunis dans le dar-
bar; les piliers de l'empire et le grand-vizir occupaient
leurs rangs et tout souci était loin de leur cœur. A cette
réception assistaient aussi les ambassadeurs des sept climats pour m'offrir leurs hommages. Je les fis tous approcher et je leur montrai ce rubis, tel que, selon moi, on
n'avait jamais rien vu de pareil.

« Tous à l'envi l'ayant regardé, en se le passant de

main en main, m'adressèrent ces mots : O roi célèbre,
nous n'avons jamais entendu parler d'une pierre pareille
à celle-ci. Il n'y a nulle part un bijou semblable, ni d'un
poids égal. Toutefois un ambassadeur des Francs qui
était dans l'assemblée, sourit malicieusement et se mit à
dire : O roi, digne de respect, que ta souveraineté soit
toujours stable. En effet, dans les climats je n'ai pas entendu parler d'une pareille pierre ornant les trônes et les
couronnes. C'est assurément grâce à ta dignité et à ton
pouvoir que tu as pu te procurer cette pierre unique.

« Alors un excellent vizir de mon père, debout au pied
de mon trône, baisa la terre et demanda à parler : O roi
des rois d'heureux auspice, dit-il, je sais quelque chose
et je vais l'exposer franchement, mais je demande d'avoir
la vie sauve. — Je lui donnai ordre de parler, ce qu'il fit
en donnant des marques de crainte : O quibla des besoins
spirituels et temporels! dit-il, ô roi dont les diplômes
donnent des couronnes; toi qui nourris le monde, qui
distribues la justice et qui es équitable, toi qui seul peux
conquérir les sept climats et qui écoutes les plaintes des
sujets; toi qui remplis l'univers de ta justice et par qui
l'injustice est anéantie, tant que le soleil et la lune seront
au ciel, tu seras en possession de ton royaume et de ton
armée! Permets-moi de te dire qu'il n'est pas convenable
pour un roi de s'attacher à une pierre qui n'est en réalité
que du gravier, et d'en faire l'éloge à chaque instant,
tant dans les réunions publiques qu'en particulier. Bien
que cette pierre ait une certaine valeur, qu'elle ait beaucoup de poids et qu'elle soit d'une espèce rare, toutefois
il n'est pas digne de la majesté royale de la montrer

comme la lune de l'*id* [1]. Tous les ambassadeurs présents
à cette audience solennelle en parleront publiquement
dans leurs cours respectives. Il est étonnant, diront-ils,
qu'un personnage si élevé en dignité soit assez léger pour
montrer tous les matins un morceau de pierre et qu'il
en fasse un éloge exagéré en demandant si on a jamais
entendu parler de quelque chose de semblable; et vous
serez un sujet de moquerie de la part de tous les rois.
Pardonnez-moi si je m'exprime ainsi; mais on trouve
ailleurs d'autres pierres aussi merveilleuses, car il n'y
a que Dieu qui n'a pas de pareil. Dans le petit bazar de
Nischâpur, où respirent la joie et l'abondance, on voit
douze rubis d'une forme étonnante, chacun du poids de
sept miscals, dont un marchand a fait un collier qu'il a
mis en ornement au cou de son chien.

« Quand le vizir m'eut fait courageusement connaître
ce fait, la colère donna à mon visage un aspect sévère, et je lui dis tout ému : « Toi qui n'es bon à rien,
sache que la rétribution pour les menteurs, c'est l'empal,
afin que désormais personne ne vienne mentir en face
même des rois. » Alors le bienveillant ambassadeur des
Francs prit la parole en ces termes : O asile du monde!
il n'y a rien d'étonnant qu'il y ait de tels diamants, car
tout est possible à Dieu. Ses œuvres sont hors de l'ap-
préciation humaine, et ainsi l'investigation à ce sujet est
inutile. Tout ce qu'il fait est beau et admirable. Le pouvoir de Dieu n'est pas enchaîné; on ne l'a jamais vu ni
on n'en a jamais entendu parler complétement; mais il

1. La lune qui termine le jeûne du *Ramazân*.

convient quelquefois de le signaler. Ainsi il est injuste de
condamner à mort un innocent. — Je répondis : Bien que
le pouvoir de Dieu dépasse toute limite, cependant je n'ai
jamais ouï dire qu'il y eût quelque part dans le monde
de pareils rubis. Un tout petit marchand pourrait-il être
en possession de tels bijoux, lui qui va de porte en porte
chercher du profit? Comment garder ainsi des fonds si
considérables? Je n'y puis croire. — O roi des rois! répliqua l'ambassadeur, rien n'est difficile à la puissance
divine. Qu'y a-t-il d'étonnant qu'il se trouve des rubis de
cette couleur, qui plaisent à la vue et sont d'heureux
présage? Il est donc convenable qu'en ce moment vous
vous contentiez de mettre en prison le vizir, afin que,
jusqu'à ce que ce qu'il a dit ait été vérifié, il reste sans
crainte en sûreté. Car la règle des distributeurs de la justice n'est pas d'infliger tout d'un coup un châtiment sévère. Tant que la faute n'est pas vérifiée, on ne peut dire
qu'il y ait offense. Il ne faut donc pas faire empaler le
vizir, car il se plaindrait, au jour du jugement, de votre
injustice devant le grand juge (Dieu). La flèche des soupirs de ceux qui ont éprouvé l'injustice parvient à son
but, ainsi que l'ont écrit les savants *pirs* [1] : *Si le soupir
d'un homme injustement traité s'élève du cœur, son ardeur
met en flamme la terre et l'eau.* — Bien que je parusse en
dissentiment avec l'ambassadeur, je restai néanmoins
convaincu et vaincu. A la fin, je dis à ce personnage :
Eh bien, à cause de toi, je n'appliquerai pas cette puni-

1. Ce mot, qui signifie « vieillard », se dit des saints personnages
musulmans; et ici il paraît s'appliquer à Saadi, dont le vers suivant
dans le texte est une citation.

tion. Mais ce méchant naturel restera en prison, et je lui donne une année. Si son discours est vérifié, il sera certainement mis en liberté. Si son énonciation est fausse, il subira la punition réservée aux menteurs.

« Je fis donc mettre en prison le vizir, pour donner le temps de vérifier son dire. Cet homme, heureux de cette décision, alla donc subir sa peine, considérant le monde comme sens dessus dessous. Mais il était religieux, il pensa à Dieu dans sa prison, tandis que la nouvelle de sa disgrâce se répandit auprès et au loin dans le royaume. Lorsqu'on eut appris la chose dans le palais, la tristesse s'y répandit. La charmante fille du vizir, au visage de Vénus, en devint surtout fort triste. Elle fut impatiente comme l'éclair quand le nuage printanier verse des pleurs. La rose de sa bouche fut mouillée par la rosée de ses larmes, et l'on aurait dit que des violettes étaient éparpillées sur le cyprès de son corps.

« Ce ministre n'avait pas été assez heureux pour devenir le père d'un garçon; un soleil n'était pas sorti de ses veines. Mais il avait cette fille charmante, qui faisait le malheur de l'âme et qui excitait le trouble dans l'esprit asservi par l'amour. Elle était à la tête des beautés à figure de lune, et elle faisait honte au soleil. Son front, ses dents et ses lèvres étaient le lis, la rose blanche, la perle le rubis. Ses noires éphélides, ses boucles de cheveux ambrés excitaient la jalousie du musc du Khatai et de la Chine. Sa taille droite était l'objet du *niçâr* du cyprès élancé, qui s'abaissait humblement devant elle. Si quelquefois cette péri voulait aller gracieusement quelque part, la perdrix oubliait sa démarche. Sa piquante gentillesse, ses minauderies et ses manières engageantes séduisaient les cœurs.

« Cette gentille lune avait un palais où elle aimait à demeurer séparément et où elle était entourée de monde. Ce fut là que sa mère arriva défigurée par les pleurs : on aurait dit qu'un nuage chargé de pluie couvrait le jardin. Troublée dans son esprit, le cœur brûlant, les yeux mouillés de larmes, elle lui dit : O toi qui es sans pudeur, ton père est étroitement confiné dans une prison sévère ; tâche de travailler pour le délivrer. Dans de telles circonstances, une personne grave doit pleurer, et tu te livres aux divertissements ! Si Dieu avait donné à ton père un fils, même aveugle, il pourrait agir maintenant avec énergie. Je suis chagrine et je me livre au jeûne depuis ce jour-là, car il n'y a pas de remède à notre malheur. Après avoir appris à sa fille ce qui s'était passé, sa mère exprima donc le regret qu'il n'y eût rien à faire. Émue à ce récit, sa fille se mit à pleurer et lui dit : Petite mère bienveillante, quoiqu'il y ait des usages habituels, ils ne sont pas généraux. Ici est une agréable réunion, là une sympathie de soupirs ; ici le jour lumineux, là la nuit noire. Quelque part est la joie, quelque part la tristesse ; ici la désolation, là l'éclat de la création. Tantôt on reste seul, tantôt on est dans une situation différente. Le loup est toujours rôdant, tantôt sur la montagne, tantôt arrachant de la paille. Quelquefois il y a un arrangement favorable par l'effet de la grâce de Dieu, d'autres fois on voit la nuit de la noire infortune. Quelquefois le corps se consume dans l'appréhension, d'autres fois il est comme le faucon de bon augure. Tantôt

il est comme le jasmin ou la blanche rose, tantôt il s'a-
maigrit ou perd la raison, s'agitant comme le saule. Nous
sommes changeants comme le temps, tantôt dans la joie,
tantôt dans le chagrin et la tristesse. Mais, quoiqu'il y
ait des points blancs ou noirs, il ne faut pas désespérer
de la générosité de Dieu. Prenez garde de vous laisser
aller au désespoir; mais, au contraire, espérez en la
bonté du Tout-Puissant. La patience dénouera la difficulté et elle éloignera de votre cœur le chagrin. Il n'y a
pas de douleur pour laquelle il n'y ait un remède. Confiez-vous donc en Dieu et n'éprouvez pas de chagrin.
Voyez quelles sont les œuvres de sa puissance.

« Cette mère désolée, ayant entendu ce discours, s'en
alla dans sa retraite en pleurant. »

Voyage de la fille du vizir; son changement de costume pour dissimuler son sexe.

Donne-moi actuellement à boire, ô échanson! un vin
généreux, afin que mon esprit ne soit jamais émoussé.
Il me faut un vin très-capiteux, car je vais mettre le pied
dans l'étrier du voyage. Cette coupe doit me satisfaire
tellement, qu'elle me conduise promptement à la ville
désirée. L'ivresse qu'elle me donnera amènera la gaieté
et éloignera de mon esprit la fatigue du voyage.

Le narrateur va maintenant se donner la peine d'écrire
avec son calam la suite du récit : « Écoutez donc l'histoire
pénible de cette personne affligée, car cette fille intelligente se reprochait de ne pouvoir délivrer son père. A
force d'en chercher le moyen, cette idée lui vint à l'es-

prit : Ne te livre pas au désespoir, se dit-elle ; mais lève-
toi, prends des vêtements d'homme et va à Nischâpur,
comme le font les marchands ; mais garde caché le secret
de ton cœur. — Ayant déterminé la chose dans son esprit,
elle appela le mari de sa nourrice et elle lui dit : « Mon
cher père nourricier, le roi a mis mon père en prison et
ma mère m'a fortement grondée. Ses invectives m'ont
rendue malheureuse ; mon cœur a été déchiré par ses
paroles. Je n'ai de goût ni pour le boire ni pour le manger ; bref, il me paraît dur de vivre ainsi. Comme le
chagrin qui est résulté de la chose a été extrême, mon
intention actuelle est de changer de vêtements sans regret ni soupir. Ainsi je serai censée marchand ; j'éprouverai mon sort et je nettoyerai ma souillure. Si je n'obtiens pas l'objet de mon désir, je ne reviendrai pas et je
ne montrerai jamais plus à personne mon impur visage. »

« Quand le mari de la nourrice eut entendu ce discours,
il répondit : « O toi qui rends jaloux le soleil et la lune,
n'accomplis pas ton projet, car il est insensé, et ce serait
le comble de l'infamie que de l'exécuter. Tu souffriras
beaucoup en voyage. On pensera mal et l'on parlera mal
de toi dans le monde. Est-il nécessaire de s'engager dans
cette affaire? Ne prends pas sur ton cou cette obligation.
Recours à Dieu, qui sait agir et qui satisfait les besoins,
lui qui n'a besoin de rien. Au contraire, personne dans
le monde n'est libre dans sa volonté, tous sont en proie
aux vexations du destin. Dieu noue et dénoue ; il peut te
délivrer de la difficulté où tu te trouves. Un caractère
ferme peut supporter des milliers de malheurs, mais non
celui dont le naturel est timide. Celui qui patiente obtient

ce qu'il désire. La patience est un remède certain pour toute maladie. Aucun mal n'arrive aux patients ; car il y a pour eux d'abord le poison, puis le sucre. Celui qui n'a pas subi l'aiguillon de l'abeille ne trouve jamais le miel. La patience ouvre la porte de la perfection. Là où la patience existe, l'affliction peut-elle avoir lieu? Celui qui tourne son visage du côté de la patience réussira immanquablement. La patience seule te suffira pour dénouer ce nœud. Ton père nourricier t'engage à renoncer à ton projet. Voilà tout ce qu'il peut te dire. Tu sais ce qui est arrivé à Joseph lorsqu'il était en prison dans un puits ; le témoignage d'un animal privé de la parole fut cause de sa délivrance [1]. C'est qu'il ne désespéra pas de Dieu. O toi qui enflammes le cœur, patiente au moins quelques jours ! »

« Quand la jeune fille eut entendu ce discours, elle en fut agitée et elle répondit avec humeur : « Bien que j'éprouve les mêmes sentiments, il est cependant loin de mon esprit de rester inactive. La chaleur des observations qu'on peut lui faire ne produit aucun effet sur le cœur qui est affligé. Les bons avis sont du sel pour le cœur déchiré. Non, je ne veux pas rester assise dans l'inaction ; je veux éprouver, selon mon pouvoir, ma destinée. Que les apprêts du voyage soient effectués et qu'on accumule de précieuses marchandises, afin que je puisse faire le commerce comme si j'étais un homme : je partirai pour Nischâpur ; j'y suis décidée. »

« On réunit donc tous les objets nécessaires pour le

---

1. Légende musulmane.

voyage : des bijoux, des ornements, des perles précieuses; on demanda même des diamants d'Alep, de
l'Yemen, de Badakschân. La jeune fille s'entoura alors
d'un apparat royal, elle se procura des cachemires re-
marquables du Khatai, et de Khotan des choses de grande
valeur, des raretés inappréciables; des esclaves char-
mants et bien dressés, des jeunes filles belles comme
Vénus et attrayantes pour le cœur; des instruments
joyeux de musique, d'excellents chanteurs qui trouvaient
bien la mesure. Lorsque tous ces préparatifs de voyage
furent réunis, elle fit partir en avant son père nourricier.
Elle avait caché son projet à tout le monde; au soir elle
se disposa à se mettre en route en tapinois. Le soleil,
béni du monde témoin de ce voyage, se coucha lorsqu'il
alla commencer. Tout à coup, comme le ciel écarta de
la nouvelle mariée de la nuit les cheveux qui lui servaient
de voile, la jeune fille, désireuse d'accomplir son dessein, se leva gentiment, enleva gracieusement sa robe,
orna ses formes d'un vêtement d'homme, et par ruse elle
donna à son corps de buis la toilette du chambéli. Puis,
autre Jupiter (acheteur), elle prit faussement l'apparence
particulière de Mars. Quelqu'un alla de sa part demander
pour elle un cheval gris pommelé, bon coursier, avec son
harnais et sa bride. Puis cette jeune fille, belle comme la
lune au milieu des étoiles, son père nourricier et les
gens qui l'accompagnaient, partirent en grande hâte.
Cette lune heureuse avait son cortége d'étoiles. Ils restèrent toute la nuit à cheminer; au matin ils se levèrent;
leur guide et leur protecteur était Dieu. A peine prirent-
ils du repos. Que dirai-je de l'endroit où ils descendirent?

« Au matin, le bruit courut que la belle jeune fille aux joues de lune avait disparu sans laisser aucun indice qui pût éclaircir la chose. On soupçonna la réalité et on se dit l'un à l'autre, tout chagrin : Le brillant rubis n'est plus en Badakhschân. Les uns parlent de sa rondeur, les autres de sa forme oblongue ; les uns espèrent le trouver, les autres en désespèrent. Les uns cherchent quelque part pour voir s'ils ne découvriront rien ; les autres annoncent qu'il n'y a pas d'indice. Quelqu'un disait : Voilà une jeune fille qui enlève le cœur ; elle a un front de lune qui excite le tapage. Quelque dive aura sans doute été blessé par son regard, ou quelque jinn aura eu de l'inclination pour elle. De ses cheveux bien arrangés s'élevait l'odeur des fleurs. Elle paraissait ne vouloir se lier avec personne, et lorsqu'elle en avait l'occasion, elle la fuyait. Les uns disaient : Elle donne lieu à la jalousie, au point que la lune en colère se montre au ciel tout entière. Quelques autres disaient : Elle est allée à Nischâpur, mais elle n'a pas pris les dispositions nécessaires. Bref, des gémissements avaient lieu avec cent désespoirs, et le secret fut dévoilé à sa mère. On lui dit : Comme les étoiles disparaissent à l'aurore, cette lune brillante s'est dérobée aux regards. Qui peut savoir de quelle façon elle est partie ? Nous n'avons pas été assez habiles pour l'apprendre.— Sa mère, dont ce malheur mettait la vie en danger, ayant appris ce qui se passait, se mit à soupirer involontairement. Ce malheur arrivé si inopinément était tel que nulle autre personne n'en avait éprouvé un semblable. Toutefois elle n'en parla pas, elle ne dit rien ; elle ne jeta pas son assiette sur le toit. Ayant regardé du côté du

ciel avec mille soupirs, elle resta assise, le cœur affligé.
Pour conserver l'honneur de sa fille, elle cacha l'aventure, et sa douleur eut dans son cœur deux rangées.
Tantôt elle se souvenait de son amour maternel et elle
pleurait beaucoup en gémissant; tantôt elle disait qu'elle
était malheureuse, augurant mal de l'entreprise de sa
fille et pensant qu'il n'en resterait pas de trace. Quelquefois, en se souvenant de ce qu'elle avait dit, elle admet-
tait l'écriture du destin. Cependant sa fille, pareille au
zéphyr matinal, chemina heureusement d'étape en étape.
Puis, après avoir parcouru joyeusement toutes les sta-
tions, elle parvint à son but, et elle se reposa des fatigues du voyage, heureuse d'avoir trouvé ce qu'elle
cherchait. »

Les voyageurs arrivent à leur destination.
Ils obtiennent l'indication qu'ils désiraient.
Amour impatient d'un côté et insouciance de l'autre.
Contentement final.

O échanson! donne-moi maintenant une coupe de vin
exquis, car je suis arrivé de loin. Donne-moi de ce vin
dont l'ivresse procure la joie et qui annonce l'obtention
du désir, bien qu'elle soit encore loin du cœur. Viens,
car je vais maintenant écrire une histoire qui montrera
que celui qui cherche trouve ordinairement.

« Cette charmante jeune fille arriva donc à Nischâpur
pleine de désir et d'ardeur et confiante en Dieu. Lorsqu'elle allait en un endroit, on aurait dit que le soleil
entrait dans le signe du Lion. Tantôt l'espoir était dans
son cœur, tantôt le désespoir; mais elle espérait toujours

en la bonté de Dieu. Les espaces qu'elle avait parcourus dans la recherche qu'elle avait faite, elle les parcourut de nouveau en esprit dans la nuit. Au matin, lorsqu'elle se fut habillée, elle alla au bain, et elle rendit à loisir cent actions de grâces au Miséricordieux. Puis elle forma le dessein d'aller au bazar. Elle y alla donc et s'y promena. Dans tous les lieux où elle portait ses pas, elle en augmentait l'éclat. C'était la lueur soudaine d'une flamme; c'était un spectacle digne d'être vu. Comment décrire son degré d'intelligence? Tout le monde se serait sacrifié pour admirer son port majestueux. L'un était charmé de son discours, l'autre était ravi de sa démarche de perdrix; l'un était blessé par son regard, un autre était touché de sa beauté. Quelqu'un faisait attention à ses yeux, un autre à ses cils; un autre était troublé à la vue de ses cheveux. L'un regardait sa joue, l'autre l'éphélide qui l'ornait; celui-ci ses lèvres, celui-là son nez. Le temps seul pouvait effacer sa beauté et anéantir l'amour que grands et petits lui portaient. L'un avisait ses manières aimables, l'autre sa grâce charmante; celui-ci enfin se dévouait pour les clins d'œil de cette aimable personne. Bref, peu à peu cette jeune fille, qui semblait aller à la chasse des cœurs, parut dans tout son lustre à l'extrémité du marché. Boutiques et portes de maisons en reçurent de l'éclat. Partout où elle alla, elle excita la jalousie du soleil. Là où cette lune se promena volant les cœurs, l'âme et l'esprit y accouraient. Comme elle connaissait le haut et le bas du cœur humain, son asservissement était facile.

« Tout à coup sa vue se porta sur une irruption de

rossignols qui faisaient retentir l'air de leurs chants, et
sur une boutique, ou plutôt une vraie mine de diamants.
Cette splendide boutique était entourée de bosquets et
de jardins fleuris qui lui servaient comme d'enseigne. Il
y avait des objets précieux d'Alep, il y en avait de l'Yemen; il y en avait du Khatai èt de Khotan. Il y avait
des raretés de toutes les villes et de tous les pays; du
Badakhschân, de la Tartarie et du Kachemyr. Là où le
regard tombait, là il s'arrêtait, car il ne trouvait partout
que des choses rares à admirer. Il y avait de la martre
et de l'hermine de différentes espèces, du brocart et
d'autres belles étoffes de soie de tout genre ; quelque part
de l'aloès et de l'ambre gris à foison ; là des monceaux
de safran et de sandal. Le plancher de la boutique était
si propre, qu'on l'aurait pris pour une tablette de cristal.
Des tapis et de beaux lits de repos, ornés de pierreries,
brodés, capitonnés, étaient très-proprement dressés. Là
se tenait le marchand, âgé d'environ cinquante ans, lune
brillante de la station du bonheur, revêtu d'une splendide
robe éclatante comme les feuilles dorées de l'automne. Il
était appuyé sur un coussin, comme s'il attendait quelqu'un qui cherchât sa maison, tandis que quelques personnes lui exposaient éloquemment, avec déférence et
douceur, ce qu'elles désiraient. En le voyant, la fille du
vizir remercia Dieu humblement dans son cœur et, lui
adressant cent prières accompagnées de prosternations,
elle disait : O Dieu ! celui-ci excite le trouble contre la
loi, car il est cause de la détention de mon père. Qu'il
soit maintenant cause de sa délivrance, que l'explication
de tout ce qui s'est passé ait lieu en toute simplicité du

cœur. Que cette proie tombe dans le filet de ma familia-
rité, tâchons qu'il m'obéisse. Prenons-y garde. Que son
cœur soit brisé par la fascination de mon regard; que
l'épée de mes sourcils répande son sang !

« Quoique le cœur de la jeune fille fût ici, son regard
était là; et elle alla tout de même à une boutique atte-
nante à la première. Elle s'aperçut qu'il y avait deux
cages de fer où étaient enfermés séparément deux individus. Comme elle considéra ces deux hommes, elle vit
qu'ils avaient la couleur du saule pleureur. Leurs cheveux étaient embrouillés et malpropres, et tout leur corps
annonçait l'affliction matérielle et morale. Leur tête était
appuyée sur leurs genoux, leurs yeux étaient humides
de larmes, leur chagrin était pareil pour chacun d'eux.
Deux jeunes nègres à droite et à gauche veillaient attentivement sur ces hommes. En voyant ce spectacle, la
jeune fille, qu'on appelait le fils du marchand, dit : *Il n'y
a de force et de gloire qu'en toi, ô Dieu glorieux*[1] !

« Sa vue s'étant portée ailleurs, elle vit comme un
nouveau printemps, c'est-à-dire une brillante boutique, et,
au-dessus d'un canapé de velours, un baldaquin avec une
frange de rubis et un galon d'or, comme une ligne de soleil
venue de l'Yemen. L'incarnat du velours et son éclat brillant, le rouge des rubis, la splendeur de l'or annonçaient
que la puissance divine est hors de toute limite. Le soleil
se voyait dans le crépuscule et la teinte du soir dans le
soleil. Toutefois il y avait là un chien couché, qui avait
au cou un collier. Ses pieds de devant et de derrière

---

1. *Là haul illa billah-i el 'ali el 'azîm.*

étaient posés sur un siége somptueux ; il avait auprès de
lui deux beaux esclaves qui étaient occupés de son service ; l'un tenait en ses mains un mouchoir, l'autre un
chasse-mouche. Comme la jeune voyageuse regarda attentivement et à plusieurs reprises le chien, elle vit quelque chose d'étonnant. Il y avait au cou de ce chien des
rubis absolument comme il avait été dit. Elle fut alors
contente dans son cœur, en pensant que c'étaient bien
là sans doute les rubis qui avaient été mentionnés. Elle
conçut un plus grand désir de s'en assurer, et le feu dont
son cœur était embrasé redoubla. Le désir de son cœur
fut sur sa langue, et elle resta debout, absorbée par la
contemplation de ce spectacle. Là était donc ce dont nous
parlons, et ici cette face de péri dont tout le monde était
ébahi, ici était le désir de parvenir au but, là celui de conquérir cette beauté, ce qu'exprimaient des exclamations.
Tous les deux annonçaient des désirs ; mais l'un trouvait
que le peu qui se manifestait était beaucoup, et l'autre,
que ce beaucoup était trop peu. Ici on était seulement en
supplication ; là il y avait supplication et grâce. D'un
côté ce vieillard, de l'autre cette personne à heureuse
fortune et dont on pouvait bien augurer. Sur ces entrefaites, le vieillard envoya quelques personnes porteuses
de ce message : O soleil et pleine lune des horizons ! lui
envoya-t-il dire, je suis tout chagrin et tout seul, je souhaite votre heureuse approche. Veuillez venir auprès de
moi, et que votre pied béni arrive ici. Je vous ai désiré
longtemps, mais un rideau était tiré entre nous. Ne
songez à faire avec moi aucune cérémonie, car je n'en
fais pas.

« Lorsque la jeune fille déguisée eut entendu ce message de la part du vieillard, elle pensa que sa flèche avait atteint le but. Il y avait un bon motif pour satisfaire ses désirs; aussi répondit-elle : C'est bien, et elle se mit en route. Elle partit donc gracieusement avec la démarche telle qu'elle peut avoir lieu quand elle provient d'un cœur pur. Au moment même où le marchand fixa son regard sur elle, tout à coup une lance lui perça le cœur. Comment dirai-je ce que fut ce regard? Ce fut une étincelle sur du coton sec. Le sang du cœur coula, ce sang se transforma en eau; cette eau alla aboutir aux yeux. D'un pas béni, avec cent humilités, affaibli par l'âge, il s'offrit en sacrifice. Il n'avait pas la force de se prosterner devant elle, mais debout il lui présenta ses respects. Lorsque cette rusée trompeuse vit que le cœur de cet homme était venu dans son filet, qu'elle l'avait tué par l'épée de son sourcil et qu'il avait de l'inclination pour ses yeux enchanteurs; l'ayant donc trouvé parfait en amour, elle s'approcha de lui. Alors le marchand la caressa au front avec la main et la fit asseoir à côté de lui. Ici il y avait le regard qui annonçait un asservissement complet qu'il effectuait, là des larmes ardentes qui prenaient la gorge.

« Toutefois ce vieillard s'étant contenu, il reçut l'étrangère avec un chaleureux empressement, en lui disant : O lumière des yeux vieux et aveugles, le bâton des impotents et la force des malheureux! d'où venez-vous et dans quelle intention? dites-moi votre nom et indiquez-moi de qui vous descendez. — Quand le prétendu fils du marchand eut entendu ces mots, il dit en souriant : O toi

qui me sers de père bienveillant, sache que mon pays
est la pure terre de Grèce, et que Constantinople est le
lieu de ma naissance; mon occupation actuelle est de
commercer, et mon affaire est de voyager matin et soir;
quoique auparavant je ne fusse jamais sorti de la maison
et n'eusse pas franchi le seuil de ma porte, toutefois,
mon père étant très-âgé, j'ai dû forcément, moi faible et
malheureux, prendre sur moi de me mettre en marche et
j'ai fait le commerce. Je n'avais jamais ouï parler d'un
voyage sur mer, mais seulement d'un voyage par terre
et à travers le désert. Étant donc venu ici, j'ai entendu
célébrer vos bontés; jeunes gens et vieillards font votre
éloge. J'ai désiré vous voir; on aurait pu dire que je
vous aimais de cent mille cœurs. Tel était donc mon
désir, et j'en ai obtenu la réalisation. J'ai trouvé en vous
le double de ce qu'on m'avait dit sur vos excellentes
qualités, et même quatre fois plus. Votre réputation est
au-dessus des horizons, pour la grandeur, la bonté et le
charme. Par la grâce de Dieu, je m'en suis assuré. Actuellement je demande à me retirer, permettez-le-moi. —
Quand le vieillard eut entendu ces mots, il en fut attristé
et troublé. Il n'eut pas la force de parler ni celle de
répondre, son intelligence fit défaut, son esprit perdit
son énergie. L'impatience l'assaillit, le chagrin de l'a-
mour le troubla. Il resta quelque temps comme évanoui,
bien qu'il semblât par moments recouvrer ses sens. La
force de la fièvre du chagrin se manifesta, la palpitation
du cœur se fit sentir. Ce fut un monde d'affliction et
l'agitation de la douleur. La sueur coula sur son visage;
car après la fièvre arriva la transpiration. Cependant il

reprit un peu ses sens, il soupira et il dit : Hélas! mon enfant intelligent, quel discours m'as-tu donc fait entendre? Ne manifeste pas une telle rudesse envers moi. Puisque tu as quitté ta maison, ne viens pas ici étouffer mon feu avec du coton. Dis-moi où tu as planté ta tente, fais-moi connaître le lieu de ta résidence. — O marchand des marchands! répondit la jeune voyageuse, la maison du voyageur n'est-elle pas le caravansérail? — O visage de lune! reprit le marchand, il n'est pas convenable que tu restes là. J'ai plusieurs maisons, des jardins fleuris, des parterres frais et verdoyants. Viens, considère sans cérémonie ma maison comme la tienne, rends-la lumineuse par tes pieds bénis. Viens t'installer promptement chez moi; la demeure du soleil doit être chez le lion (constellation). D'ailleurs, ma maison est un bazar du commerce. Il y vient des acheteurs de toutes choses. Il y a profit à la vente des marchandises; tu t'y trouveras fort bien.

« Le prétendu jeune homme avait dès l'abord l'intention d'accepter l'offre qui lui était faite; mais extérieurement il en paraissait très-éloigné. En considérant bien la chose avec l'œil de la réflexion, le sens réel n'était cependant pas douteux. Comment expliquer une telle manière d'agir : les excuses de la beauté, l'insistance d'un feu ardent? D'après les règles ordinaires, la jeune voyageuse devait refuser; et en effet le prétendu fils du marchand persista dans son refus avec sa langue, et de son côté le khwaja insista et fit porter tous les bagages du voyageur à l'endroit qu'il avait désigné. Alors, par l'arrivée de la voyageuse, à la fois jasmin pour la couleur et cyprès élevé pour la taille, la boutique du vieux marchand devint un véritable jardin. Elle resta donc avec affection auprès du khwaja.

« Sur ces entrefaites, le jour finit. L'éclat du crépuscule et la noirceur du soir représentaient les cheveux et la raie qui les séparait. Dès le matin, la jeune fille mâcha du bétel ; les boutons du lis et la tulipe s'épanouirent. Ces lèvres vermeilles et ces noirs cheveux furent connus jusqu'au ciel. Telle était la situation ; et lorsqu'à la fin du jour les étoiles du firmament éclairèrent l'obscurité, cet homme heureux se leva de son canapé et détala sa boutique. Alors les deux esclaves qui étaient au service du chien prirent leurs dispositions, de sorte qu'un d'eux mit le chien sous son aisselle et que l'autre prit son tapis sous son bras. Puis les deux esclaves portèrent sur leurs épaules les deux cages de fer. Les deux prisonniers furent ainsi portés par les deux nègres, armés comme pour la guerre.

« Le khwaja, ayant pris par la main la jeune fille à visage de fée, s'avança la menant avec lui. La conversation fut gaie, la marche agréable, et ils arrivèrent ensemble à la maison du marchand. Cette maison respectable était un lieu charmant qui valait le firmament, et qui aurait pu orner le quatrième ciel. La hauteur de la porte, pareille à celle du paradis, faisait penser que l'on était au septième ciel. Tout y était enrichi de pierreries et de broderies. La porte et la fenêtre étaient comme la coupe de Jamsched. Ce n'était pas seulement la porte de la maison, mais celle de l'Orient. Ce n'était pas un mur qu'on voyait, mais le miroir d'Alexandre. A mesure que le jeune homme, acheteur des prérogatives du

Messie[1], passa le seuil de la porte, il vit comme un printemps d'une étonnante couleur, une rangée de six plateaux réunis. Ici un visage de Jupiter[2], là une beauté de Vénus; tout faisait honte au soleil, dont la maison ressemblait à celle-ci.

« Ici il y avait des visages de lune, là des archers avec des flèches à leurs places respectives. L'un était muni des insignes de son emploi; l'autre, debout, faisait honte à Mars lui-même. Il y avait là un ruisseau d'eau courante pareil au Kauçar, et tout auprès était étendu un *masnad* recouvert d'une étoffe brillante. Les divers instruments du plaisir y étaient réunis; on voyait le chambéli, le cyprès libre et la fraîche tulipe. En face du masnad destiné au khawja se trouvait un banc de marbre. On ne peut décrire ce qu'il y avait là de beau à voir : les deux sortes de siége avaient chacun leur genre d'éclat.

« Le khwaja arriva ayant à son bras la pleine lune du firmament. Ils se mirent à boire ensemble du vin rouge, tous les deux furent enivrés d'un heureux augure. Ils demandèrent à déjeuner en joie et en gaieté, et leur déjeuner fut extrêmement bon, agréable et succulent. Le cerveau fut parfumé par l'odeur suave des mets et le cœur épanoui, comme un jardin, par leur fraîcheur. Des vases d'or, partout un pur éclat, un monde d'épices, un parfum merveilleux. On ne peut décrire la chose par le calam, si ce n'est de dire que la bouche était pleine d'une eau de délices. De ces bonnes choses on remplit un plat

1. Je traduis conformément à une note marginale du texte.

2. C'est-à-dire d'un « acheteur », le mot *muschtari* du texte ayant ces deux significations.

et on le plaça respectueusement devant le chien. Il en
mangea quelque peu et on donna le reste aux prisonniers, qu'on fit sortir de leur cage et qu'on fit ensuite
rentrer. On leur fit donc manger les restes du chien et
on leur fit boire de l'eau dont il avait bu une partie.

« L'intelligente jeune fille fut étonnée et cet acte ne lui
plut pas. Elle en fut surprise et elle ne consentit pas à
manger. Cependant le marchand la pria de le faire et il
continua à lui témoigner de l'amitié. Mais elle refusa pu-
rement et simplement en disant : Je ne mangerai pas,
excusez-moi. — Charmant jeune homme, répliqua l'hôte,
dis-moi la cause de ton refus. Comment se fait-il que ton
cœur soit troublé et qu'il refuse mes politesses ? — Excellent khwaja, répondit la jeune fille, votre conduite a une
mauvaise apparence, car vous honorez ce chien impur et
vous méprisez ces fils d'Adam ; j'ignore quel est cet usage
et quelle est la religion qui le permet. Quel est votre but
en rendant une sorte de culte à un chien ? Quelle est cette
religion et cette secte ? Tant que le nœud de cette difficulté ne sera pas ouvert pour moi, cette nourriture que
vous m'offrez me paraît détestable. Ainsi parla cette
jeune fille, et le vieillard répondit : O repos de mon âme
et charme de mon cœur ! il n'y a aucun défaut dans ma
religion. Puis il se déclara bon musulman, et il lui récita
la profession de foi de Mahomet. Il ajouta ensuite : Ce
que tu trouves en moi de méprisable, je le pratique en
effet et je le reconnais. Mais je ne puis expliquer de ma
langue l'adoration que je parais faire à un chien. Bien
que je sois censé adorateur du chien, je ne le suis que
de nom. Je paye un double impôt pour que ce secret ne

sorte pas de ma bouche; j'ai accepté du temps le soupçon
du mal, mais je n'ai pas dévoilé ce secret caché. C'est
une histoire singulière et un récit étonnant, qu'on n'a ni
la force de dire, ni celle d'entendre. Je t'en prie, au nom
de Dieu, n'insiste pas, ne me rends pas malheureux par
tes observations.

« La jeune fille comprit alors que le khwaja était réellement musulman et qu'il était fâché de savoir que ce
qu'il faisait avait l'apparence du mal. Puisqu'il a fait sa
profession de foi, dit-elle en elle-même, il appartient bien
à la religion musulmane. Je ne dois m'immiscer en rien
dans sa conduite. C'est l'affaire de celui qui mange le
fruit de l'apprécier; mais il n'y aurait pas de repos possible si on voulait compter les arbres qui peuvent le produire. Elle se mit donc à manger et n'insista pas pour
savoir le secret qu'on voulait lui cacher. Pendant deux
mois ce fut la même manière d'agir, et tout ce déploie-
ment de plaisir et de divertissement, cette association de
joie, cette compagnie, ce jardin, ces beautés réunies à
visage de Vénus. Mais cette jeune fille trompeuse et artificieuse, dont le corps n'était que lis sur lis, développait
sans cesse de nouvelles agaceries et d'agréables gentil-
lesses et elle s'attachait tous les jours davantage le cœur
du vieillard. Toutefois, personne ne connaissait son sexe;
on ne savait si c'était une jeune fille ou un charmant
jeune homme. Le khwaja lui était tellement dévoué, qu'il
ne pouvait se passer de sa vue un seul instant. Le chat
fut trompé par le renard : les cheveux ambrés furent un
filet pour le cœur du marchand. »

**Tristesse simulée. Désir exprimé par la jeune fille
de retourner en son pays.**

O échanson, abreuve-moi d'un vin d'un rouge éclatant
pour qu'il me donne le discernement du but que j'ai en
vue ! Que je ressente l'ivresse de mon honneur et que
je fasse l'expérience de l'effet de la magie du discours !

« Ces deux personnes restèrent donc ensemble, ne
formant qu'un seul cœur, comme l'ivresse et le vin.
Chaque jour l'intimité devenait plus grande, et le plaisir
de la réunion prenait toujours de nouvelles allures. Il
y avait de nouveaux instruments, une nouvelle musique
et un nouveau divertissement : Tantôt le *bîn* [1] ou le *daf* [2],
tantôt la flûte et la harpe.

« Quand quelque temps se fut ainsi passé, la jeune fille
hardie et astucieuse dit dans son esprit : Il faut adroite-
ment paraître avoir du chagrin et savoir si je pourrai
parvenir ainsi à mon but. Cette charmante personne
faisait cette réflexion, lorsque, sur ces entrefaites, la nuit
messagère du plaisir arriva. Les étoiles commencèrent à
briller au ciel, comme des étincelles réunies. La lune
jeta son éclat ; on aurait dit que la vraie lumière du
soleil ôtait son voile, ou bien que le soleil, par amour de
la lune, aurait caché miraculeusement son visage derrière elle. Par cet air frais et ce temps de gaieté, sous ce
monde des étoiles et cette manifestation de la lune, l'agitation avait lieu dans chaque cœur impatient. Il y avait

1. Ou *vîna,* sorte de guitare.
2. Tambour.

une effervescence continuelle par l'effet des coupes de vin
qui se vidaient. C'est au point que de joie les épines et
les roses qui se trouvaient dans le monde s'unissaient et
se joignaient ensemble. Mais tous les ornements qui pa-
raient la nuit étaient effacés par cette essence de perle.
Que dire de cette maison bien arrangée et bien éclairée,
couverte de tapis et ornée de lustres ; de ces candélabres
dorés, de l'éclat de ces bougies ; du battement du cœur
des papillons réunis ; de ces chandeliers de cristal placés
symétriquement comme la réunion du soleil et de la lune
formant éclipse, ou comme le nœud des pléiades autour
de la lune ?

« L'un avait un tambourin, l'autre une guitare ; chacun
était préparé pour faire son devoir. L'un faisait entendre
les sons du tambour, l'autre de la harpe ou de la flûte ;
celui-ci du flageolet, celui-là du luth. L'un faisait entendre
un chant complet, l'autre un seul *râg* [1]. Celui-ci ayant
passé d'un *râg* à un autre, atteignait les plus difficiles.
Des bayadères bien parées déployaient leurs charmes ;
leurs beaux vêtements, leurs ornements brillants, le jeu
de chacune d'elles, l'art des agaceries. Si je voulais décrire la forme de toutes ces personnes, mon récit s'ar-
rêterait forcément. Comment dépeindre la forme des robes
dont chaque fil valait le tribut d'une province ? Ces bayadères avaient revêtu des vêtements très-luxueux et mis
des bijoux enrichis de pierreries hors de toute estime.
Leurs cheveux ondulés et noués faisaient éprouver aux
serpents la torsion de la jalousie. Leurs sourcils étaient

1. Mode musical.

dressés et prêts à lancer leurs flèches, et de leur esprit elles semblaient aspirer l'air. Dans le brillant de la raie de leurs cheveux il n'y avait pas d'ocre, tandis que dans le noir nuage se manifestait le crépuscule. Sur leur front il n'y avait pas de marque rouge ; mais leur épée avait une poignée d'or. Ces yeux languissants, aux cils colorés de *surma* [1] ; cette beauté et cette jeunesse, cette palpitation du cœur. Ces jeunes gazelles n'avaient pas besoin d'allonger par le *surma* l'angle de leurs yeux ; l'agitation que donnait leur beauté était telle, qu'on en tirait la langue. J'abrégerai néanmoins cette description, sans quoi mon masnawi formerait un grand volume. Ainsi, je ne m'étendrai pas davantage et je ne donnerai pas permission à mon *calam* d'aller plus loin. Je dirai seulement que chacune de ces bayadères était comme ivre au milieu du monde qui l'entourait. Ces beautés, pareilles à Vénus, se mirent à danser. Comment pouvoir offrir la description de cette danse ? Ce n'était pas une danse, mais une sorte de motion passionnée qui doublait le plaisir. Tantôt on entendait le *khâl khâl* [2] des femmes à marche de perdrix et qui, cachant leur visage sous leur voile, chantaient et blessaient les cœurs. Tantôt elles relevaient coquettement leur voile ; tantôt elles mettaient leurs mains merveilleusement sur leur tête, tantôt elles montraient leur visage, tantôt elles le cachaient ; c'était comme l'éclair ; les œillades de travers qui font le malheur de l'âme, l'élasticité de la taille et la grâce du minois, le son petit et grand du *suhâna,* le mode musical le plus par-

1. Sorte de collyre.
2. Anneau des pieds.

fait; la diminution, l'augmentation, la combinaison des tons, exécution parfaite, gentillesse complète. Les hommes, les oiseaux et les quadrupèdes étaient comme saisis d'admiration. Ils étaient debout, immobiles, tous ensemble, le zéphyr lui-même s'arrêtait. Ce monde était étonnant; on l'aurait pris pour un asile divin, si ce n'est que les conversations qu'on y tenait en troublaient la tranquillité. Partout était l'apparence de la joie et du plaisir, et au milieu de ce tumulte et de cette confusion circulait le vin; c'était une étonnante société de buveurs empressés; il y avait de l'ivresse et des démonstrations fébriles.

« Au milieu de ce monde de joie et de cette manifestation de gaieté, la jeune adolescente pleurait néanmoins. Sur son visage coulaient des larmes; son cœur était triste; la fleur était entièrement souillée par la rosée. Quand le khwaja vit ses yeux mouillés de larmes, il l'adjura de s'expliquer, et prenant pour lui ses malheurs, il lui dit : O front de lune! qu'as-tu, pourquoi es-tu triste ? Quel malheur est-il arrivé à ton cœur? quelle est la cause pour laquelle tu es chagrine? Quelque chose en fait de couleur ou d'odeur t'est-elle agréable et veux-tu la chercher? Quelqu'un a-t-il touché à une boucle de tes cheveux? Après que je t'ai vu, veux-tu me donner cette torsion ? Une épine a-t-elle percé ton cœur, ta tête ou ta taille, en sorte que le monde soit devenu une calamité pour toi? Quelqu'un t'a-t-il fait une mauvaise manière, ou le souvenir de quelqu'un t'est-il survenu? Ton cœur désirerait-il la lune que je la ferais descendre du ciel. Au nom de Dieu, toi, ma perle précieuse, fais-moi confident

de ton chagrin, afin que je remplisse à ton égard les con-
ditions de l'amitié et que je porte remède tout de suite à
ton affliction. Je nettoierai la rouille de ton cœur et je
guérirai ta blessure.

« En entendant ce discours qui exprimait la désolation,
l'adolescente dit : « O khwaja digne de considération !
en ce moment même il m'a *passé* par l'esprit une idée
qu'il m'est impossible de faire *passer* sur ma langue. Il ne
me serait pas agréable d'être séparé de vous et cependant
je ne puis mal agir envers mon père et ma mère. Il m'est
très-pénible de vous quitter, mais il m'est aussi pénible
de détourner mon visage de mes parents. Je ne suis pas
associé de cœur au papillon; car je suis moi-même
maintenant la bougie du fanal. La cause de mon chagrin
n'est aucun tourment de cœur; je ne suis amoureux
d'aucune chevelure tortillée. Dirai-je mon secret ? *Il est
comme la souris musquée pour la bouche du serpent* [1]. J'ai
assez patienté sans voir mes parents, il faut maintenant
que je m'en aille. »

« Le vieillard, après avoir entendu ce discours, resta
évanoui pendant quelque temps, puis tout à fait abattu.
Lorsqu'il fut un peu remis, mais cependant stupéfait
dans son esprit, sa couleur disparut comme l'aurore à
l'approche du soleil. Quoique ses soupirs fussent comme
la flèche de l'arc, le surma du silence lui serrait le cou.
Cependant il dit, les yeux mouillés de larmes : « Ne me
fais pas cette injustice. Je ne suis pas pour longtemps
l'hôte de ce monde : je suis faible, invalide et dans un

---

1. Si le serpent ne la mange pas, il meurt, et s'il la mange, il devient aveugle. (*Note de l'auteur.*)

pauvre état. Tu m'as montré la lumière du trouble, que
je n'en voie pas maintenant l'éclipse! Après m'avoir
enseveli et enterré, tu seras tristement maître de tout.
Tu iras content où tu voudras, et tu te souviendras de
moi dans tes prières. Ne prends aucune peine ni aucune
fatigue dans ton cœur, aie recours à Dieu. Tant que la
vie sera à mon corps, sois jusqu'alors bienveillant pour
moi. Ne m'afflige pas par ta séparation de moi, pour que
le malheur ne parvienne pas jusqu'à moi. Sinon je quitterai la vie et je mourrai sans mourir, par l'effet de ton
absence. Aie un peu de compassion de mon état malheureux ; ne me traite pas avec injustice, comme le daim
qu'on tue à la chasse. Or, la meilleure chose à faire, c'est
d'écrire, car une lettre est une demi-entrevue. Ou bien,
s'il est réellement convenable que la lumière de mes yeux
ait la peine d'aller voir tes parents, je donnerai de ma
boutique, sans hésitation, tout ce qui t'est nécessaire
pour le viatique du voyage. Ainsi, avec contentement,
repos et plaisir, tout en t'occupant du commerce, tu feras
bonne vie. Quant à moi, je suis rassasié du monde ; j'ai
enduré les inconvénients des voyages. Je suis devenu
vieux, et je suis forcé, en désespoir, de rester à la maison.
Bien que Dieu m'ait beaucoup donné, il a cependant
caché pour moi la lampe de la maison [1]. Ma vie n'a pas
produit de rejeton ; ma maison n'a pas eu de faon. Par ce
motif de chagrin, je suis triste et j'ai décidé de te nom-
mer mon successeur. Je t'ai considéré comme mon fils et
je t'ai fait mon héritier. Ainsi, tout ce que j'ai de biens et

1. C'est-à-dire : Il ne m'a pas accordé de fils.

de richesses, je te le remets et ce sera de bon augure.
Donne-moi seulement du pain tant que je vivrai. J'ai le
pied à l'étrier pour quitter le monde ; ainsi ne me trouble pas en accomplissant ton dessein. »

« Lorsque la fourbe jeune fille eut entendu ces mots,
préparant ses flèches, elle se mit à dire en pleurant et
comme contrariée : « O vous qui êtes si bienveillant
envers votre serviteur, et qui traitez si bien un voyageur,
je suis reconnaissant de vos bontés et de l'honneur que
vous me faites. Si les poils de mon corps avaient chacun
cent langues, elles ne pourraient que difficilement exprimer tout à fait ma gratitude. Mon cœur ressent vivement
la valeur de vos dons et j'en oublie mon père et ma
mère. Ma séparation d'avec vous n'est pas selon mon
goût, mais il ne m'a été donné qu'un an de congé. Je
crains en réalité le créateur, et que ce ne soit une faute
de ne pas remplir ma promesse. Il pourrait se faire que
j'attriste par là mon père et qu'il trouve que ma lune
décroît : je crains qu'à cause de la tristesse à laquelle je
le condamnerais, je n'éprouve entièrement le châtiment
final. Je suis irréprochable parmi ceux de mon âge, mais
je dois m'en aller. Si je vous écoutais, tous me blâme-
raient tacitement ; ils diraient que je suis un fils indigne,
et leurs cœurs saigneraient. Je n'ai pas besoin de preuves
de votre affection, agréez les vœux que je fais en prenant
congé de vous. »

« Le khwaja, voyant que le prétendu jeune homme
parlait avec cette chaleur, en fut désespéré et lui répondit : « O toi qui es le repos de mon cœur et de mon
esprit, je vais remplir ton désir. Puisque l'intention de

retourner dans ton pays est positive, je t'accompagnerai;
je me résigne à la difficulté du voyage, car je ne puis me
séparer de toi. » Quand la jeune fille eut entendu ce discours que le marchand lui tint, elle dit sans hésitation
dans son esprit : Loué soit Dieu! La fortune s'est sou-
venue de mon désir; mon désir est parvenu à son but.
Je t'en rends grâce, ô cause des causes, et je te prie d'accomplir tout à fait le souhait de mon cœur. Je jouis
complétement du repos, car le lion vigoureux est pris
dans le filet. L'épée de mes sourcils a produit sur lui son
effet; mon œil fascinant a asservi ses moustaches. Bref,
sans tourments d'esprit, elle fit les préparatifs du voyage.

**Préparatifs du départ. Narration du voyage.
Arrivée à Constantinople.
Réunion affectueuse de la fille du vizir et de sa mère.
Leur conversation.**

Échanson, donne-moi promptement une coupe pleine
de vin; car il s'agit de retourner dans la patrie.

« Par la grâce de Dieu, le désir du retour put s'effectuer. Lorsque les préparatifs du voyage furent terminés,
on se procura des esclaves capables, gracieux et intelligents, et aussi toutes sortes de marchandises rares et
précieuses, propres à plaire à la vue des rois. Beaucoup
de rubis et de diamants; et des perles dignes des poten-
tats, pour lesquels se seraient sacrifiés le crépuscule et
les pléiades. Des présents choisis du monde entier, toute
chose célèbre dans toute ville. Des cavaliers agiles et
des esclaves lestes, tous armés, furent réunis en caval-

cade. Il y avait des chevaux arabes et persans par milliers et des rangées de chameaux qui avaient leurs charges. Des dromadaires d'Allahabad en quantité, recouverts de tapis de velours, dont un portait les prisonniers, frères du marchand, qu'on y plaça sur un chameau, l'un d'un côté, l'autre de l'autre. On partit donc avec pompe et le cortége s'arrangea de la manière la plus convenable.

« Beaucoup de marchands qui étaient en attente dans leurs tentes somptueuses suivirent le khwaja. De cette façon, celui-ci, qui ignorait la vérité, mais dont la destinée finale devait être heureuse, passait en continuant sa route à travers les villes et les villages, Dieu le préservant de malheur. Il est vrai que lorsqu'on éprouve une vive ardeur, toutes les peines s'effacent du cœur. L'esprit du marchand acceptait toutes les fatigues qu'entraînait ce voyage et ne ressentait aucun de ses inconvénients. Bien que son corps ne fut pas enclin à la chaleur, la chaleur ne le quittait jamais. Il était comme le marchand qui montre du blé et qui vend de l'orge. Il avait le cœur agité comme le rossignol dans le jardin.

« A force de marcher, le voyage fut terminé, grâce à Dieu. Lorsque la caravane fut arrivée près de Constantinople, les voyageurs plantèrent leurs tentes et elles occupèrent deux kos. Ils se logèrent tous dans ces tentes en y mettant des séparations d'après l'usage. Le prétendu fils du marchand dit alors au vieillard avec détermination : « Vous qui sentez la convenance des choses ! donnez-moi la permission d'aller me jeter aux pieds de mon père et de ma mère. Je chercherai un endroit pour y résider et y placer vos bagages. »

« O toi, répondit le vieillard, qui es la lumière de mes
yeux, attendre est pour moi la pression de la mort. Ainsi,
va en bon augure et reviens promptement ; ne t'attarde
pas, je t'en prie, au nom de Dieu, sois agile. »

« Ayant donc obtenu congé, la jeune fille partit et alla
toute seule dans le palais de son père. Cette charmante
personne, avec cette manière et cette assurance qui la
distinguaient, tomba aux pieds de sa mère. Elle lui montra ainsi la splendeur du soleil et elle découvrit un à un
ses charmes véritables sans voile. La mère était en colère, lorsque sa fille se jeta à ses pieds ; c'était comme le
riz et l'acheteur. « Mère bienveillante, lui dit-elle, je suis
ta fille saine et sauve. Pour te plaire, elle a répondu à ton
appel et elle revient contente dans son pays. » A ce discours, la mère, qui avait éprouvé une grande affliction,
répondit : « Fille déhontée, tu ne pourras rien répondre
à mes reproches, tu as déshonoré ton nom, tu as jeté la
loi au vent. Tu as rendu étroite cette maison déjà étroite,
tu as fait disparaître la couleur de ton visage comme le
crépuscule qui fait disparaître le soleil ; l'honneur ne
m'avait-il pas avec raison donné de mauvaises idées à
ton égard ? Comment n'as-tu pas songé à ta dignité ? Ton
esprit t'a fait défaut, car, en me montrant ton visage, tu
m'as fait rougir. Tu as déchiré le voile de la pudeur, tu
as fait voler beaucoup de poussière sur ma tête. Sors
actuellement de ma présence, éloigne-toi et va où tu
voudras. » Lorsque sa fille eut entendu ces mots, elle
rejeta son turban, et elle certifia son innocence en prenant à témoin Dieu le miséricordieux. « Je n'ai pas oublié
l'honneur, dit-elle, et je n'ai pas perdu mon renom.

D'après l'indication que j'avais reçue, j'allai à Nischâpûr et je fis voguer le bateau de la délivrance. Gloire donc à Dieu, car par sa bonté et par sa faveur, j'ai obtenu ce que je désirais. J'ai ramené le marchand de Nirschâpûr et j'ai l'explication de toute son histoire. J'ai tenu ma coupe vide de vin rouge ; je n'ai pas livré à l'automne mon jardin. Je n'ai pas perdu le dépôt d'honneur que vous m'aviez confié et je n'ai pas trahi votre confiance. Personne n'a trouvé l'odeur de mon bouton ; le zéphyr ne l'a pas touché jusqu'ici. Le fruit de votre branche est intact, la main d'un téméraire ne s'en est pas approchée. Le raisin n'a pas été pris de la vigne, le bouton du lotus n'a pas été atteint par le noir corbeau [1]. Personne n'a touché mon front, aucune guêpe n'a goûté à mon miel. J'ai pris des habits d'homme et c'est ainsi que je suis revenue dans mon pays. Actuellement je dois différer d'une nuit encore de faire connaître la vérité ; mais ne m'attaque pas par tes discours. Lorsqu'au matin mon père sera mis en liberté de la prison, mon action sera manifeste. On saura ce que j'ai fait, quelle a été ma façon d'agir, quel était le filet que je tendais sans avoir à chasser. Alors je serai contente du résultat de mes peines ; car, après avoir fait des recherches, j'ai pu délivrer mon père. »

« Lorsque la mère vit que le discours de sa fille était sincère et qu'indubitablement elle avait agi comme l'aurait fait un homme, elle la serra contre sa poitrine, elle pleura et fit couler ses larmes. Elle caressa ses cheveux

---

1. Par « le bouton du lotus » l'auteur dit, dans une note, avoir voulu désigner le sein, et par la noirceur du corbeau les moustaches d'un ravisseur.

bouclés, et elle se mit à prendre sur elle ses malheurs en
lui baisant les joues. La mère et la fille joignirent leurs
larmes ; on voyait ici la chambéli, là le basilic. La mère
pleura donc beaucoup, elle serra sa fille contre sa poitrine,
et ayant fait des vœux pour son bonheur, elle dit :
« Bénie soit cent fois ton arrivée ! Par ta présence j'é-
prouve enfin la tranquillité, je suis contente de ta conduite après en avoir été si vivement affligée. Je conçois
qu'il était nécessaire que tu dusses changer ton apparence. » Ayant entendu ces mots de sa mère, la jeune
fille, sans crainte et sans terreur, arrangea sur son corps
les vêtements qu'elle avait ouverts devant sa mère, et,
contente de cœur, afin de continuer à agir conformément
à son dessein, elle alla vers la tente où l'attendait le
grand marchand ; après avoir accompli les désirs qu'elle
avait.

« Maintenant je vais dire ce qui se passait de ce côté-
là. Quand la jeune fille eut quitté le marchand, l'espérance fut remplacée chez lui par le désespoir. Au lieu de
la patience qu'avait dû avoir son cœur, le désir et l'impatience l'envahirent. De longs soupirs sortirent de ses
lèvres et sa couleur devint pâle par l'effet de la chaleur
de l'absence. Pour celui à qui l'union est facile à chaque
instant, un moment de séparation est pour lui une année.
Comme la jeune fille était l'ambre qu'attirait ce rubis, il
partit pour aller du côté de la ville. Il voulait la voir et
l'embrasser et avoir l'explication qu'elle voulait donner.
La rencontre eut lieu dans le chemin ; on aurait dit que le
rossignol arrivait du jardin. Les deux amis réunis, désireux l'un de l'autre, étant en un même lieu, furent voi-

sins de la joie et la tristesse fut éloignée. « O lumière de mes yeux, dit le marchand, pourquoi m'as-tu privé de ta vue ? Dans l'absence ne se trouve pas le goût de la vie, car la peine de la séparation est une prison pour l'esprit. Ton visage me donne la vie ; s'il me manque, ma vie fait défaut. A cause de toi j'ai quitté mon pays, ne sépare pas par ton absence mon âme de mon corps. »

« O vieillard honorable, répondit-elle, ne me blâmez pas et ne me faites pas rougir. Je vous ai laissé avec votre permission et je ne crois pas être resté plus qu'il ne fallait. J'ai désiré faire cette démarche, mais l'attraction que je ressens pour vous a mis un collier à mon cou. J'étais attiré là, mais je n'ai pu y rester et je n'ai pas exposé en détail mes aventures. »

« Après cette conversation, ils vinrent auprès de la ville et ils dressèrent leurs tentes dans un frais jardin. Des discours joyeux remplacèrent le chagrin, des anecdotes s'entremêlèrent à la boisson et à la bonne chère. Lorsque le soir arriva, ce fut un nouveau printemps, les rayons du soleil se calmèrent, l'ombre agréable parut, la fraîcheur de l'air, le parfum des roses. Ils sortirent de leurs tentes et en se montrant ils augmentèrent la beauté générale. Un officier du roi du monde, porteur de nouvelles, tout en se récréant, parcourait le pays. Il était venu sans arme et, par l'effet du destin, il passa tout à coup par là. Il vit une foule qui paraissait contente d'une bonne nouvelle, un nouveau printemps s'épanouissait dans le jardin. Étonné, il crut que c'était un préparatif de chasse et que le roi allait chasser, ou bien que c'était un ambassadeur d'un pays étranger ; mais comment, se

dit-il, pouvoir connaître la vérité. Comme l'incertitude
avait lieu dans son esprit, il aperçut un esclave du khwaja,
il l'appela et lui demanda l'explication de ce qu'il voyait.
Celui-ci alla faire part au khwaja de la demande qu'on
venait de lui faire et le khwaja fit alors parvenir cette réponse : « Soyez satisfait, vous qui êtes bienveillant, venez
ici favoriser de votre présence les voyageurs, venez boire
du vin avec nous et entendre raconter des histoires. »
L'officier se rendit à l'invitation, mais quand il vit tout
cet apparat, les esclaves des deux sexes, cette foule qui
semblait former une armée, l'émotion qu'il ressentit se
manifesta sur son visage et il alla s'asseoir sur le sofa.
Puis, en voyant l'honneur que l'on rendait au chien et la
punition infligée aux prisonniers en cage, grande tristesse fut à son cœur ; mais il ne dit rien, si ce n'est
qu'après avoir salué, il se mit à demander à quelqu'un
des renseignements sur ce qu'il voyait. On fut de part et
d'autre satisfait de la conversation, tant le voyageur que
son interlocuteur. Dans cette réunion amicale, on fit des
récits et on but du vin. Quand l'officier demanda à se
retirer, le khwaja lui donna des présents et le renvoya
avec honneur. »

Le roi Azad-Bakht demande avec colère au marchand
l'explication de ce qui le concerne,
et, à cause de la persistance de son refus, il veut le faire empaler.

Échanson, verse-moi à boire dans la coupe de Jamsched, car le ciel rompt son pacte.

Quel récit me demande-t-on et quelles aventures ma
flûte doit-elle célébrer?

« Lorsque l'officier, qui était le chef de la chasse, eut
pris son congé et revint auprès de moi, reprit le roi,
j'appris la vérité d'une manière manifeste. En l'apprenant,
j'en fus affecté et j'éprouvai de la répugnance pour une
telle conduite. Je crus à une mauvaise action, et je m'imaginai de voir un coupable; je pensais qu'il méritait la
mort. J'envoyai des esclaves chargés de lui trancher la
tête immédiatement. Heureusement, le même ambassadeur européen dont il a été question auparavant, qui était
debout respectueusement, gardant le silence, en entendant mon ordre, sourit aussitôt, tout ému qu'il était. Je me
mis en colère et je lui dis : « Malappris, dis-moi pourquoi
tu ris sans motifs? » Alors s'étant courbé, il baisa le pied
du trône et il dit avec politesse : « O roi des rois, pareil
à Alexandre, c'est qu'une idée m'est venue à l'esprit, la
vérité se trouve vérifiée à propos du rubis, et ainsi il faut
mettre en liberté le ministre véridique. Le roi doit lui
pardonner sa faute et ainsi il ne souillera pas sa robe
d'un sang innocent. En effet, j'ai été très-étonné que vous
ayez ordonné la mort de ce marchand. Par la seule énonciation d'un ignorant, vous êtes devenu tout de suite en-

nemi de la vie de cet homme. Il faut d'abord le faire venir
et lui demander compte de ses actes. S'il est en effet coupable de mauvaises actions, vous serez libre de le punir.
Sinon, il serait injuste de le supplicier, car tout le monde
est soumis au destin. Au jour de la rétribution il sera prêté
l'oreille aux plaintes des sujets sur les injustices du roi.
Le tyran qui exerce l'injustice sans compassion ne sera
jamais revêtu du vêtement de l'équité. Il n'y a pas dans
le monde de rang élevé à qui on ne demande compte, au
jugement, du plus petit de ses méfaits. Dieu écoute les
plaintes ; il est l'asile de celui qui le craint et du sage qui
a recours à lui. Quelle description ferai-je de sa manière
d'agir, car, ainsi l'a dit le vieillard de Schiraz (Saadi) :
*le royaume sera stable pour toi, si tu donnes main-forte à la
justice?* »

« Comme ce hautain personnage parla ainsi, le discours
du vizir me vint en mémoire. Je dis donc : « Que le marchand vienne promptement ici et qu'il apporte le chien
et les cages. » A l'instant le vieux marchand, qu'on avait
calomnié, se présenta avec son fils (la jeune fille). Il était
revêtu d'une robe d'honneur et appuyé sur le bras de son
prétendu fils. La vue du visage de lune de l'adolescente
fut comme l'ombre d'une fée. Alors cette jeune fille qui
faisait honte à Joseph, la lune de Canaan, et qui avait
apporté quelques présents tellement beaux qu'on ne pouvait les décrire, dit gentiment quelques mots, sa bouche
répandant des roses au point que le rossignol à cent
langues y venait auprès. Le vieux marchand salua, loua
et célébra la couronne et le diadème. Puis il s'assit avec
convenance, montrant sur son front l'éclat de l'excel-

lence. Bien que son air aimable me plût, comme ses actes
étaient mauvais, je lui dis avec dureté et d'un ton sévère :
« Malheureux ! Qui es-tu ? es-tu musulman, toi qui fais
profession d'adorer le chien ? Ceci est contraire à la loi et
ne peut se justifier, tu es un démon qui mérite la mort. —
Sire, asile du monde, répondit le marchand, votre esclave
est sans aucun doute musulman. Je reconnais que Dieu
est unique, qu'il est le créateur de l'homme, et que le
vrai symbole de la foi est celui de Mahomet. Quant à mes
actes extérieurs, je conviens qu'ils sont honteux, et paraissent annoncer de mauvaises opinions. C'est ainsi que
les gens malveillants m'ont appelé *adorateur du chien*. J'ai
entendu tout ce qu'on disait, mais je n'ai pas voulu dévoiler mon état véritable. On m'a fait payer le double de
l'impôt, et je n'ai pas cru devoir dire ce qui en était. »

« Le vieux marchand fit donc sans crainte ni anxiété
sa déclaration ; mais je fus encore plus en colère contre
lui. « Tant, lui dis-je, que tu n'apporteras pas une preuve
convaincante de ce dont tu te vantes, l'explication que
tu me donnes ne suffit pas pour prouver ton innocence ;
tu ne te sauveras pas de la punition sévère réservée
à tes méfaits. Ne sois pas ennemi de ta propre âme ; et
dis-moi franchement comment tu entends ta foi. » Quand
le marchand eut ouï ce dur discours, il comprit qu'il
fallait s'expliquer et il dit : « Sire, vous que le monde
vénère ! ma situation est telle qu'elle dépasse toute limite du possible et que la langue ne peut l'exprimer.
Dispensez-moi donc de la décrire et ne me rendez pas
confus à ce sujet. Ne donnez pas l'ordre de faire périr ce
cœur affligé et ne désirez pas que je dévoile mon secret.

— Pourquoi, répliquai-je, tant parler, pourquoi montrer
de l'avidité pour l'or et l'argent? Tu n'as pas d'autre
parti à prendre que de dire la vérité, il n'y a pas d'autre
moyen de sauver ta tête. N'use pas de ruse et n'hésite
pas, afin que ta vie ne soit pas en péril. Parle, et expose
promptement ta position, sans quoi une épée tranchante
fera tomber ta tête. » Quand le vieux marchand eut entendu cet ordre, il tira de son cœur un soupir et s'écria
d'abord : « O asile de l'âme! que ferai-je? Il est dur d'être
contraint; mais si je ne me résigne pas, je serai puni. Je
ne voulais pas dire mon secret quand le monde change-
rait du noir au blanc. Que ferai-je, néanmoins, car la
vie m'est chère? Hélas! jusqu'ici ma langue n'a été souillée par rien de déshonorant. »

**Le vieux marchand, ne pouvant éviter de se soumettre
à l'ordre du roi,
expose la série des événements qu'il déplore.
La bonté de l'un et la malice des deux autres dont il s'agit.**

Échanson, donne-moi maintenant du vin couleur de
rose, car le voile a été retiré du bouton de rose du discours.

Comme le vieillard avait agi avec ruse par honte, son
secret était resté caché et n'avait pas été divulgué. Mais,
l'aide du ciel lui faisant défaut, il fallut enfin que l'on
connût ce secret. Les adversités fâcheuses qu'il avait
subies étaient telles, qu'il avait paru abandonner la loi
et la réputation.

Après avoir regardé du côté du ciel, le vieux marchand

ouvrit donc la bouche et dit : « Qu'on fasse sortir ces deux individus de leur cage, et que ces deux hommes vils se tiennent debout côte à côte, afin de confirmer la véracité de mes discours. S'il y a dans ce que je dirai la moindre vanterie, je mérite d'être puni. » On fit donc sortir ces méchants de leur cage, et ils se placèrent à droite et à gauche. Alors le vieux marchand, s'étant assis les genoux croisés, commença ainsi son récit : « Celui-ci est le puîné et celui-là l'aîné. Moi, je suis le plus jeune et je suis de l'ancien royaume de Perse, où mon père était un grand et célèbre marchand. Lorsque j'eus quatorze ans, il survint un accident fâcheux dans ma fortune. Le ciel montra pour mon père une couleur sinistre, et je devins orphelin. Lorsque le soleil se montra dans la forteresse terrestre, le voile s'écarta de la face du chagrin. Mais le monde fut obscur pour mes yeux, les soupirs enflammés de mon cœur brûlèrent depuis le brin de paille jusqu'à la montagne. Tout ce qui dans le monde était grand ou petit semblait dispersé et anéanti par ma douleur. Ce deuil fut un grand malheur, le ciel fut pour moi plus noir que la nuit. Nulle part on ne voyait des fontaines, mais des larmes coulaient partout sur la terre. La couleur du soleil devint jaune par l'effet de mon deuil, et mon cœur fut déchiré par cent peines et afflictions. Mais je pensais que mes deux frères ici présents seraient bienveillants pour moi et me serviraient de père. Ce sont mes aînés, dis-je, ils connaissent l'importance des choses; j'ignorais qu'ils fussent mes ennemis mortels; or, écoutez ce qui se passa un jour.

« Mon frère aîné se mit à me dire : « Partageons tout ce

qui appartient ici à notre père, ces grands capitaux, cet
argent comptant, et toutes ces richesses. Partageons tout
cela proportionnellement et prenons-en chacun notre
part. » En entendant cela, je répondis incontinent : «Vous
êtes de grands personnages, je suis un enfant sans expérience, je n'ai rien vu et je ne connais rien. J'ignore
ce qui est à mon avantage ou à mon détriment, et ce qui
se passe dans le monde m'est inconnu. Donnez-moi une
bonne éducation et ne partagez pas avec moi comme avec
un étranger. Je ne cherche pas à vous égaler. Je ne me
considère pas comme votre frère, mais comme un humble
esclave. Quoique mon père m'ait donné beaucoup d'argent, cependant c'est de vous que je recevrai maintenant
la considération. Je vous regarde comme tenant la place
de mon père, et ainsi je vivrai content dans le monde.
Je ne m'occupe pas de ma portion d'héritage, et je suis
blessé par vos paroles. Traitez-moi généreusement et
noblement, et ne vous lassez pas de m'instruire. Je me
contenterai des restes de votre table, je les accepterai
religieusement et pieusement. Je m'en rassasierai et je
vous servirai comme un esclave. » Ils répondirent aussitôt : « Il ne nous convient pas de rester avec toi. Que veux-
tu ? Ce que tu proposes est-il acceptable ? Que sait-on ce
que le temps peut exiger ? »

   « Ces mots me jetèrent dans la stupéfaction. Me trouvant ainsi isolé, je pleurai beaucoup en voyant que le
plan que j'avais fait s'était évanoui. L'esprit troublé par
la crainte et l'espérance, je me confiai finalement en la
bonté de Dieu. Il connaît les secrets, il est le généreux,
il excuse toutes les fautes et les manquements. Lorsque

l'homme n'a pas d'autre asile, Dieu lui vient nécessairement en souvenir. Je restai réfléchissant beaucoup, et
tout en pleurant, je m'endormis. Lorsque le soleil fut
manifeste, un pion tout à coup m'appela et me dit : « Jeune
adolescent, le cazi vous demande au prétoire. » Comme j'y
allai, je vis que mes deux frères m'y avaient précédé. Le
juge me dit : Sois attentif, tu ne veux donc pas faire le
partage ? » Mais je n'ouvris la bouche que pour répéter ce
que j'avais dit à la maison. Comme tout le monde connut
mon explication, mes deux frères ne répondirent rien,
mais ils dirent d'un commun accord : « Si tu n'es pas content de cette situation, déclare par écrit que tu renonces
à toute prétention sur le bien de notre père. » Moi qui
ignorais que la chose n'était pas convenable et qui ne
croyais pas mes frères de mauvaise foi et trompeurs, je
ne compris pas qu'ils agissaient ainsi pour garder mon
argent.

« Comme si c'eût été dans l'intérêt de ma tranquillité
d'esprit, ils voulurent mon engagement par écrit; car,
dirent-ils, il pourrait demander le tout, il ferait des dépenses inutiles et deviendrait malheureux. En conséquence, j'écrivis avec simplicité, sur une feuille de papier
blanc, que je renonçais à toute réclamation.

» Dès le lendemain ils m'envoyèrent un message pour
me faire savoir que je devais quitter la maison que j'ha-
bitais parce qu'ils en avaient besoin, après y avoir réfléchi et s'être entendus entre eux. Lorsque j'eus ouï
ce discours, je fus assuré qu'ils ne voulaient pas que je
restasse dans la maison paternelle. J'avais une autre
maison que je tenais de mon père, je songeai à m'y

retirer; j'avais aussi un cheval, mais je n'osai le monter, je m'en servis néanmoins, et j'allai acheter ce qui m'était nécessaire. La tristesse qui s'empara de mon esprit fut telle, que je n'aurais jamais pu le croire. Mais ce qui se passa se passa. En ferai-je la description? Toutefois, je pensai dans mon esprit que sans doute je n'aurais pas un seul cheveu arraché, si le temps me devenait favorable; et quand même sa révolution me serait contraire, car il y a un Être juste à qui parviennent les soupirs des malheureux et qu'on n'est vexé par personne quand on ne se soucie pas de *laks* de soupirs. Étant donc résolu dans mon esprit, je me mis à m'occuper de commerce. Je songeai à la *Miséricorde des mondes* (*Mahomet*) et je ne pleurai pas sur mon isolement. Toutefois, je gagnai la considération et le respect et en peu de temps j'acquis l'estime générale. Je restai content et sans crainte et quelque temps se passa ainsi.

« Maintenant je vais expliquer ce qui m'arriva un jour. Un tout jeune esclave que j'avais arriva du bazar les yeux pleins de larmes, le soupir sur les lèvres et il me dit : « Hélas, hélas! pendant que vous vous livrez à la joie, vous ne vous mettez pas en peine du chagrin des autres. » Je pensai alors que lorsque dans ce monde l'espérance est vaine pour quelqu'un, son sang peut devenir blanc. « De quoi s'agit-il, lui dis-je, indiquez-le-moi. — C'est, répondit-il aussitôt, qu'un juif tourmente vos frères dans le bazar et qu'ils reçoivent des coups de bâton. Est-il donc convenable que vous restiez ici dans l'insouciance? Si celui qui est l'objet des reproches ne paye pas son compte, il n'a pas de pitié à attendre. »

« En entendant ces mots, le sang bouillonna dans mon cœur et j'allai immédiatement où étaient mes frères. Quand j'y arrivai, je trouvai ce que cet imberbe m'avait annoncé et m'adressant tout de suite au juif : « Pourquoi, lui dis-je, frappes-tu et flagelles-tu ainsi ces gens-là? — Si tu en réponds, répliqua-t-il, donne-moi de l'argent en garantie. » Aussitôt, comme je remis l'argent dont il s'agissait, il les laissa aller. Je les amenai très-poliment à ma maison et je remis leur commerce en honneur. Je leur donnai un certain degré de grandeur dans le monde et je les fis servir honorablement. Je les servais même en personne et je n'omettais rien pour leur plaire, m'imaginant qu'ils devaient être fâchés de leur état actuel, en pensant à leur temps passé et à leur ancienne fortune. De honte, ils avaient la tête dans le collet; ils n'osaient la lever pour regarder. Ils n'étaient pas seulement abattus, mais ils étaient tristes; ils ressemblaient à la belle-de-nuit. Je ne leur dis pas néanmoins : « Qu'est-ce que cela veut dire? Quelle en est la cause? Pourquoi cette peine nuit et jour? Qu'avez-vous fait des grands capitaux dont vous étiez en possession? Qu'est devenue toute cette richesse?» Car il aurait pu se faire que ce fût pour eux une cause de honte et que ma bonté leur fût une cause de chagrin. »

Voyage de ces malheureux; destruction de leurs marchandises.
Duretés que supporte le marchand.
Charme et stupéfaction.
On amène les deux vauriens. Le marchand n'omet rien
pour les obliger.

Donne-moi, échanson, une coupe de vin pur. Je suis
assis dans l'inaction, excite-moi à faire quelque chose.
L'ivresse que ce vin me départira, me permettra de continuer à écrire ce roman ; en mentionnant le voyage, je
parlerai de l'amour.

« Le marchand continua donc ainsi son histoire : Lorsque ces méchants furent rétablis des coups qu'ils avaient
reçus, je leur dis : Honorables messieurs, vous avez perdu
ici toute considération. Je pense donc, selon mon humble
sentiment, qu'il convient que vous voyagiez un peu. Ces
traîtres restèrent alors silencieux, confus, ils rougirent
et ne dirent mot. Leur silence me fit penser qu'ils con-
sentaient à ce que je leur proposais ; je réunis donc des
chameaux et leurs conducteurs. Je les chargeai de musc
du Khataï et de Khatan, de joyaux de Badakhschan et de
cornalines d'Yemen, de toute espèce de marchandises, de
deux mille des principaux objets de la terre. Je donnai
tout cela à mes frères et comme des marchands allaient à
Bokhâra, je les fis partir avec eux, afin que le voyage ne
leur fût pas pénible. Cette caravane se mit en marche par
la grâce de Dieu.

« Il y avait sur la route une belle ville qui respirait le
plaisir et auprès de laquelle les statuettes de la Chine ne
sont pas en défaut. Mes deux frères se mirent à aller

7

partout, comme des voyageurs sans pudeur. A l'entrée
du marché ils trouvèrent une marchande de bière qui
avait une jeune et jolie fille. Cette figure de lune faisait
honte aux houris, elle avait autant d'éclat que la lune de
quatorze nuits. Par hasard ils l'aperçurent et en devinrent amoureux. Sa vue leur fit perdre la raison et les mit
hors de leurs sens. Comme un d'eux désirait l'union avec
cette idole, il n'avait ni la joie de vivre, ni la tristesse de
mourir. Ce capital qu'il possédait et qui était pour lui
une cause de gloire, il le sacrifia en entier pour cette
femme belle comme une fée. Bref, le marchand tira profit
de cette fille qui ornait sa boutique. Mais comme il ne
restait plus aucune considération à l'amoureux, il fut
réduit à l'esclavage. L'autre frère s'adonna au jeu et y
perdit tout ce qu'il avait. Ils tombèrent donc dans l'infortune et ils devinrent tous deux esclaves.

« Lorsque, par la grâce de Dieu, la caravane qui les
avait amenés fut de retour où j'étais, cette nouvelle me
parvint de la part de mes amis et j'en fus très-affligé. En
l'apprenant, je fus troublé et stupéfait et je me dis : Tes
frères te feront-ils ici honneur, puisqu'ils sont en esclavage? Que dirai-je, à cause du chagrin que je ressentis !
Je partis pour Bokhâra tout de suite. Là, j'acquis la certitude de leur mauvaise conduite que mes amis m'avaient
dévoilée. Toutefois, Sire, que le monde respecte, je leur
donnai encore considération et dignité, en sorte qu'ils ne
restassent pas dans la détresse et qu'il n'y eût aucun souvenir de leur mauvaise conduite. Je craignais qu'on ne
me traitât de mauvais frère; toutefois, un ancien sage a
dit avec raison : *Vous charger des fautes de vos aînés, c'est*

une faute. Cependant je réunis tous mes bagages et je me décidai de retourner à Nischâpur, recouvrant, grâce à Dieu, ma tranquillité. Quand je fus arrivé tout près, je laissai mes effets dans un village et j'allai dans ma maison, loin de mes frères. J'en demandai néanmoins des nouvelles et j'appris qu'ils arrivaient de voyage. Je n'allai pas me livrer à eux, mais je crus néanmoins convenable de leur faire honneur. Lorsque l'aurore parut au ciel et que le soleil levant se montra, je voulus partir d'où j'étais. Alors j'entendis des cris de douleur. J'approchai et je vis debout quelqu'un qu'on frappait et qui pleurait. Je m'informai des circonstances de l'affaire et on me dit ce qui en était. Bref, comme j'avais laissé là mes frères, ce malheur m'arriva tout à coup. Lorsqu'il fut nuit, des voleurs de grand chemin nous attaquèrent et pillèrent notre village, qui fut saccagé par eux comme le blé par l'insecte. J'éprouvai, en apprenant cette nouvelle, une tristesse étonnante et une grande douleur, au point que le calam ne peut la décrire. Ayant donc écouté toutes ces doléances et ayant exprimé ma peine, je demandai où étaient mes frères. On me répondit qu'ils étaient dans les jungles, tous nus et courbés comme le saule pleureur. Je causai avec eux et je leur trouvai l'air troublé. Ils étaient désolés d'esprit et de sentiment et avaient à peine de quoi couvrir leur nudité. Je ne leur donnai pas tout de suite des vêtements convenables, mais ayant ajusté ceux qu'ils avaient et préparé leur monture, je les pris avec moi, je vins à ma résidence et je fis ce que je pus à leur égard. Mais la honte les gênait et ils n'osaient sortir. »

Histoire merveilleuse, explication étonnante.
Le maître du chien
emmène avec lui ses frères de mauvaise conduite.
Il est jeté par eux dans la mer houleuse,
et il est sauvé par la puissance de Dieu. Ses frères envieux
viennent à bout, au moyen d'un présent,
de le faire emprisonner.

Échanson, verse-moi à boire du vin musqué, car j'ai encore à narrer quelque chose. Mon cœur expansif veut voyager avec des ennemis. J'avais une bonne idée, mais le ciel malveillant est malicieux. Il ne sait à quel jeu se livrer ; il est prestidigitateur en amour.

« Mes frères, ajouta le khwaja en continuant sa narration, parurent affectueux envers moi ; ils cachèrent au fond de leur cœur l'apparence du mal. Bien que je crusse être tranquille à leur égard, toutefois je les observais, et tout en ne manquant rien de ce qui pouvait les honorer, je ne les perdais pas de vue. Lorsqu'un certain temps se fut ainsi passé, une pensée vint à mon esprit. Je dois vous dire, Sire, vous qui êtes la quibla des horizons et la caaba du monde, le projet que je fis : je m'imaginai de les mener avec moi faire un voyage, pensant que peut-être ils en profiteraient pour leur amendement, par la grâce de Dieu. Je leur dis donc : Si vous le voulez, je partirai tout de suite pour un voyage et je vous emmènerai. Ces méchants, en m'entendant parler ainsi, gardèrent le silence et mirent leur tête sur leurs genoux. Je considérai leur silence pour un consentement et je me mis en route, ayant pris avec moi les marchandises de mon commerce.

Je mis donc sur des navires beaucoup de marchandises, des raretés fraîches et sèches, dignes des rois. Joyeusement et de bonne volonté, je partis le cœur content. Et mon grand ami, c'est-à-dire mon chien, qui était mon corps et mon âme, vint avec moi sur le navire, aussi mon esprit n'éprouva-t-il aucun souci et mon cœur aucune peine. Un mois se passa ainsi à voyager, nous étions gaiement ensemble. Mais je vais exposer ce que fit ce frère puîné, qui est ingénieux. Un jour ma femme, qui avait l'éclat de la lune et la splendeur du soleil, dont les joues étaient roses et les cheveux musqués, qui était élégamment vêtue d'étoffes d'Alep et du Khotan, fut aperçue quelque part par ces personnages et ils en furent lascivement amoureux.

« N'ayant ni la crainte de Dieu ni celle de la religion, ils s'attachèrent à elle de corps et d'âme, et se mirent d'accord tous les deux à son sujet, mais ils ne purent la persuader par leurs prières. Elle ne se rendit pas aux avances du plus jeune, elle eut honte et le gourmanda. L'aîné, ayant appris la chose, dit au plus jeune : « Ta démarche est mauvaise. Mais j'ai fait une combinaison dans mon esprit, et si la chose peut avoir lieu, nous tuerons notre frère. Chaque royaume a son maître et il marche là où est sa volonté. » S'étant donc concertés ensemble, ils se mirent en embuscade pour me jeter dans le malheur.

« Or, écoutez ce qui m'arriva un jour où la colère de Dieu s'appesantit sur moi. J'étais tranquille dans une chambre du navire, ayant sous mon bras ma charmante compagne au corps de rose et sans crainte ni espoir du temps ; je n'avais ni appréhension dans l'esprit ni tristesse

dans le cœur. L'union avec cette belle était le charme de
ma vie et de mon état ; je ne songeais pas à la tyrannie
du ciel. Je ne pensais pas que l'archet du chagrin pourrait
survenir tout à coup et répandre la tristesse sur la corde
de ma gaieté. Mais le temps, qui a deux couleurs, changea
pour moi ; la nuée du chagrin tomba sur ma vie. Bref,
mon aîné s'écria : « Lumière des yeux ! je vois un printemps fleuri. » Je sortis alors et je vis que mon frère aîné
était penché au bord du navire. « Venez vite, me dit-il,
voyez le spectacle et vous jouirez. Des sirènes s'agitent,
et elles semblent avec la main et avec la tête appeler
auprès d'elles. Elles soulèvent des branches de corail,
nous n'avons jamais vu ni entendu parler d'une telle
chose. — Elle est nouvelle, en effet, me dis-je, mais elle
doit être vraie, sans cela mes frères ne l'affirmeraient
pas. » Quand ils eurent fini de parler, je ne vis cependant
rien, si ce n'est de l'eau seulement. « Où est-ce donc ? leur
dis-je. — C'est ici, le spectacle est manifeste. Vous ne le
voyez donc pas ? » s'écrièrent-ils. Je ne pus rien dire, tant
je fus surpris. Mais sur ces entrefaites, me trouvant incon-
scient, ils me précipitèrent dans la mer. Que dirai-je de
la peur qui me saisit lorsque les flots m'emportèrent impi-
toyablement ? Distancé par les vagues et les tourbillons
de la mer, je me crus véritablement noyé. Je criai beaucoup, autant qu'il m'en souvient, et je me soutins avec
mes mains. Mais aucun patron de barque ne vint à mon
secours et aucun ami ne se trouva là. Cet abîme de malheur fut mon seul recours et ces vagues de la mer mon
seul ambassadeur. Voyant ce qui se passait, affligé que
j'étais, je disais : « N'y aura-t-il pas une personne compa-

tissante qui me sauvera?» Dans cette multitude, qui aurait
pu le faire, il n'y eut que ce cher chien qui se joua de sa
vie pour moi. Sans songer qu'il pouvait mourir, ce brave
animal se précipita dans l'eau. Au milieu du tourbillon
des flots, je voguais dans la mer malgré moi. Ma situation
était désolée par l'effet des soufflets que me donnaient
les vagues. Je n'avais d'autre refuge qu'en Dieu. Je tournai ma face suppliante vers sa cour en lui disant : « O toi
qui disposes de toute chose et qui portes remède à tout ;
toi qui traites avec justice le juste et l'injuste, écoute la
plainte que j'élève vers toi du milieu des flots. Sois par
ta bonté mon patron de navire, et délivre-moi de ma triste
situation. »

« Mon chien, qui était couché auprès de moi, s'aperçut
tout à coup de ce qui se passait. Ali le conduisit et en
fit mon sauveur. Je voguai ainsi pendant sept jours et
sept nuits et le huitième jour j'abordai au rivage et je
tombai sur la terre hors de moi, comme quelqu'un qui a
joué avec sa vie. Il n'y avait pas là d'ami auprès de qui
je pusse trouver du repos, ni d'endroit où je pusse aller.
Le jour et la nuit se passèrent ainsi, et enfin le sentiment
me revint et je repris courage. Toutefois, faible, maigre,
désolé et triste, je tâchais de me soutenir, mais l'espoir
avait quitté mon cœur. Je me levai en invoquant Dieu et
j'aperçus de loin une ville. Mais je ne pouvais marcher et
je vis qu'il n'y avait pas moyen d'y arriver. Ayant néanmoins pris de nouveau haleine, tout désespéré que j'étais,
je marchai de ce côté en hâtant le pas. Je marchai jusqu'au soir l'espace de deux milles, lorsque sur mon chemin
se trouva une grande montagne. Comme, à cause de la

chaleur fiévreuse qui dévorait mon corps, je tombai évanoui, je m'endormis. Au matin je vis une ville merveilleuse, honte des jinns. Le bazar était bien disposé ; des
tablettes bien fournies étaient gracieusement placées. En
voyant cette abondance j'éprouvai la faim, mais je ne
pouvais l'assouvir. Fallait-il demander qu'on me donnât
quelque chose, devais-je mendier ? Enfin je pris de l'assurance et j'avançai le pied de la supplication. Je marchai
donc en remerciant Dieu, lorsque tout à coup je rencon-
trai deux jeunes Persans. Comme je les regardai, je dis
en moi-même : Il pourrait se faire qu'ils me connussent
et dans tous les cas, il est certain qu'ils compatiront à
mon état et qu'ils me viendront en aide. Étant donc allé
en avant, je vis clairement que c'était vraiment mes
frères. M'en étant assuré, je fus très-content et je rendis
mes actions de grâce au Maître des hommes. Joyeusement je m'avançai vers eux et je me courbai pour les
saluer. Ce frère aîné qui est ici jeta des cris d'alarme en
me voyant. Le second fut encore plus en colère et me
souffleta en guise de bienvenue. Comme je n'avais pas
beaucoup de force à cause de mes aventures, je tombai par
terre. Je pensais en mon esprit que sans doute c'en était
fait de moi. Toutefois, je ne perdis pas courage et je saisis
le pan de la robe de la prière. L'aîné ne voulut rien entendre, ni protéger ma personne amaigrie. Bien plus, il
me donna un coup de pied; aurais-je donc pu leur raconter
tout ce qui m'était arrivé? De toute façon, je me confiai
en Dieu, par la médiation du prophète. Mais ils n'éprou-
vèrent pas la moindre compassion et ils ajoutèrent méchanceté sur méchanceté. Dans un court espace de temps,

il y eut là une foule de gens qui les interrogèrent et à qui
ils dirent : « Cet homme est notre esclave, il a jeté notre
frère dans la mer et il s'est emparé sans crainte de ses
richesses. Depuis lors nous l'avons cherché avec le plus
grand soin, de chemin en chemin. Par la grâce de Dieu,
nous avons fini par rencontrer ce misérable et nous vou-
lons venger dans son sang celui de notre frère. »

« Quelle était donc ma situation en voyant qu'ils voulaient me faire périr et qu'ils me désignaient comme
voleur, me demandant où j'avais mis l'argent soustrait.
Il ne me restait ni intelligence ni sentiment. J'ignorais
où j'étais et si je respirais. Lorsqu'ils virent que j'allais
mourir, ils imaginèrent une nouvelle ruse, à savoir, qu'ils
déchirèrent leur collet et ils se mirent à pleurer leur frère.
Sur ces entrefaites, des pions vinrent et demandèrent de
quoi en définitive j'étais coupable et, me prenant par la
main, ils m'amenèrent auprès du préfet de police. Mais
mes deux frères y allèrent aussi en secret, ils corrom-
pirent le juge et exposèrent la chose à leur manière. Ils
m'accusèrent de ce meurtre sans éprouver aucune crainte
de Dieu. Le juge, ayant appris la chose, regarda de mon
côté et me demanda ce qui en était. La vérité sortit de
ma bouche, mais ils confirmèrent ce qu'ils avaient dit.
Le juge pensa que j'étais coupable et que je méritais le
dernier supplice. « Ne vous tourmentez pas, leur dit-il, je
le ferai empaler sur la place. » Ils voulurent donc me faire
empaler, moi qui avais donné de l'or pour les sauver en
échange de leur trahison et qui les préservai de la peine
capitale.

« Les pions, d'après l'ordre de leur chef, se dirigèrent

vers la potence. Alors ayant adoré Dieu dans mon esprit
avec bien des pleurs et des soupirs, je lui dis :« O toi qui
es juste et équitable, je n'ai actuellement personne à qui
je puisse adresser mes plaintes ; tu es mon seul gardien et
toi seul peux me rendre justice. A qui pourrais-je songer
maintenant, si ce n'est à toi ? Délivre-moi de la position
fâcheuse où je me trouve. Personne n'a souci de moi et
ne me donnera aide, dans cet isolement ; tu es mon sauveur. » Telle était ma situation ; mais, sans qu'on y fît attention, ce chien que vous voyez traité avec honneur,
allait et venait, se jetant aux pieds de tout le monde, puis
il se vautrait par terre et jetait des cris. Bref, lorsqu'en
me soutenant je fus conduit à la potence, écoutez l'effet
de la puissance de Dieu. Le sultan de l'endroit avait été
saisi par une maladie soudaine et par une affection aiguë
qui arriva tout à coup. Les sages docteurs décidèrent
qu'il publiât qu'on eût à délivrer les prisonniers. Les
gens du roi allèrent de tout côté et proclamèrent partout
l'amnistie. Par hasard, un des leurs vint où j'étais entouré
de la foule, et ayant aperçu le signe sinistre en haut de la
potence, il tira son épée du fourreau, il coupa les cordes,
et il gourmanda les agents en leur disant :« Mauvais serviteurs, ce n'est pas le cas d'exécuter une telle sentence ;
faites plutôt des vœux pour la santé du roi. » Il me dit en
même temps : « Va-t'en, » et il me mit en liberté. Je le
remerciai de m'avoir sauvé du malheur et délivré du trépas. Mais mes méchants frères, qui étaient là, allèrent
une seconde fois auprès du kotwal et lui dirent :« Accomplis donc la promesse que tu nous as faite ; c'est-à-dire
de faire de cet homme un habitant du néant. » Le com-

missaire de police, qui avait reçu des présents corrup-
teurs, voulut en effet tenir sa promesse : « Je le mettrai
en prison, leur répondit-il ; et il n'aura ni nourriture ni
boisson. Dans quelques jours il voyagera dans l'empire
de la mort. Tranquillisez-vous, et n'éprouvez aucune
peine. »

« Pour exécuter leur mission, des soldats m'emmenè-
rent à une parasange de la ville. Comme je regardai, je
vis que c'était un désert véritable, le puits qui s'y trouvait était la prison de Salomon. Ce n'était pas une prison,
mais l'étranglement de la mort, grand resserrement et
obscurité des quatre côtés. Dans les temps anciens l'usage
était d'enfermer dans cette prison ceux à qui on avait à
reprocher des crimes, et ils y perdaient la vie. On me conduisit donc au bord du puits, et mes frères me suivaient de
loin. Cependant on me précipita dans cette citerne sans
eau, et mes frères s'en retournèrent tranquillement. Les
ténèbres régnaient dans ce puits. O roi asile du monde,
aurait-on pu voir de là le chemin vers Khizr? Ce puits
était comme la caverne du néant, on n'y voyait que ténèbres et noirceur. Lorsque je fus enfermé dans cette
prison, les pensées les plus pénibles assiégèrent mon
cœur. « Quand est-ce qu'il m'arrivera un sauveur, me
disais-je, comment Dieu s'informera-t-il de moi?» Tantôt
je me plaignais de mon sort, tantôt de ma vie inutile.
Quoique j'en fusse dégoûté, toutefois j'étais désespéré de
ne pouvoir en jouir. Je priai Dieu à chaque instant de ne
pas m'exposer aux vexations temporelles. Mais je m'ap-
puyais toujours sur cette parole que personne ne connaît
les actes de Dieu (le sage par excellence). Ces pensées

étaient dans mon esprit, mais j'étais silencieux, j'étais comme quelqu'un qui avait perdu la raison.

« Lorsque le vieux marchand eut raconté jusqu'à ce point cette triste histoire (dit le roi) j'en fus très-affligé. Et ayant reconnu dans mon cœur la puissance de Dieu, je dis en moi-même : Dieu seul est indépendant ! Comment l'homme esclave, impuissant, peut-il lui demander la raison de ses actes ? Il fait un individu quelconque prince de la montagne, et s'il le veut, il fait d'un mendiant un roi. Cependant le khwaja continua son récit avec gémissements et larmes. En ce moment, dit-il, mon chien fut ma consolation. Après un certain temps, ce chien fit dans son esprit la résolution de venir auprès de moi et j'entendis sa voix de mes oreilles. Le lieu où j'étais n'était pas un puits, mais le tombeau des malheureux ; il n'y avait que ténèbres et noirceur extrême. Cependant je me rassurai et après quelque temps j'entendis un son de mes oreilles, comme si quelqu'un tenait à un autre un discours chaleureux, et je pensai qu'il s'agissait d'un secret. J'entendis comme si on jetait une corde dans le puits. Puis un bruit de la bouche, comme si quelqu'un mangeait quelque chose de dur. Alors j'affermis mon cœur de toute manière et je parlai à ces malheureux sans les voir : « Qui êtes-vous, leur dis-je, répondez-moi, mes frères, indiquez-moi ce que vous faites? Pour moi, je suis l'esclave du malheur et je suis prisonnier ici, dites-moi si je suis en vie?» Quand ils eurent entendu ce que je disais, ils se mirent à dire tous les deux : « Tu es encore en vie, mais en peu de temps tu mourras et ce puits du néant sera ton tombeau. Quant à nous, nous mangeons ce qu'on nous a fait passer. » Tou-

tefois, ils ne voulurent rien me donner, ils ne m'accordèrent pas une bouchée, car le malheureux n'a pas de
compassion .

« En apprenant le sort qui m'attendait, la plus grande
affliction saisit mon cœur. Je restai sept jours dans la
foule des désespérés, sans que mes amis se souvinssent
de moi. Je n'obtins pas un seul grain ; mais ayant tué ces
gens-là en rétribution de leur dureté, j'eus alors de quoi
manger. J'étais donc prisonnier dans ce puits, d'où je ne
croyais pouvoir sortir. La faim et la soif firent sentir leur
violence ; l'agonie survint entre la crainte et l'espérance.
Mon âme allait quelquefois jusqu'au bout de mes lèvres
comme en flottant, elle s'agitait et semblait se reposer
ensuite. Le souffle de ma vie semblait s'arrêter sans pouvoir sortir ; comment exprimer la douleur et la tristesse
que j'éprouvais ! Quelquefois je retrouvais et je reprenais
mes sens, alors je priais en disant : « O toi qui remédies aux
maux, la vie est pénible pour moi, montre-moi le monde
éternel. La révolution du ciel me tourmente toujours.
O toi qui entretiens le genre humain, ne permets pas, dans
ta bonté, que je sois dans le cas de subir plus longtemps
la torture à laquelle des gens sanguinaires m'ont con-
damné, ne souffre pas que leur espoir se réalise ! Car, au
jour dernier, le sort qui m'est réservé est ou bonheur ou
malheur. Sans doute mes actes ne seront pas effacés,
mais pour toi tu pardonnes. Toi qui es la seule ressource
qu'on ait contre la peine et l'affliction, je t'invoque,
exauce-moi. Maintenant donc, ô juste juge, toi qui es le
refuge de celui qui est affligé, délivre-moi du filet de
l'infortune, car ma vie est très-malheureuse. J'ai connu

le goût de la vie.·» Voilà mon désir et ma prière. Cependant je m'affaiblissais à cause de l'état où je me trouvais et le pan de ma robe se fendait. Par de nouvelles appréhensions et de nouvelles peines, mon cœur ressentit une grande terreur et des désirs impatients. Cependant je vis un fait singulier, à savoir, que quelqu'un faisait descendre quelque chose dans un mouchoir et aussi un flacon d'eau qu'on apportait au bord du puits. Le prisonnier prenait aussitôt le pain et l'eau qu'on lui apportait. Mon chien, ayant compris la chose, réfléchit en son esprit et prit cette résolution : Je porterai, se dit-il, chaque jour à mon maître un pain et je lui donnerai à boire par l'entremise de quelqu'un. Il agit ainsi chaque jour et mon temps se passa plus aisément, grâce à son amitié. Lorsque quelque temps se fut ainsi écoulé, voici ce qui eut lieu, par l'effet de la puissance de Dieu, car il exauça mes plaintes et me protégea contre ma mauvaise fortune.

Cette histoire manifeste la puissance de Dieu.
La reine de Zerbad vient au bord du puits de Salomon,
et le marchand est sauvé par méprise.
Après avoir été rendu à la lumière, d'abord désappointement,
puis accord et communication des secrets.

Maintenant, échanson, ne diffère pas, car le ciel continue sa révolution. Donne-moi une coupe de vin aujourd'hui que ma prière a été exaucée.

« Ma peine et ma détresse, continua le vieux marchand, eurent un terme et Dieu eut pitié de mon état. Écoutez donc l'histoire étonnante d'une nuit et la singulière manifestation du destin. Dieu déploie sa puissance

comme il veut, il dessèche les rivières pareilles au Tigre
ou les fait couler sous le pont. La noirceur de la nuit et
les ténèbres du puits rappelaient le tombeau des malheureux, mon esprit s'affligeait extrêmement et il était
comme effacé par la douleur. J'exprimai donc les plaintes
de mon cœur en disant : « O mon créateur, toi qui pardonnes et qui n'as besoin de personne, ô Dieu ! qui est-
ce qui fera maintenant attention à mon état désolé en
poussant un soupir bienveillant ? On ne peut attendre la
bienveillance que par toi et il n'y a rien sans toi. Il n'y a
personne à qui je puisse faire parvenir mes plaintes ; toi
au contraire tu les reçois et tu y fais droit. O Être généreux, accorde quelque secours à mon état malheureux ! »

« Tout à coup ma prière fut exaucée et la porte de la
miséricorde s'ouvrit aussitôt devant moi. Je saisis une
corde dont j'entendis le bruit et qui, ayant dévié, me
servit. Je la saisis et je m'y attachai, quelqu'un la tira en
haut. Dans l'obscurité, je n'eus pas la possibilité de voir
qui c'était, ni le temps de l'interroger. Mais on me dit :
Marche, infortuné, il n'est pas temps de s'arrêter. Or, si
on demande la vérité, qu'on sache que ce bas monde est
un passage, qu'il a l'apparence du ver luisant ; ou plutôt,
qu'il est comme une bulle d'eau et comme un rêve. Mais
tant qu'on est ivre et plongé dans le sommeil de l'insouciance, on aime cet état de tristesse et on a le goût du
chagrin.

« Au matin, lors donc que j'ouvris les yeux, un soupir
se produisit et un hélas se fit entendre. C'était comme un
saule dont il n'était pas possible d'avoir du fruit. Il ne
fallait pas se laisser aller à son odeur, car un serpent

était suspendu à ses branches. Bien qu'extérieurement cet arbre fût agréable, cependant il ne fut pas possible de se reposer dessous. Toi qui es sage, ne te fie pas à la couleur, car ses fruits sont de la coloquinte.

« Enfin, lorsque mon libérateur et moi nous fûmes descendus de la montagne, nous vîmes là attachés deux chevaux. Je montai sur l'un des deux et mon compagnon monta sur l'autre. Nous allâmes lestement et d'un pas accéléré et nous arrivâmes au bord d'une rivière houleuse. Lorsque nous vîmes clair, mon compagnon m'ayant regardé attentivement se mit en grande colère, il tira son épée et voulut terminer mon affaire. Alors, descendant immédiatement de mon cheval, je posai humblement ma tête sur la terre. Je gémis et je soupirai en disant : « Seigneur, je suis innocent, puisque vous m'avez délivré d'une grande infortune, écoutez le récit de mes aventures. J'ai été l'objet de l'injustice du temps; j'ai vu la tyrannie, j'ai éprouvé la peine. » Ayant entendu ces mots, il mordit ses doigts avec ses dents et d'un ton irrité il me dit : « Raconte-moi tes aventures. Qui es-tu, quels sont tes secrets, pourquoi as-tu été mis dans ce puits? — Je suis voyageur, lui répondis-je, loin de mon pays et accablé par la peine et par les afflictions. Si je songeais tant soit peu à ma position, je trancherais ma tête sans délai. Je n'ai aucun souci de ma vie, mais j'espère cependant que vous aurez pitié de moi. » En entendant ces mots, il ressentit un peu de compassion et il cessa de me menacer. Il me dit : « Remonte sur le cheval et Dieu fera de toi ce qu'il voudra. Il n'y a pas de remède pour l'homme à l'égard de la volonté de Dieu. Dieu fait ce

qu'il veut, en bien ou en mal. » Ce guerrier me fit donc
monter à cheval et il se mit en marche en se frappant
les mains de désespoir. Tantôt il pleurait, tantôt il riait,
tantôt il parlait, tantôt il gardait le silence. En avançant
peu à peu, dans cet état d'affliction, nous finîmes par
arriver à une oasis. Il descendit de son cheval, et il me
fit descendre du mien, et il laissa le cheval paître l'herbe.
Après avoir quitté ses armes avec dextérité, il se prosterna en action de grâces envers Dieu. Puis il me regarda
d'un œil bienveillant et se mit à me raconter en détail et
sans crainte son histoire; mais il me dit d'abord : « N'aie
aucune appréhension dans ton cœur, je t'accorde la vie. »
Rassuré par ces mots, je le saluai en m'inclinant et je
lui appris, de mon côté, mon histoire. Je la lui dis dès
l'origine et comment tout s'était passé. Lorsqu'il eut en
tendu mon récit détaillé, il soupira d'abord, puis il dit :
« O toi qui as supporté l'injustice de l'existence, écoute-
moi avec attention.

EXPLICATION AU SUJET DE LA PRINCESSE DE ZERBAD.

« Il existe un royaume nommé Zerbâd [1], dont l'air rap-
pelle le paradis. Là il y avait un roi *heureux* dont je suis
la fille *malheureuse*. Il ordonna que les rois de tous les
pays circonvoisins, et que leurs fils aussi eussent à monter sur des chevaux qu'ils laisseraient caracoler à leur gré,
et qu'ils tireraient des flèches sous les jalousies de la princesse. Ils montreraient ainsi chacun leur habileté, et je

1. C'est-à-dire « Sous le vent », Ava ou Pégu.

les rendrai contents, étant content moi-même. D'après cet
ordre, tous ces princes se mirent à déployer à l'envi leur
habileté. Il y avait dans cette foule celui qui fut pris dans
le filet de la peine et de l'affliction, et qui devint l'éclat
de la prison de Salomon. C'était un tout jeune homme,
fils du principal ministre. Il n'avait jamais éprouvé aucun
accident de la part de la fortune, aussi l'appelait-on Bah-
ramand (heureux). Cette lune de perfection était parfaite
en tout art; elle avait tous les mérites, toute la grâce et
la beauté. J'avais vu sa taille svelte et droite, et je la regardais passionnément. Cette séduction de l'âme, ce
trouble du cœur m'effaça pour ainsi dire par l'amour
malheureux qu'elle m'inspira. Les étincelles de son regard brûlèrent en cachette et sans bruit la moisson de
ma patience et de mon bon sens. L'effervescence de l'impatience s'éleva du grand repos dont je jouissais, et mon
silence se changea en gémissement et en plainte. La défaillance eut lieu dans mon cœur et mon tempérament
fut faible pour la patience. Comme l'ardeur de l'amour
fut grande, ma passion augmenta beaucoup. Elle m'en-
gageait à serrer ce jeune homme dans mes bras. Mon
cœur parlant énergiquement, mes lèvres voulaient s'unir
aux siennes, ma main voulait saisir la sienne. Je voulais
lui déclarer mon amour, mais ma pudeur mit une chaîne
à mes pieds. Ma vie devait se passer dans la peine; et
mon amour rester caché. Matin et soir je songeais à
ma situation, je voulais parler de mon état malheureux. Le repos n'était pas à mon esprit, mais l'ardeur
était à mon cœur; ni jour ni nuit le sommeil n'atteignait
mes yeux. Dès le matin je ne m'occupais qu'à pleurer

et à gémir, et à la nuit je comptais les étoiles. A la fin, la fumée se manifesta dans la flamme, et mon visage rouge devint bleu. Tout à coup, comme ce malheur tomba sur mon âme, ma pleine lune se changea en croissant. Je cachai mon visage à tout le monde, je me mis à pleurer et à perdre ma vie nuit et jour dans le chagrin. Il n'y avait pour moi ni bonheur ni repos. J'avais seulement affaire avec la tristesse et avec le chagrin. Chacun finit par éprouver de la compassion sur mon état et par chercher à me calmer. Mais je n'éprouvais aucun repos par ce qu'on me disait, et une flèche me déchira effectivement. Ma maison ni son emplacement ne me furent plus agréables, je n'eus plus de plaisir à me promener dans le jardin printanier. Celui qui recherche un cyprès élevé n'est plus satisfait du jardin; il n'aime plus ni la couleur ni l'odeur des fleurs. Celle qui se promène dans un jardin dans l'absence de son ami est pareille à la tulipe qui a la blessure au cœur. La misanthropie s'était emparée de mon cœur. Ce n'était que nouvelle impatience, que nouvelle agitation. Mon cœur ensanglanté se mit à bouillonner, mon secret sortit par le flux des larmes. Comme le mal était grand, j'émis sans crainte de profonds soupirs.

« Toutefois je donnais à tout le monde des prétextes, disant tantôt que j'éprouvais des douleurs dans les membres, tantôt à la tête. Comme mon état fut désolé, le monde devint entièrement noir pour moi. Il n'y avait plus de larmes à mes yeux, ni de soupirs à mes lèvres; à la fin mon âme n'était plus dans mon corps. La chaleur de l'amour me fit enfin prendre la parole; la cloche du toit fut mise en branle, la conservation de l'honneur se mit à

s'agiter en moi et la vie à palpiter sur mes lèvres. Bref,
je confiai ma peine à ma nourrice : « O toi, lui dis-je, qui
es comme ma mère vénérée, aie compassion de mon état
malheureux et délivre-moi des liens du tourment et de
la douleur. Écoute un peu de bon cœur l'injustice qui
m'opprime. La perturbation trouble ma vie; la vie n'est
plus dans ma vie. »

« Quand ma nourrice eut entendu mes paroles, elle
trembla et dit : « Tais-toi, as-tu le moindre bon sens?
As-tu le moindre honneur, en sorte que tu parles ainsi?
fais-moi donc savoir ce qui t'est arrivé de fâcheux. Lorsque l'amour se manifeste quelque part, il produit partout
l'infamie. Tantôt il vous fait boire le sang du cœur en
vous plongeant dans le chagrin, tantôt il fait couler des
larmes ou exhaler des soupirs. Tantôt scorpion, tantôt
serpent, tantôt des roses, tantôt des épines. Quelquefois,
comme le vin, il produit un mauvais effet, d'autres fois de
la gaieté. Tantôt il est une pierre dure, quelquefois une
coupe étincelante. Le vin de sa coupe n'est pas pur et
l'eau de son miroir n'est pas nette. Ce monde n'est
qu'artifice, il brise le cœur de centaines de personnes. Il
a renversé bien des maisons et il a jeté dans le malheur
beaucoup d'esprits sages. Ceux qui ont été déchirés par
son épée tranchante ont soupiré et sont sous terre. Là
où son éclat a lui, les cœurs ont été entièrement brûlés.
Il n'a laissé tranquille ni la loi, ni l'honneur, ni bonne
ni mauvaise chose. Lorsque la séduction agit, Mahmud
aime Ayaz de tout son cœur [1]. N'applique jamais ton at-

---

1. Allusion à l'histoire connue du sultan Mahmud et de son esclave Ayaz.

tention à l'amour ; n'y plonge pas ton esprit lucide. Au
nom de Dieu, laisse-le, en souvenir de Mahomet. »

« Cette parole produisit son effet comme la flèche,
comme lorsque la mort prend subitement un homme
attaqué par la fièvre. Que dirai-je et quel fut mon état ? le
monde paraissait obscur pour moi. J'étais comme frappée
de paralysie ou comme abattue par la maladie. Je tombai
et me soutenant à peine, j'ajoutai à ce que j'avais dit :
« Nourrice, écoute ma douce parole. Tu viens de déchirer
de nouveau mon cœur. Quelle est cette manière de brûler
ce qui est brûlé ? Je m'abandonne à ton esprit et à ta
direction, car mon bien-être dépend du destin. Je ne puis
donc rien attendre de ton dévouement, et tu manques de
sensibilité et de compassion. Je me confie en Dieu. Je
croyais pouvoir compter sur ton amitié ; mais le feu est
caché au milieu des épines. Celui dont l'amour a pris le
dessus sur son esprit et sur son corps, craint pour son
honneur, mais non pour sa vie. Par la fièvre de l'absence
ma vie s'en est allée. Je me suis sacrifiée pour ma bonne
espérance. Conduis-moi promptement et réunis-moi à
mon amant, de crainte qu'un malheur n'arrive. » Alors ma
nourrice m'annonça sans éprouver aucune crainte qu'elle
m'amènerait promptement l'objet de mon amour. Que
dirai-je ! lorsque ma vue tomba sur lui, il sembla que mon
cœur et mon foie m'abandonnèrent. Je ne cherchai pas à
le traiter avec honneur, bien que j'en eusse le pouvoir,
mais mon cœur délia la langue de la plainte. Je le fis as
seoir auprès de moi, et, le tenant par la main, je lui dis :
« Considère combien mon état est fâcheux et vois quelle
est aujourd'hui ma situation. Mon bonheur est dans ton

intimité : ton absence me déchirait le cœur, le destin l'avait ainsi voulu. Ma misanthropie ne t'avait pas encore fait parvenir de mes nouvelles, et je brûlais ici sans que tu en eusses la moindre nouvelle. Mon cœur était blessé par le chagrin que tu m'occasionnais, tandis que j'étais autrement heureuse et seulement occupée de la promenade de mon jardin. Par l'effet de mon agitation, mes larmes abondent et tu es souriant comme un bouton de rose l'est à l'acheteur. Mais il est vrai que l'œil des amants est un nuage de pluie. Par l'accroissement de la pluie, le bouton s'épanouit et le jeune cyprès s'agite de joie. Mais il serait fâcheux qu'il arrivât aussi à ton cœur quelque infortune. Quant à moi j'ai suscité ce malheur sur moi-même et ce ne sont pas des larmes qui coulent de mes yeux, mais du sang qui s'échappe de mon cœur. A mesure que le nuage du printemps gémit, le bouton se fend pour s'épanouir. Si la bougie brûle quelquefois le papillon, elle en est fâchée et c'est pour cela qu'elle pleure. La lune est un filet pour la perdrix, et son cœur brisé est affligé par le chagrin. »

« Quand j'eus fini de me plaindre, je conçus l'espoir de l'union. La séparation de mon amant me rendait sauvage, mais alors la vie sembla renaître en moi. A la fin il fut lié dans l'intimité et le mal du chagrin d'amour l'atteignit. Ainsi il gémit aussi et il éprouva le même désir que moi.

« Lorsque quelque temps se fut passé de cette manière, le ciel joua un autre jeu. Son sort d'Alexandre fut interverti, le temps de la joie se passa et prit une autre couleur. Le tour de la vengeance arriva, les gardiens soupçonnèrent la chose et, ayant trouvé ce jeune homme auprès du palais, ils allèrent dire au raja : « O monarque juste, une mauvaise action a une mauvaise fin ; ce rôdeur de nuit est bien hardi et il a un mauvais renom. Donnez-lui la rétribution de son crime, donnez-lui ce que mérite son goût fantasque de rôder autour du palais. » Alors ordre d'occision eut lieu, mais quelques personnes en soupirant intercédèrent pour lui, et cette punition fut changée en celle de la prison de Salomon. Rien ne fut manifeste à personne, mon état fut caché et ne fut pas connu. Mais mon cœur fut gonflé et dans mon désespoir je pris la résolution d'aller régulièrement une fois par semaine donner à ce jeune homme des provisions convenables. J'y allais donc une nuit, chaque semaine. De cette façon je le faisais riche en nourriture, mais j'étais très-affectée par le laps du temps. Comme je m'endormis dans cette pensée, je reçus cet avis en songe : « Sois attentive, me fut-il dit, et écoute, jette une corde et fais sortir du puits le prisonnier, comme Joseph. » Je me levai en chancelant après avoir eu ce songe et à la hâte je pris ce costume. J'arrivai au bord du puits et alors ton bon horoscope t'en a fait sortir. Son étoile ne vint pas en aide à mon amant, mais la grande Ourse de ton bonheur s'est levée. Le Seigneur compatissant, le vrai donneur, fait ce qu'il veut et ce qu'il désire.

« Ayant donc manifesté complétement son secret, ayant préparé une boisson de saule musqué et de sucre candi, elle me la fit boire d'une main bienveillante et je m'en léchai les lèvres, tellement elle était douce. Puis elle prit du vin, elle m'en donna et elle rendit ainsi la force à mon corps, en sorte que quand j'eus fini de boire je

repris ma vigueur habituelle. Enfin cette charmante personne me prit par la main et m'emmena au bord de la
rivière. Elle me coupa les cheveux de la tête, qui étaient
devenus beaucoup trop longs. Elle me coupa aussi les
ongles et me fit faire l'ablution du retour à la santé. Elle
me revêtit de beaux habits et me donna une tournure
charmante. Que dirai-je ? Elle agit sans manquer en rien
comme l'aurait fait un serviteur et elle fit de moi un
homme nouveau. Quand les paroles ne venaient pas à
ma mémoire, mes regards exprimaient instantanément
ce que je voulais dire.

« Le créateur omniscient (qu'il soit glorifié et exalté !)
à la puissance duquel il n'y a jamais défaut, fait tout ce
qu'il veut ; de la terre il fait le ciel et du ciel la terre. Cet
événement de bon augure ayant eu lieu, je fis la prière
appelée *dogana* le visage tourné vers la *Câba ;* et je rendis
mille actions de grâces à Dieu en me prosternant contre
terre. Cette charmante personne me regardait. Lorsque
j'eus fini elle me dit, prenant un air grave, mais avec
grâce et gentillesse : « Seigneur, vous vous courbez et vous
levez ; que dites-vous et à qui parlez-vous ? » Je répondis
en la regardant sérieusement : « O vous qui faites honte
à cent lunes et à cent soleils ! tant que ces étoiles seront
lumineuses, votre beauté les surpassera et demeurera :
vous n'éprouverez jamais de déclin, vous serez pour toujours à l'abri des troubles du monde. Votre vert cyprès
sera frais et portera des fruits et vous serez toujours
l'objet des dons de Dieu, le donneur par excellence. C'est
parce qu'enfin l'éloignement du malheur a eu lieu pour
moi que j'ai fait la prosternation de l'action de grâces

envers le juste Juge. J'ai offert l'expression de ma reconnaissance au créateur généreux, car il est généreux et miséricordieux. Il pardonne les fautes, et il nous donne notre nourriture, il voit les fautes, il les ignore et les excuse. J'étais détenu dans une dure prison et je ne pouvais espérer d'en être délivré par les moyens humains. Il m'en a délivré dans un instant et il m'a fait rencontrer en vous celle qui fait honte au Messie. » Cette charmante personne, en entendant ce que je lui disais, fut ravie. Elle me regarda avec attention et, tout étonnée, elle me dit : « Vous êtes donc musulman ? » Après avoir ainsi parlé, elle voulut s'enquérir de la religion musulmane et elle s'y convertit par la grâce de Dieu.

« Tout en pleurant le temps passé, nous partîmes tous les deux d'où nous étions. Après le tour du désespoir, celui de la bonne fortune arriva et nous parvînmes sur le rivage de Ceylan. Là nous aperçûmes tout de suite une ville, ce n'était pas une ville, mais un jardin printanier. Ce séjour de belle apparence épanouissait l'âme, il abondait en belles personnes. On ne saurait décrire ses beaux édifices, car le talent de l'écrivain y est impuissant. Bref, c'était une ville digne d'être vue, où j'achetai une belle maison. Je réunis alertement tous les objets nécessaires pour un ménage et je me mariai selon la loi musulmane. Lorsque cette belle idole fut dans mes bras, tout souci et tout chagrin disparurent loin de moi. Si je parlais tant soit peu de la fête donnée à cette occasion, mon discours ne se terminerait qu'au jour de la résurrection. Je restai là content tout en pensant aux vicissitudes du ciel. Là étaient le roi et la reine, leurs chambellans, les grands et

les petits. A cause du commerce que j'avais entrepris humblement, j'acquis la considération dans l'esprit de tout le
monde. La révolution du temps m'était favorable, j'avais
auprès de moi cette belle affligée, cette charmante personne digne d'être aimée ; celle devant qui la beauté de
la fée était abaissée et à laquelle la lune n'aurait pu être
comparée. Le ciel semblait heureux d'un tel éclat et
s'offrait en sacrifice à cette lune. Comme elle avait éloigné de moi toute affliction et toute douleur, son cœur
éprouvait néanmoins de la peine. Cependant elle n'avait
rien à désirer, et il ne lui restait non plus ni trouble ni
vexation. Bref, mon esprit jouissait de la tranquillité et
la roue du malheur m'était obéissante. »

Nouvelle histoire. Plainte sur l'injustice du ciel, c'est-à-dire rencontre des deux méchants frères pris en flagrant délit. Leur délivrance. Nouvelle ingratitude.

Donne-moi à boire, ô échanson, du flacon de vin, car
une nouvelle chose se manifeste de la part de la fortune.
Extérieurement le ciel aime la paix et cependant la tranquillité ne lui est pas agréable. Il est l'ennemi de la vie
heureuse : il excite le trouble de l'âme et du cœur. Là
où il voit deux personnes ensemble, il invente quelque
mode de persécution. Quand il voit un instrument de
musique dans une réunion, il l'attaque par la rouille ou
le brise. Aussi ne convient-il à personne d'être joyeux,
car il en sera repentant. Tous, grands et petits d'entre
les hommes, sont remplis d'affliction par l'injustice du

sort. Là où sa violence a lieu, il a éloigné tout le monde
loin de son but. Quand il voit une réunion il y jette la
confusion et il la détruit en sorte qu'il n'y a plus de repos
pour elle. L'éloquent appréciateur de la diction, l'âme du
discours, le plus habile de son siècle, Haçan, a écrit, au
sujet des événements suscités par le sort, que la roue
du ciel anéantit les belles qualités ; qu'elle ne laisse
pas assis ensemble deux amis, car leur intimité ne lui
plaît pas. Il est en effet l'ennemi de l'union, qu'il rem-
place par la brûlure de l'absence, il change la nuit de
l'union en jour de séparation. Bref sa mauvaise nature
est complète. Ecoutez maintenant ce que dit l'historien.

« Comme je restai là sans danger, continua le khwaja,
l'idée traversa tout à coup mon esprit de me rendre
auprès du grand-vizir et de lui dire tout ce qui s'était
passé. J'allai donc du côté du marché et je vis là une
foule de peuple. Quand j'arrivai, j'aperçus que deux
jeunes gens étaient pris dans le malheur. Comme ils
étaient considérés comme adultères et qu'ils avaient
l'apparence de voleurs, ils étaient sur le point d'être la-
pidés. En apprenant cela, me souvenant de ce qui s'était
passé à mon égard, dans une circonstance semblable où
j'avais éprouvé de l'injustice : « Ceux-ci, me dis-je, n'au-
raient-ils pu être pris comme moi ; ne sont-ils pas injustement accusés par quelqu'un et jetés dans le désespoir ?
Sont-ils coupables ou non ? Si je les voyais, tout serait
alors levé. Il faut nécessairement les voir pour s'assurer
s'ils ont commis la faute dont on les accuse. En tout cas,
autant que faire se peut, il convient de leur porter secours avec de l'argent. » Tout en demandant à Dieu de les

délivrer, je fendis la foule et je demandai à leur parler au nom de la justice. Alors je vis que ceux qui étaient pris dans le filet de la loi étaient mes deux mauvais sujets de frères. A l'instant le sang de mon cœur fit ébullition et des soupirs, et des hélas en sortirent. Immédiatement je donnai quelques direms aux gardiens. « Suspendez l'exécution, leur dis-je, pendant que je vais promptement solliciter leur grâce auprès des juges. » Après avoir ainsi parlé, je lançai mon cheval, j'allai sur-le-champ vers la demeure du juge ; je lui donnai des rubis en présent, je pleurai et j'intercédai pour mes deux frères. Il est vrai que l'or a un grand prestige, tout a lieu dans le monde par l'or. Si on a de l'or, tout le monde vous recherche et vous secourt partout. Jinns et fées lui sont soumis, la lune et Jupiter lui obéissent. Ceux qui ne savent rien de ces actes comprennent-ils ce que c'est que ce métal? Avec l'or on ne craint ni le jugement dernier ni la punition suprême ; il dispose du matin et du soir. On le recherche, on dit pour l'acquérir des mensonges et l'on fait cinquante ruses. Désolé, la tête perdue, blessé et malheureux, on le désire encore au milieu de cent vexations. On l'acquiert avec peine, et on ne peut l'emporter de ce monde. D'après sa promesse on marche dans son chemin, mais la plainte reste et le désir aussi. Là où est cet infidèle il a pour compagnes la peine et l'espérance, mais ceux qui ne se soucient pas des choses du monde, le considèrent comme un mirage. Ils ne mettent pas leur espoir en lui, et ils le regardent comme un poison.

« J'appelai donc l'accusateur, je lui donnai de quoi

contenter sa cupidité, je lui remis ce qu'il fallait pour
le satisfaire et il abandonna sa plainte. Je débarrassai
donc mes frères de leur créancier et je les délivrai du
malheur. Sire, ils sont présents ici, demandez-leur si ce
que je dis n'est pas la vérité. Puis, je les emmenai avec
moi et je les rendis des hommes nouveaux. A cause précisément de ce qui s'était passé, je les traitai plus
honorablement encore qu'auparavant et je n'omis rien
pour leur être agréable, si ce n'est que je plaçai ma
femme, qui était comme la lune brillante, loin de leurs
regards.

« Il fallut cependant se remettre en marche et je
fus attristé. J'étais frappé de l'idée qu'il m'arriverait
quelque chose de fâcheux. Mes frères ne paraissaient
pas se soucier de partir ; toutefois, je croyais qu'ils
étaient des hommes nouveaux. Par hasard un jour, un
d'eux vit cette femme, repos de l'âme et du corps. Comme
ses regards tombèrent sur elle, il oublia à son égard
toute crainte et tout danger pour la suivre. Les sens
de mon frère puîné faiblirent et il voulut la séduire. Il
s'accorda avec son autre frère pour l'enlever. J'ignorais
tout à fait la chose et je comptais sur la faveur du ciel.
J'ignorais que tout d'un coup sa révolution me ménageait
un nouveau combat. Il efface en effet à son gré la félicité
dont on jouit ; il fait cesser en un instant un état heureux.
L'étoile de la fortune devient mauvaise, elle vous jette
tout à coup dans la poussière et le sang.

« Je n'avais aucun soupçon à leur sujet, je n'avais
pas la moindre pensée contre eux ; mais le temps de mon
bonheur fut court, mes frères allaient me trahir. Après

avoir pris leur repas, ils me dirent les yeux mouillés de larmes : « O ciel ! malheur sur malheur, où est notre pays et notre patrie ? tu ne te le rappelles pas, toi qui nous as conduits ici ? Le désir de revoir l'Irân n'est-il jamais venu à ton esprit ? nous n'avons d'autre refuge que là. C'est un beau pays, tel que la langue ne peut le décrire convenablement ; cette terre pure qui sert de surma à l'œil de la lumière, ces belles idoles qui font honte aux houris, cet angle pur, ce chemin parfumé où l'on admire les boucles de musc des cheveux. Comment en énumérer les édifices aux portes desquels se trouve la pha-lange des pléiades ? Les peintures des murs y rap-pellent par leur beauté le printemps, les amants sont là rangés en attente. Ces faces de lune à travers les fenêtres du bonheur paraissent être la vigile du soleil levant. La beauté des fleurs et leur odeur délicieuse font honte à la rose à cent feuilles. Dirai-je la moindre chose de leur beauté ? car elle fait rougir de jalousie les fées elles-mêmes. Ces belles ont la légèreté de l'air et la couleur de l'eau, Rizwan en serait abasourdi s'il les voyait. Là tout est beau et chaque chose a une fraîcheur nouvelle. Pourrait-il y avoir un chagrin sur la terre quand le rubis a le pouvoir de l'ambre gris ? »

« Ces hommes qui sont ici maintenant se mirent donc à pousser de longs soupirs en disant : « Il est vrai que c'est par l'effet du sort que nous ne pouvons jouir de tout cela ; mais ce qui a eu lieu est conforme à la volonté de Dieu. Etre hors de notre pays est une chose arrêtée par le des-tin, mais où trouverait-on ailleurs cette beauté et cette culture ? » Ayant compris ce que j'avais à faire, je joignis les mains avec déférence : « Qu'aucun chagrin ne reste à votre cœur, répondis-je ; faites ce qu'il vous plaira. Puisque vous désirez revoir votre pays, rien de mieux, je le désire aussi. J'aime mon pays, comme les rossignols le jardin. Actuellement tranquillisez-vous ; puisque c'est votre plaisir, nous partirons. Je vous obéis en tout et je suis disposé à aller avec vous. » J'appris cette résolution à ma belle compagne. Celle-ci, qui était sage et intelligente, m'écouta en silence et me dit avec empressement : « Je n'empêche rien et je ne le puis pas ; mais il y a quelque chose dans les replis de cette affaire. Il est convenable que vous soyez attentif de toute manière ; car l'ivresse a lieu après la boisson. Il ne faut pas avoir de considération pour les méchants, car quand extraira-t-on du sucre de la coloquinte ? » J'entendis ces paroles, mais je me confiai à Dieu et je rejetai tout conseil. Je n'avais aucune idée du malheur qui allait me frapper et je me préparai promptement pour le voyage.

« Lorsque la nouvelle de mon départ se répandit chez les grands et chez les petits, une foule se réunit autour de moi. Tous donc réunis me reconnurent volontiers comme chef de la caravane. J'attendis un jour favorable et je m'acheminai vers mon pays sans protecteur. Bien que j'eusse obtempéré aux désirs de mes frères, cependant je veillai attentivement sur eux à chaque instant. Par hasard, le passage de notre caravane eut lieu une nuit dans une plaine déserte. Mon frère puîné, exagérant la beauté du site, se mit à dire : « Cette plaine a une belle apparence. Mais à une parasange de distance d'ici, il y a un beau jardin et beaucoup de roses. Ce sont les jardins du para-

dis que cette terre : ici sont des tulipes rouges, là des jas-
mins ; ici de frais narcisses, là des rangées de belles fleurs
et la rose royale couleur de feu. C'est comme un bazar
fréquenté plein de roses blanches. Ces ruisseaux aux flots
argentés, cette eau pure à laquelle l'eau du Kançar ne peut
se comparer, cette honte du printemps méritent d'être
vus : ne pourrions-nous pas y aller? « Je leur dis alors : « Si
cet endroit est digne d'être vu, il faut s'y arrêter un jour
entier. Nous irons voir cette rose du désir et, réunis, nous
ferons circuler le vin de la joie. — Oui, nous désirons voir
la chose, d'esprit et de cœur, » répondirent-ils d'un commun accord. Alors je fis savoir à tous, grands et petits,
qu'au matin nous nous arrêterions en ce lieu. En effet, à
l'aurore, nous nous tînmes prêts et mes frères me dirent :
« Partons, mon frère. » Je leur demandai si nous aurions
besoin de montures, mais ils me répondirent : « Ce ne serait qu'un embarras ; c'est un plaisir d'aller aujourd'hui à
pied et pour cette promenade des montures sont inutiles.»
Nous trois réunis et d'accord, nous nous mîmes donc en
route, accompagnés de deux esclaves. Nous marchâmes
alertes, la tête haute, nous amusant dans la route à lancer
des flèches. Bref, lorsque nous fûmes loin de la caravane,
ces deux traîtres firent en sorte qu'un des deux esclaves
qui étaient avec nous fût mandé pour quelque chose. Il retourna rejoindre la caravane et nous continuâmes à poursuivre notre route. Quand nous fûmes arrivés très-loin,
ils envoyèrent aussi l'autre esclave quelque part. Comme
j'étais sous l'influence du destin, je ne demandai pas pourquoi ils agissaient ainsi. Ce chien était resté mon seul
compagnon. Je marchai donc me confiant à leurs paroles.

« Que dirai-je de l'apparence du prétendu jardin ? Je ne vis rien, ni terre verdoyante, ni roses, ni fraîches tulipes. Il n'y avait ni ruisseaux, ni parterres, mais un désert plein d'épines. Comme la fortune voulut me décevoir, elle me priva d'un guide. Tandis que je m'assis, je vis tout à coup briller derrière moi la lame d'une épée. Je me retournai et j'avais à peine parlé qu'on me donna résolûment un coup d'épée. Ma tête fut fendue en deux et un ruisseau de sang en coula. Mon frère qui est à gauche me donna encore un autre coup et me fit à l'épaule une grande blessure, d'où coula aussi beaucoup de sang. Comme deux épées avaient agi sur moi, je tombai sans connaissance. Mes frères ne s'arrêtèrent pas cependant et ils m'ensanglantèrent encore par de nouveaux coups. Aucun regret n'eut lieu dans leur cœur, et ils m'accablèrent ainsi de coups d'épée, moi innocent. Ce chien le vit et fut terrifié ; il se tourna de leur côté et les attaqua. L'épée de l'affliction tomba alors sur eux, il les blessa à leur tour. Ils comprirent qu'il fallait se désister : ils attribuèrent avec astuce l'accident à des voleurs de grand chemin. Ils firent quelques blessures à leur corps et ils rejoignirent la caravane en disant : « Des voleurs ont assassiné notre frère et ils vont arriver ici. » Quand la caravane eut reçu cette nouvelle, elle se remit en marche en hâte. Tous furent émus par le récit de cette attaque sanguinaire et allèrent en avant en pleurant. Mais ma belle compagne, honte du jardin, lis pur du parterre de la gentillesse, lune resplendissante de quatorze nuits en tête du livre de l'excellence du monde, connaissait leurs méchants agissements et, ayant compris le jeu perfide de ces rusés coquins, elle se

9

tua d'un coup de poignard dans le sein et se délivra ainsi
de leurs mains coupables. O Dieu ! que le ciel soit sa demeure et que les houris l'accompagnent toujours ! Qu'elle
ait part à la miséricorde divine par la faveur de Mahomet,
sur qui soit la paix ! »

Tableau d'un chagrin déplorable.
Fourberie complète des frères du marchand.
Merveille de la puissance divine,
c'est-à-dire arrivée de la princesse de Ceylan et guérison
par son moyen des blessures du marchand.

Echanson, verse-moi maintenant à boire du vin rouge,
car enfin la bonne fortune a le dessus sur le mauvais sort,
elle va offrir un aspect nouveau et me relever ainsi du
sang et de la poussière.

« Mes frères dirent ensuite, continua le marchand, qu'ils
avaient enseveli les cadavres des morts et qu'eux étaient
restés en vie par l'effet de leur prudence. Ils parurent très-
affectés en parlant ainsi et ils se mirent à pleurer en disant : « C'est un devoir de notre part, car notre frère était
inoffensif. » Alors le marchand découvrit tout son corps et
montra les blessures qu'il avait reçues. Il ouvrit son collet,
il ôta son turban en s'écriant : « Sire, veuillez regarder un
peu de ce côté. » Je le fis et je vis qu'effectivement son
corps était couvert de cicatrices. Il n'y avait pas un endroit qui ne fût écorché, tant les parties sans poil que
celles qui en étaient couvertes, tout était criblé de coups.
A la tête il y avait par exemple une blessure profonde où
une grenade aurait pu entrer. En voyant tout cela, j'en
fus affligé, je me retins pour ne pas m'évanouir et je mis

mon mouchoir sur les yeux. Je dis : « O homme du chemin
de Dieu, au nom de Dieu salut, salut, salut. Que le ciel
soit ta récompense, qu'il soit le prix de tes épreuves ! »

« Tant que le khwaja fut à ma cour, son état d'affliction
se calma. Il montrait d'excellentes qualités, mais il soupirait malgré lui. Dévoilerai-je mon secret, disait-il, car
une nouvelle blessure est à mon cœur sur ce qui s'est
passé? Comment ai-je pu boire et me livrer à des embrassements au milieu de telles amertumes? Que de tourments à cause de ces méchants frères! D'un côté des ten-
dresses de père et de mère, de l'autre des vexations et des
injures sans nombre et de vous-même qui voulez m'arra-
cher mon secret. Bien que ces vexations et ces peines
qu'il m'est impossible d'exprimer me viennent toutes en
mémoire, je raconterai néanmoins en abrégé cette triste
affaire. Je tombai donc sans connaissance. Mais que dirai-
je? mon affaire est étonnante et je n'avais le sentiment
d'aucun de mes membres. J'étais dans un désert pareil à
celui du martyre (karbala), bien que le royaume de Ceylan
soit beau. Tout près de là se trouvait une ville qui faisait
honte à toutes les villes du monde. C'était un espace de
terre étonnant, admiré par les houris du ciel. Tout auprès
était un temple qui avait été construit avec les diamants
du *Kaïlâs* [1]. Là était un jardin dont aurait été jaloux le ciel ;
la lumière de la fraîcheur y venait moissonner et des ra-
meaux de *touba* [2] y couvraient la terre. L'heureux roi de ce
pays-là était père d'une fille lune brillante, qui n'avait

1. Montagne de l'Himalaya, résidence de *Kuvéra,* le dieu des
richesses.
2. Arbre du paradis musulman.

peut-être pas de pareille ni parmi les fils d'Adam ni parmi
les houris. Si la vue de Majnun était tombée sur elle, il
aurait renoncé à sa folie pour Léïla. Si Farhad l'avait vue
quelque part, il ne serait pas mort de désespoir pour Schi-
rin. Si Nal avait aperçu sa beauté, il aurait dit que celle
de Daman était trompeuse. Si le roi Ratan Sen l'eût seulement aperçue, il n'aurait pas désiré de posséder Padmani.
Si Tajulmuluk en avait entendu parler, il n'aurait pas
recherché l'amour d'une fée. Bien que j'aie deux becs à
mon calame, comment néanmoins pourrais-je la décrire?
Toutefois, voici les comparaisons qu'a faites un maître à
son sujet, il est temps de parler, le silence est une faute.
Il faut donc que je parle, afin que l'éclat de cette lune
soit manifeste à tous. »

Description complète. Séparation des cheveux.

« En voyant cette blanche raie qui séparait ses cheveux, on aurait dit que c'était une comète à queue. Khizr
ne pourrait dire comment une telle blancheur se manifeste dans les ténèbres. Cette charmante raie est l'arc-en-
ciel dans une nuit obscure. Cette raie de beauté et cette
trace de perle est comme la voie lactée dans le crépuscule.

BOUCLES DE CHEVEUX.

« Ces boucles de cheveux noirs, parfumées d'ambre,
ressemblent par leur couleur au musc de la Chine. O toi
qui es ivre par l'effet de ces cheveux qui sont à la poursuite de l'âme et qui excitent le dépit du nard à cause de
leur noirceur qui surpasse la sienne, sache que si j'en

faisais publiquement l'éloge, le noir serpent mangerait
du poison par jalousie.

LE FRONT.

« La marque rouge du *tîkâ* [1] au milieu de l'éclat du front
paraît être le rubis dans Alep. J'ai entendu dire en divers
lieux que le *tîkâ* était le complément de la beauté.

LES SOURCILS.

« Comment décrire convenablement les sourcils ? Ce sont
deux sabres d'Ispahan dans le fourreau, sabres que le sol-
dat de la beauté tient toujours en main pour les lancer
contre ceux qui en se retirant veulent se garantir par le
bouclier de leur dos.

LES YEUX.

« Ces yeux langoureux, qui paraissent ivres de vin,
mettent au pillage les provisions de l'esprit et du cœur.
Ils sont voluptueux, agaçants, grands et frais ; le daim
s'en reconnaît vaincu. La noirceur du surma et le brillant
de ces yeux sont tels, que je ne sais si l'éclat du mont
Sinaï pourrait produire encore quelque effet. L'amour
ressent la blessure des sourcils de ces yeux, il n'est pas
besoin pour lui de voir la lampe du noir serpent [2].

LES CILS ET LA PRUNELLE.

« Qui est-ce qui pourrait faire la description simultanée
de ces cils, de ces prunelles et de la poésie qu'il y a dans
ces paupières ? Si on les considère bien, on voit que c'est

1. Marque que se font au front les Indiens pour distinguer les
castes et les écoles religieuses.
2. Allusion à une croyance indienne.

un nègre qui a sans doute tendu l'arc après y avoir
adapté la corde.

LE NEZ.

« Ce nez n'a pas une beauté ordinaire, il est un trait de
calame du perroquet qui siége dans le jardin de l'élégance. L'esprit pourrait-il le décrire, à moins de dire
qu'il est un poisson de la mer Rouge de la beauté?

LA JOUE.

« Cette joue brillante, mine de douceur, excite l'amour
du soleil au point qu'il en devient jaune. La lune en a
trouvé la trace, et c'est ainsi qu'elle en a le cœur blessé.

LES LÈVRES.

« Le bouton de tulipe représente les lèvres couleur de
rubis qui mettent en pièces la mine de rubis du Badak-
schan. L'éclat des lèvres et la couleur de *missi* qui les teint
représente l'arc-en-ciel qui donne une teinte rouge à la
nuit noire; et il est pour le cœur attristé le pétale de la
jacinthe dans le bouton de la tulipe.

LES DENTS.

« Quelqu'un pourrait-il dire la valeur de ces dents au
prix desquelles l'eau des perles ne vaut pas plus que l'eau
naturelle? Que dirai-je du missi et du bétel? Ils font de
la dent un diamant bleu monté dans un chaton. On en tire
un bon augure; car on y voit la face de Vénus à travers
le crépuscule. Ces deux rangées en face l'une de l'autre
offrent l'aspect de deux rangées de piétons, ou des rayons
de soleil effaçant au matin le crépuscule.

LA BOUCHE ET LE MENTON.

« Si je décrivais tant soit peu la beauté de la bouche, le *touba* y sacrifierait ses boutons. Si ma description de son menton était convenable, elle ferait la désolation de la pomme. Heureux le prisonnier du puits de ce menton, où se trouve la lune de Canaan [1]. Si quelqu'un le regarde avec l'œil de l'attention, il y verra un Joseph et cent Aziz (Putiphar).

LES OREILLES.

« Ce n'étaient pas des oreilles, mais des mines de grâce et de perfection. C'était un océan de beauté, une source de lumière. Il s'y manifestait la chaleur de la jeunesse et la force de l'adolescence, en même temps que l'agitation de la perle naissante.

LE COU.

« Ce cou délicat ressemble à une peinture, il est une étoile de beauté. Comment l'homme le plus habile en pourrait-il décrire l'élégance et ses lignes couleur du bétel ?

LA GORGE ET LE SEIN.

« Ce sein est comme un miroir des deux côtés du corps. Alexandre reconnaîtrait son impuissance à son sujet, tant il est lisse. Que pourrait-on en dire, si ce n'est qu'il est le chef-d'œuvre de la puissance de Dieu ? Mon imagination me dit que ces deux seins sont sans doute des coupes de lumière renversées. J'en ai beaucoup entendu parler et dire que ce sont des fleurs de lotus avant leur complet épanouissement.

1. Le puits, c'est la fossette ; la lune de Canaan, c'est Joseph.

LE BOUTON DU SEIN.

« Comment décrire ce charmant bouton? C'est le *falsa*[1], qui a pris à sa bouche une orange. Je n'ai jamais aperçu une telle chose et je n'en ai pas entendu parler; elle est contraire à ce qu'on voit ordinairement, à savoir : le raisin rouge uni à la grenade, on doit même dire sans peur ni crainte que c'est l'abeille sur une fleur de lotus. La puissance de Dieu est là manifeste à tous, car rien ne peut l'y égaler.

LE VENTRE, LE BRAS ET LA MAIN.

« Son ventre pur est pareil à un miroir qui fait tomber en pamoison la tablette de cristal. La rondeur du bras, la déclivité de l'avant-bras sont sans pareils. Ces mains sont douces comme celles d'une fée ; la blanche main de Moïse[2] s'offrirait en sacrifice à elles. Cette main qui n'a pas de semblable ne peut être comparée à la feuille nommée *main-de-Marie*[3]. Le frais printemps des doigts réunis met la coupe en confusion ; à cause d'eux le platane éprouve de la honte et du chagrin. L'agréable couleur du menhdì qui les teint étonne l'anémone d'Alep.

LA TAILLE.

« Comment décrire cette taille, qui est la tyrannie des belles qui en sont envieuses? Le beau serpent n'y correspond même pas, et il est torturé de jalousie.

1. Grewia asiatica.
2. Allusion à un miracle biblique (*Exod.*, IV, 6, 7).
3. Cyclame d'Europe.

ENDROIT PARTICULIER.

« Comment décrire certaine partie du corps ? Pour cela
le calame prend à son bec le pan de la robe de l'encre.
Comment décrire le secret caché, comment manifester ce
qui est voilé ? Tant qu'il restera sacré comme le nom de
Dieu, le rossignol pourrait-il gazouiller auprès ?

LES JAMBES.

« Cette jambe de cristal, pleine de lumière, est une
lampe qui éclipse le mont Sinaï. A quoi la comparer, si ce
n'est que les mains sont rouges par le désir de la toucher.
Rien n'est semblable au brillant du haut des jambes :
l'une est un maillet de cristal ; l'autre, un ciel de lumière.

LES PIEDS, LES DOIGTS DE PIED, ETC.

« Comme les pieds accompagnent gracieusement les
mollets ! le jasmin pourrait-il leur être comparé pour la
blancheur ? Le Sinaï lui-même est triste de jalousie au
sujet de la plante lisse de ses pieds ; d'étonnement, les
doigts ne restent-ils pas entre les dents ?

« La belle couleur de son talon que teint le mendhi,
étonne la fleur de grenade. Il est impossible de n'avoir
pas le visage rouge lorsqu'on lui baise le pied. La tulipe
a le cœur blessé à cause de cette plante du pied, la lampe
du soleil est éteinte par le zéphyr qui provient de ce pied
quand il s'agite. Si j'en disais davantage, le cœur serait
troublé ; je dois donc imposer silence à mon calame, sans
quoi il faudrait rechercher quelque chose d'extraordinaire pour mon discours et m'élever jusqu'au ciel. Mais

je me suis exprimé avec délicatesse, je suis resté au Sinaï.

« Quand j'eus appris ce dont il s'agissait, mon esprit troublé comprit la peine que cette personne devait éprouver. Les miracles du *Lève-toi* du Messie qui ressuscitait les morts ne pouvaient avoir lieu que par cet autre Messie. Là où est la nourriture de l'âme, à quoi bon indiquer la belle perdrix? Ma figure n'était pas seulement pâle comme le pin ; mais de peine et de tristesse j'avais, comme le cyprès, le pied dans la boue ; lorsque la racine de l'arbre est morte, le fruit peut-il provenir de la branche? Ce n'est pas le roseau desséché qui peut décrire la beauté. J'en ai trop dit sur cette belle nature, car mon esprit a peur du mauvais œil. Comme j'ai disserté sur cette belle depuis sa tête jusqu'aux pieds, j'abrége, d'après le dire de Haçan.

« Elle avait quatorze ou quinze ans : c'étaient les nuits du désir, les jours de la jeunesse. Il n'y avait pas là de sévère retenue, et c'est ainsi que cette fée était sans voile. Elle se promenait avec ses compagnes respectueuses et se livrait au plaisir de la chasse. Par hasard, elle vint un jour où j'étais étendu par terre, moi dont le cœur était blessé. Lorsque ses suivantes me virent, elles tressaillirent ; l'une recula en arrière, l'autre s'arrêta fatiguée. L'une dit : aye, aye ! l'autre : oh, oh ! et chacune d'elles se cacha le visage. Cette belle demanda la cause de cet émoi, et on le lui fit savoir. Quoique toutes ces personnes eussent des cœurs de pierre, toutefois elles furent attendries. La princesse dit alors avec sympathie : «C'est votre affaire, voyez si cet homme est encore vi-

vant. » Une suivante me regarda et dit : « Il est assassiné
et il ne lui reste plus qu'un souffle de vie. » D'après cette
réponse, la princesse ordonna de me transporter sur-
le-champ au jardin. On me souleva donc de là et on me
plaça dans le jardin comme dans un cercueil. Je fus porté
sur les épaules de ces houris et j'en rendis grâce à Dieu.
La princesse m'entoura de rideaux des quatre côtés et se
mit en quête d'un bon chirurgien. Elle lui dit : « Un cercueil est arrivé sans enterrement, dans lequel gît une
personne blessée. » Elle lui demanda de faire ce qu'il
pourrait avec dévouement et d'appliquer avec ardeur les
remèdes nécessaires, en lui promettant de le récompenser
convenablement et en l'assurant qu'elle avait confiance
en lui. Quand il eut appris la chose, il guérit mes blessures et les pansa avec un onguent de momie. Comme
l'écrit du destin servait de forteresse à mon âme, mes
blessures semblaient être sur mon corps comme une
autre forteresse qui le défendait. Ce n'était pas proprement un cataplasme qu'on m'appliqua, mais des simples,
et en peu de temps ma blessure fut guérie. Par la grâce
de Dieu très-haut, elle se sécha et se resserra. D'après
les dispositions que je viens d'énoncer, la guérison se
manifesta, et cette figure de fée, fidèle dans son dévouement, soleil levant du ciel de la beauté et de l'amitié,
resta toujours à mon chevet avec ce médecin, qui était
comme le Messie pendant que j'étais mourant. Tour à
tour elle me faisait boire avec espérance, tantôt de l'eau
sucrée, tantôt de l'eau de saule. Ce médecin, qui faisait
honte à Jésus, comment n'aurait-il pas été la bonne fortune de la santé ?

« En quelques jours mon corps se fortifia et je finis par ouvrir les yeux. Mais il ne vint pas à mon esprit autre chose, si ce n'est de penser que j'étais au Paristan. Toutefois, cette idée était erronée, car cette princesse était bien plus belle que toutes les péris. Je n'eus pas plutôt jeté un regard sur elle, que je perdis le sentiment et que ma vue se troubla. Alors cent fortes blessures se manifestèrent en mon cœur et je tombai même en défaillance. La princesse, ayant compris que j'étais anéanti par sa beauté, pensa que j'aurais de la résolution. Elle sourit et, se levant en hâte, elle éclaboussa de sa main de l'eau de rose sur mon visage. Elle mit ma tête sur ses genoux et me dit de ne pas m'attrister. « Je t'ai consacré à Siva, dit-elle, ainsi ne crains rien. N'éprouve aucune tristesse en ton esprit, tout le monde espère que la vie te sera conservée. » Quand son genou eut donc reçu ma tête, mes narines furent embaumées par son odeur vivifiante. Mon œil s'ouvrit à la joie et je rendis à voix basse action de grâces à Dieu. Je fus empressé auprès de ma libératrice, l'amitié et l'intimité se manifestèrent. Il y eut tantôt coquetterie et minauderie, tantôt gazouillement, tantôt conversation, tantôt rire. Bref, quand quarante jours furent passés, je fis l'ablution de la santé et je fus content. Comme je me dévouai à la princesse, la vie remplaça la mort.

Lorsque l'inquiétude fut éloignée de moi, le chirurgien devint riche par l'or que la princesse lui donna. Elle avait toutes les nuits l'habitude de trouver l'occasion de venir auprès de moi. Elle me faisait prendre, sans peine ni souci de ma part, du bouillon de poulet et du vin de

Portugal. Par la grâce de Dieu, en un petit espace de
temps mon corps fut dispos et en bon état. Jamais je
ne ressentis une telle joie ; mais l'impatience était dans
mon cœur. Cette belle, agréable à l'âme, me voyant dans
cet état satisfaisant, tantôt montrait son visage, tantôt
le cachait, tantôt elle retenait sa respiration, tantôt elle
souriait. Tantôt, pour fortifier son esprit, elle demandait
avec ruse une coupe de vin. Quelquefois elle riait aux
éclats et disait : « Comme c'est heureux ! je ressens une
attraction violente ; » tantôt elle me disait : « Eloignez de
votre cœur tout sujet de trouble qui ne pourrait jamais
s'effectuer. » Puis elle me disait : « Racontez-moi quelque
histoire en l'expliquant de votre bouche. » Tantôt elle
me disait : « Faites-moi connaître votre pensée, mais ne
la dites à personne autre. » Comme elle répandait ainsi
les perles de ses paroles, elle me racontait elle-même
des histoires, en sorte qu'elle doublait l'effusion du cœur
et faisait bouillonner l'océan de l'amour. Non-seule-
ment mes forces ne croissaient pas, mais elles étaient
anéanties. Toutefois, je ne disais jamais mon secret, de
crainte que cette princesse n'en fût affligée et ne fondît
en larmes. »

Récit brillant des agaceries de l'amant et de la maîtresse.
La princesse, à cause de la différence de religion,
se met en colère contre le marchand, puis, trois jours après,
elle va par hasard
dans le jardin et elle se fait musulmane.

Fais circuler, ô échanson, le vin rouge, car la fille de
la vigne doit maintenant se manifester pour que dans
l'absence de celle que j'aime mon sang ne surnage pas,
et que mon cœur ne soit pas submergé dans ma gorge ;
je suis un esclave dévoué, j'ai l'esprit troublé et je suis
loin des habitations.

Il me faut à présent raconter ce que j'ai appris des
gens âgés qui existaient avant ces temps-ci sur ce qui
s'est passé pendant les jours dont je parle.

« Une nuit, continua le khwaja, cette belle qui faisait
honte à la perdrix et à la fée se promenait. Elle avait bu
et était ivre ; elle parlait vivement, elle dansait et se dé-
menait. Ce brillant état d'agaceries était tel que le cœur
d'un monde entier en était foulé aux pieds. Elle s'approcha
de mon oreiller et ainsi en augmenta l'éclat. Puis elle
me dit : « Explique-moi aujourd'hui ta conduite ; » mais je
ne voulus pas le faire. Ce n'était pas, en effet, nécessaire,
aussi repoussai-je son désir. Cette belle, voyant mon
refus, en fut comme folle et dit : « Non, non. » Là, le refus
avait lieu avec flatterie, et là on branlait la tête et il y
avait insistance. Bref, sa peine n'était pas considérée et
sa nature était contente de l'obéissance. Elle dit sans
regret son état jusqu'au moment où un coup d'épée me
blessa. Alors je lui dis : « O belle voleuse de cœur, c'est

par vos soins qu'après avoir été frappé je suis encore en
vie. » Lorsqu'elle eut appris ma situation, elle pleura tellement, qu'une rivière coula de ses yeux ; et elle dit, le cœur
agité et le visage triste : « Je n'espère plus rien de personne. » Après avoir ainsi parlé, elle ajouta : « Sois maintenant content, ô Dieu, que ta maison ruinée soit florissante ! Aucune crainte ne t'est restée, car l'affection de la
vie est obéissante. Ton chagrin s'est manifesté dans mon
cœur. Je veux enlever ta tristesse ; sans le destin, comment
un dive aurait-il su ce qui s'était passé et comment me
serais-je trouvée dans ce désert plein d'épines ? Ton corps
a été agité pendant un jour étant blessé, et cependant il
n'a trouvé à la fin ni le tombeau, ni le cercueil. » Je répondis : « Quand même chacun de mes poils serait une
langue, je ne pourrais reconnaître tout ce que vous avez
fait pour moi. Tout le dévouement qui a eu lieu pour moi
de votre part et qui a amené ma guérison aurait-il pu être
effectué par Jésus lui-même ? Je suis accablé par le poids
de tes bienfaits, comment pourrais-je soutenir tes regards ?
Mais que ferais-je ? mon cœur est privé de libre arbitre,
je n'ai pas de repos, si je ne te vois. La fiole de mon cœur
me montre la *quibla* et Dieu a fait de ton visage la *câba*.
Puisque cette manière de dévouement a eu lieu, pourrai-
je voir si l'on aperçoit quelque autre chose ? Je ne songe
plus à ce qui se passe ici, il n'y a qu'un seul remède à mon
cœur. J'agis extérieurement, mais mon secret est caché ;
quant à toi, tu dois t'appeler *Bienveillante envers l'esclave.*
Que ton doute cesse d'avoir lieu, car un cœur a le chemin
d'un autre. En entendant ces mots, tu souris et tu dé-
tournes le visage, tu as dit : Bien, et tu souris encore.

Mon cœur a reçu une blessure ; va, tu m'as aujourd'hui rendu amoureux. J'en jure sur mon âme et par la parole sacrée du Coran. J'en jure par le Prophète, ami de Dieu ; par Ali, l'élu. J'en jure par ma religion et par moi-même. J'en jure par votre taille de cyprès et par votre visage de lis ; j'en jure par vous-même, qui faites honte au jardin. Dites nettement si vous m'aimez vraiment, vous qui vous conduisez comme le papillon à l'égard de la bougie. Vous êtes pour moi comme l'idole d'Azar [1] et moi je suis une perdrix. »

« Quand j'eus ainsi parlé, elle rit aux éclats et elle dit: « Tirez de votre langue une parole sympathique, faites-moi quelque jour le récit de votre naissance. Exprimez-vous avec mesure. Quel est le discours que vous tenez? Qu'est-ce, en réalité, ce que vous souhaitez? Il ne faut pas aller au delà des limites et ne pas manifester un vain désir. Seulement, comme je vous ai connu, je vous ai amené ici pour qu'il ne vous arrive aucun mal. Le bien-être ayant eu lieu, vous êtes devenu tel que vous étiez auparavant. Toutes les dépenses qu'il a fallu faire, je les ai faites sans hésiter, profitez-en et suivez votre chemin. »

« Ces paroles étaient sur sa langue, mais éloignées de son cœur, et les regards obliques de ses yeux en étaient garants. Il y avait l'ardeur de la jeunesse et l'agitation de l'adolescence. Ses paroles provenaient de l'exaltation où elle était, mais donnaient une réponse nette de son cœur, car le vrai amour est contagieux. Néanmoins, ayant entendu ce qu'elle avait dit, je ne répliquai pas, mais la

1. L'oncle d'Abraham.

couleur disparut de mon visage. Des larmes coulèrent
sur mes joues, je rougis, et de longs soupirs sortirent de
mes lèvres. L'impatience s'empara de moi; tout à coup
je m'évanouis et je tombai en pamoison. Comme un grand
tremblement eut lieu à mon cœur, il n'y eut plus moyen
de cacher ce secret. Je ne pouvais retenir cette manifestation et la patience ne pouvait servir à rien. La princesse
ne fit pas le moindre bruit, elle me releva la tête et la
prit sur ses genoux. Pareille à l'effet de l'alambic sur le
mercure, la transsudation d'un doux reproche humecta
ma sécheresse apparente. La cassolette de ses cheveux
d'ambre fit sentir sa bonne odeur. Elle plaça sa joue de
jasmin sur mes lèvres desséchées. Agitée, elle se mit à
éclabousser sur ma figure de l'essence de narcisse. Comme
cette idole séductrice fut compatissante envers moi, mon
esprit trouva de la patience pour mon corps. J'ouvris
les yeux tout à coup, je repris mes sens, et je vis que
j'avais cette fée près de moi. M'ayant vu revenir à moi,
elle tressaillit et m'assit sur ses genoux. Alors l'agitation envahit mon cœur et il me fut difficile de rouvrir
les yeux. Comme à plusieurs reprises mon cœur ressentit du trouble, je dis à cette belle, les yeux fermés :
« Comment êtes-vous tranquille d'esprit? voyez quel est
mon état. »

« Cependant mon évanouissement se changea dans
mon corps en effervescence. « Prenez-moi, lui dis-je, et
me serrez contre votre cœur. Dès aujourd'hui mon état est
désolé ; donnez-moi asile sur vos genoux, sinon je perdrai
la vie à l'instant même et cette vie ne reviendra pas.
Quand elle eut entendu ce que j'avais dit, elle balbutia

quelque chose entre ses lèvres, puis elle parla plus clairement, mais en détournant le visage. « Je regrette, dit-
elle, la venue de ce jongleur; votre hardiesse est incon-
venante et ne me plaît pas. Pas tant de véhémence;
allez vous laver la figure dans l'étang. Abstenez-vous de
toute présomption et ne faites pas sortir de votre bouche
un discours malséant. Les hommes sont très-glorieux,
mais ils se sacrifient pour un petit pied. Si votre conduite
n'est pas droite et bonne, sachez que j'ai cinq cavaliers
avec moi. Parlez-moi avec modestie, mais non hardiment
de cette manière en tête-à-tête. Vous avez été comme un
collier à mon cou, vous étiez disposé à plaisanter. Qui
sait la marche que le ciel tient, en sorte que la grenouille
se soit enrhumée [1]? Défaites-vous de votre amour et ne
vous livrez pas à des peines insensées. Ce qui s'est passé
à votre sujet est vrai, comme la verdure après les pluies
de Sawân [2]. Celui avec qui l'intimité a lieu ne va jamais
trouver personne autre. Il ne faut pas exprimer des souhaits qu'on ne peut satisfaire; car lorsque le sang est dé-
primé l'âme n'est pas à l'aise. Bornez-vous à ce désir,
maintenant je m'en vais d'ici. »

« La coquetterie eut donc lieu de cette façon, quelquefois sans discernement, quelquefois avec discernement.
Quelquefois cette femme touchait au rideau, quelquefois
nous étions ensemble, nous nous lancions des œillades.
Mais, lorsque j'étais séparé de tous, je faisais l'ablution et la prière *dogâna*. Comme le ciel était jaloux de

1. Proverbe hindoustani contre la hardiesse.
2. Mois hindou qui répond à juillet-août, c'est-à-dire au thermidor
de l'ancienne République française.

cette société, il prenait sur son visage les larmes des étoiles.

« Un jour j'étais assis sans robe ni ornement et je saisissais l'occasion de faire le *namâz* [1]. Sur ces entrefaites ce cyprès au sein de buis vint se manifester dans ce jardin, et elle dit à sa nourrice : « Allons voir ce que fait maintenant l'étranger. » Ayant ainsi parlé, cette charmante personne vint embellir ma cellule de sa présence ; mais comme elle vit mon lit vide, elle se mit à dire : « Il s'est levé et où est-il donc ? » Je connus par là l'état de son cœur et le jeu de l'amour. Il y avait là un chasseur et une gentille gazelle ; là des cheveux bouclés, ici leur filet. « Cet homme n'est pas là, dit-elle, l'aile de l'oiseau a commencé à croître. » Ayant ainsi parlé, elle se mit à faire des recherches des quatre côtés à droite et à gauche. Alors tout à coup elle me vit debout dans ma chambre et la curiosité s'accrut dans son esprit. Elle regarda quelques moments avec étonnement et, n'ayant jamais vu ce que je faisais, elle fut stupéfaite et elle dit à sa nourrice : « Qu'est-ce que cela ? Cet homme est devenu fou, il est attaqué de démence. Ses sens ne sont point à leur place, ce qu'il fait est contraire au sens commun. Il n'est pas maître de son esprit ; il est tout à fait insensé et il divague. » La vieille nourrice intelligente, qui connaissait le monde et qui participait à sa malignité, dit aussitôt : « Ha, ha, je crois vraiment que cet acte prouve qu'il est musulman. Certainement il est musulman et par conséquent hostile à notre religion. Cette erreur de sa part ne vous était pas connue, et vous ignoriez qu'il fût votre ennemi. »

1. La prière obligatoire musulmane.

« A ces mots la princesse fut agitée et tremblante, elle
s'enflamma de colère comme l'éclair et elle dit en soupirant: « O Ram Ram, savais-je la mauvaise conduite de cet
homme ? Il agit à chaque instant contre ma religion, il est
infidèle et dévoyé. En lui donnant asile, j'ai commis par
ignorance une faute qui n'en est pas moins très-grave. »
Cette fée ayant ainsi parlé, elle qui possédait l'éminence
de la beauté, s'en alla et ma vie s'en alla aussi. Au moment même qu'elle partit désolée et que mon cœur s'agita
en moi, l'éclat de la lune parut sur son visage. C'était du
poison dans tout mon corps, car quel malheur ne venait
pas dans mon repos ? Le ciel était maintenant altéré de
sang ; ô Dieu, quel spectacle cela fut-il? Dieu sait quel
malheur me menaçait, et si au lieu de la boisson (*nosch*)
il n'y aurait pas un coup de stylet (*nich*). A chaque instant ma maigreur se manifestait, car mon âme n'éprouvait jamais de bien-être. «O Dieu, délivre-moi de ce malheur, disais-je, par les mérites de Fatime et la sincérité
de Mahomet. Ils ont aplani bien des difficultés par leur
aide, et Khizr a souvent secouru le voyageur égaré dans le
désert. » Je disais quelquefois : « Que Dieu me soit en aide, »
je disais d'autres fois : « Voilà le ciel. » Tantôt j'étais stupéfait comme le narcisse ; tantôt j'étais troublé comme le
nard ; tantôt, comme le lis, j'avais la langue liée dans la
bouche ; tantôt, comme le rossignol, je gémissais langou-
reusement à cause du beau visage de cette femme et je m'é-
criais : « O charmante poupée, âme de mon âme, je le jure,
dans la peine comme dans le repos, je ferais des boucles
de tes cheveux un zunnar [1]. Je ne nie pas ce que tu crois,

1. Ceinture des chrétiens.

car la religion de l'amour est tout autre. Je mérite maintenant d'être puni et même de périr par l'épée. Je mérite
mille peines et injures ; je ne puis les éviter, étant serviteur
de Dieu. Je suis tout péché et tout imperfection ; mais
il faut me pardonner, ô charme de mon âme ! Je suis coupable, mais ne considère pas ma faute et pardonne-moi. »

« Tantôt c'était adulation, tantôt baisement des pieds ;
tantôt timidité, tantôt flatterie. Toutefois je me mis à manifester une grande crainte, et quelquefois mon cœur
montrait la désobéissance. L'âme ne venait pas en aide à
ce chagrin, vivre ainsi n'était pas agréable. L'intelligence
resta en arrière du mode de salut et mon pouls fut irrégu-
lier. Comment le sommeil pouvait-il s'approcher de mes
yeux, puisque à chaque instant un nouveau tourment était
à mon âme !

« Le ciel m'ayant vu dans ce triste état, arrangea avec
les pléiades le jeu de l'artifice. Et comme je soupirai sur
mon état, l'aurore qui se dessina dans le ciel y forma le
nœud des pléiades. Les étoiles me virent affligé et l'eau de
la rosée se répandit sur mon visage. Le temps, d'un air
compatissant, essuya cependant mes larmes. Il y aurait
eu sans doute un meilleur remède hors duquel rien ne fût
utile à mon tempérament. Cependant mes yeux furent
couverts du voile des paupières ; et que pouvait faire la
force visuelle ? Après que la nuit se fut passée, mes yeux
endormis s'ouvrirent, mais ils étaient couleur de rose.
Toutefois nous restâmes ensemble, mais la peau délicate
du front fut contractée [1]. Quand, par l'effet de la *guérison*

1. Indice d'une sensation expliquée dans un livre syriaque. (*Note
du texte original.*)

de la maladie [1], j'ouvris les yeux, je vis alors les traces que
le mal avait laissées. Ces accidents arrivent aux malades,
et la vie est sans doute un dessin sur le vent.

« Ce symptôme, dit-elle, restera pendant deux jours,
après quoi viendra pour lui la résurrection. » Toutefois il y
avait peu d'espoir de vivre, d'après le mouvement du pouls.
Dirai-je le résultat de cet accident ? le tour du délire eut
lieu. Je restai trois jours triste, mais la nuit joyeuse amena
l'entrevue. Alors cette honte du buis, ce jardin de beauté
avait le visage rouge comme la flamme. Nous étions dans
l'ivresse et comme des gens hors d'eux. Elle voulait
m'appeler et me faire venir auprès d'elle. Mais elle avait
à ses côtés sa nourrice, qui avait donné sur mon compte
une mauvaise réponse, et qui était comme l'étoile obscure
de la grande Ourse en compagnie de la lune. Mal inspirée
par l'effervescence de la jeunesse et ayant pris en sa main
l'arc et les flèches, la belle arriva dans le jardin, dont elle
augmenta l'éclat. Les parterres étaient épanouis, et le
canapé était prêt ; ce qu'elle demanda, la nourrice le lui
donna aussitôt, à savoir, dans une coupe de narcisse, du vin
rosé. Elle but, puis elle dit : « Nourrice, ce maudit étranger
est-il vivant ? » Celle-ci répondit tout de suite sans peine
ni effort, les mains jointes : « Jeune bouton, jardin de
jasmin de la beauté, particule parfumée du bouquet du
bazar de l'élégance ; quoique l'affaire de l'humanité soit
au vent, toutefois ce jeune homme se souvient de tes
lèvres. Par là est vivante sa plainte dans toute circonstance ; il est agité comme l'oiseau demi-mort. » La belle

1. Titre d'un livre de médecine.

dit alors à sa nourrice en se moquant : « Il est donc enfoncé
loin de mes regards ! Mais dis-lui d'arriver promptement
ici. L'occasion est bonne pour le tuer, il est venu tête
baissée. » Quoique je n'eusse pas de nouvelle de mon corps
je crus néanmoins entendre ces mots : *Lève-toi*. Comme
ils parvinrent à mon oreille, je repris mes sens et j'allai
en avant tout troublé. Je restai debout en regardant et
stupéfait. Je n'eus pas du tout la force de parler, mais
j'ouvris un peu la bouche de la supplication ; sur ces entrefaites la langue du lis s'ouvrit et elle dit à sa nourrice :
« Fais-le venir ici. Si je le tue avec mes flèches, la faute que
j'ai faite en le recevant me sera pardonnée. » La nourrice
lui dit en branlant la tête : « Quelle singulière idée est
celle-là ? Je comprends qu'il a été éprouvé par le destin,
accorde-lui la faveur d'un regard. Tu ignorais qu'il fût un
ennemi de notre religion, tu ignorais qu'il appartenait à
un culte faux. On doit pardonner les fautes d'ignorance.
Ne mets pas des idées dans ton esprit, et ne vois pas tout
en mal. Tu as trouvé le fruit de ta bonté, ta bonne action
te sauvera. On n'est pas toujours fautif, car celui qui est
méchant agit mal et le bon agit bien. » L'infidèle ayant entendu ces réflexions, médita un peu, puis elle ordonna de
me faire asseoir. J'accomplis alors les devoirs de la civi-
lité et je m'assis respectueusement en me disant : « Peut-
être que je ne lui plais pas et que le mauvais effet de la
colère va se manifester. » Je m'assis néanmoins, mais mon
amour était ici muet sur mes lèvres, tandis que l'agitation de la colère était là dans son cœur. Sur ces entrefaites elle prit une coupe de vin et faisant signe à sa
nourrice : « Va lui donner, lui dit-elle, cette coupe de vin,

afin qu'il éprouve moins la peine de mourir. » La nourrice
me donna alors une coupe de vin rouge que je bus sans
me faire prier. Mais, par l'effet de la crainte, mon cœur
était en deux sur mes lèvres ; quelquefois j'espérais et
d'autres fois je craignais. Quand la joie parvenait à mon
cœur, toutes les peines s'éloignaient de moi. L'agitation
me saisit tout à coup, et malgré moi des cris sortirent de
ma bouche. « Prends ma vie, lui dis-je, si tu la veux, et
hâte-toi ; ma mort n'est rien auprès de cent vies. Ma vie
est pour moi de la poussière, puisque la poussière est
tombée sur elle, ô Dieu ! puisque je suis comme anéanti
et que l'affliction s'est manifestée sur le cœur de ma
chérie, il vaut mieux me retirer de ce palais du monde.
La vie n'a pas de charme pour moi : je cherche la mort
avec joie. Les blessures de mon cœur sont tellement brûlantes, qu'il en sort des soupirs comme des flammes lumineuses. Il semble que le ciel tombe instantanément en
poudre, tandis que mes plaintes et mes gémissements se
manifestent. »

« De cette façon je me mis à réciter des vers ; et dans
mon ardeur, à pousser de longs soupirs. Comme mon
impatience fit beaucoup de bruit, je chantai un gazal de
Schamla [1]. Après l'avoir entendu, la princesse dit à sa
nourrice : « As-tu à me demander quelque chose de la part
du prisonnier ? — Je ne l'ai pas plutôt vu que j'ai connu son
caractère, répondit-elle en détournant le visage ; mais le
sommeil a prévalu sur mon impatience, et m'a demandé
du repos. » Après avoir ainsi parlé, cette femme destinée à

1. Nom de l'auteur.

l'enfer se retira et la lune de l'*id* parut, c'est-à-dire la princesse, qui m'invita à boire une coupe de vin. Je fus très-
content de cette avance, et, rougissant comme la tulipe,
·je pris la coupe. Je l'acceptai avec respect, je la bus et je
tombai aux pieds de la princesse. Elle me donna alors un
coup de sa main à la tête et elle me dit : « Misérable ! tu es
tout à fait fou, ô toi qui es sans certitude, tu ne considères
pas les choses avec réflexion. Tu voyais que la possibilité
manquait et tu as accepté cette torsion et cette courbure.
Çà donc écoute, il y a une manière de se sauver de la folie,
mais il n'y en a pas d'autre. Ceux qui ont le pied ferme
dans la foi ont le calame mouillé d'encre pour l'affirmer.
Mais ne dis pas que la caaba vaut mieux que la pagode,
là où l'apparition de la maîtresse vaut mieux encore. » Je
lui répondis les mains jointes : « O charmante personne,
laisse-toi aller à ton bon mouvement. Je ne me tourne pas
vers les idoles, mais ferai-je les narrations connues ? A
savoir que rien ne se fait de soi-même ; qu'on a beau
laver un bouc, mais qu'on n'en fait pas un bœuf ; et qu'il
n'y a pas la différence d'un cheveu entre ce qu'il était et
ce qu'il est alors. Ainsi voyez mon désir. » Après avoir dit
ces paroles je restai silencieux, car l'ébullition du sang
était dans ses yeux. Mais cette sorte d'enchantement qui
s'était saisie d'elle fut effectif, car elle se sentit aussitôt
dégoûtée de sa religion. Cette femme égarée du chemin se
fit donc musulmane et elle prononça le *La iláh,* etc. Je fus
saisi de joie en pensant que maintenant le désir de mon
cœur serait satisfait. « Cette charmante gazelle m'est sou-
mise, me dis-je ; il n'est pas à craindre qu'elle change. »
Quand après quelques jours elle fut solide sur ses pieds,

elle se repentit, et, reconnaissante dans son esprit sur son destin, elle prit des dispositions pour sortir de sa position. « Allons quelque part, me dit-elle, il n'est pas convenable de rester ici.—Dites-moi, répondis-je, où vous voulez aller, et où vous voulez vous fixer.—Faisons, répliqua-t-elle, ce qu'il y a de plus simple ; hâtons-nous et ne différons pas. Arrêtez-vous d'abord quelque part, réunissez-vous, sans trouble ni crainte, avec les gens de votre religion. Ne tourmentez pas votre cœur par la séparation, cherchez un navire et annoncez-moi la bonne nouvelle que vous l'avez trouvé. Alors sans peine ni chagrin, nous irons tous les deux du côté de la Perse. Je te donnerai beaucoup et tu raconteras à ton père ce qui s'est passé. Je suis toute prête sans crainte ni appréhension, car en sortant d'ici je suis avec toi. — Ame du monde, lui répondis-je, tu ne songes pas que ta nourrice connaît notre secret. — Il n'y a pas de crainte à avoir, répliqua-t-elle, un peu de poison fera l'affaire. » Dans l'embarras où elle se trouvait, étant deve-nue musulmane, elle songea à cet expédient. Quant à moi, j'allai joyeusement trouver mes compagnons, nous nous racontâmes mutuellement nos aventures, nous fîmes bonne vie et nous nous livrâmes au plaisir. Mon âme, qui était comme anéantie par l'absence, avait espoir en une union sans épine. De toute façon je revivais, ayant appris la nouvelle que cette princesse répondait à mon amour, et je me confiais en la miséricorde de Dieu. »

**Désespoir décrit; joyeux départ par voie de mer du khwaja,
qui emmène la princesse.
Son enlèvement par le chef du port;
tourments du khwaja.**

Abreuve-moi, ô échanson, d'un vin enivrant, car mon
cœur est agité comme l'Océan par les vagues. Si le vieux
cabaretier me donne asile; mon navire ne périra pas dans
la mer. Il n'y a pas de changement à ma fortune, c'est un
tourbillon qui m'a amené ici, et maintenant je jouis du
vent printanier du jardin, la violette s'étale auprès du lis.
Pourquoi rester en trouble extrême, puisque le croissant
est devenu la pleine lune?

« Il y avait des caravanes venant de tout côté, les unes
de Grèce, les autres d'Ispahan. Les personnes de même
nationalité, de même langue et de même discours, voulaient retourner dans leur pays, fatiguées de l'absence.
La fluctuation des vagues était parfaite, la mer était
bonne. Par hasard j'avais parmi les voyageurs des connaissances. Cette femme vit qu'elle était une épine dans
mon jardin et elle m'encouragea à désirer de revoir mon
pays. Je compris la chose et je dis en suppliant aux marchands : «Je suis un serviteur inutile, je n'ai que ma bien-
aimée, véritable joyau qui fait honte à la rose, et ce coffre.
Donnez-moi une petite chambre et prenez ce qu'il vous
faut.» Ils agréèrent ma proposition; je donnai ce qu'on me
demanda et le navire de l'espérance se mit en marche vers
l'autre bord. Lorsque sans danger je fus dans la chambre
du navire avec tous mes bagages, je les plaçai et je dis au
capitaine : « Confiez-vous à Mustafa (Mahomet), car il pré-

voit tout. Le ciel me favorisant, je viendrai demain avec
l'esclave que j'ai acquise. » Je retournai et je cherchai
l'habitation de la nourrice, et l'ayant rencontrée je lui parlai en maître bienveillant. Les nouvelles de ce qui se passait arrivèrent aux rossignols du jardin et celles de ma
patrie à moi. Mon devoir était alors d'arriver sans faute au
rivage comme la vague. Bien que ma bouche fût silencieuse de soupirs, toutefois l'océan du chagrin bouillonnait
dans mon cœur. On leva l'ancre ; l'affaire du voyageur,
pensai-je, s'accomplira et alors sans doute le chagrin du
cœur sera en faute. « Tant que je vivrai, dis-je ensuite en
m'adressant à la princesse, je resterai ton esclave sans
avoir été acheté. » Cependant j'annonçai à la princesse la
nouvelle de notre départ, en lui disant que dans mon chagrin j'avais évité les regards, que je n'avais pas considéré
comme avantageux cet événement, attendu que j'avais un
autre espoir dans mon esprit, que je n'avais pas pris garde
à la révolution du ciel, craignant toujours un nouveau
malheur, que je n'avais pas pensé aux troubles du temps ;
mais que j'avais suivi Platon dans ses sages dispositions.
Le soleil dès l'aurore est plein de feu et de sang jusqu'à
ce qu'il soit affaibli au coucher. Je forme ce désir et cette
prière, d'être sain et sauf en face de toi, le visage sur le
seuil de ta porte, de baiser humblement tes pieds et alors
je ne me plaindrai pas de ton caractère. L'amour ne peut
se comparer à rien, il ne faut pas se préparer des regrets
pour le dernier jour. Lorsqu'elle eut entendu mon explication, contente elle dit : « Bien, où irons-nous ? » Nous
nous dirigeâmes d'abord à l'endroit où la nourrice avait
trouvé le trépas.

« Lorsque le quart de la nuit se fut passé, je m'aperçus
que la princesse avait changé de costume et qu'elle avait
pris dans sa main un coffret de pierreries. A la vue de
cette belle sans perfidie, je me dévouai à ses pieds. Bref,
d'accord comme une seule personne, nous partîmes. Ce
fragment de lune s'était joint à moi et au matin nous
arrivâmes au rivage. Ce chien et cette belle étaient avec
moi, et nous montâmes sur le navire. On leva aussitôt
l'ancre en invoquant le nom de Dieu. Les vagues se
mirent en mouvement, s'élevèrent et s'entre-choquèrent
ensemble. Mais bientôt vint un empêchement conforme
aux usages de ce pays ; on entendit du dehors le bruit de
coups de canon. Tout le monde fut étonné et affligé et se
mit à dire : *Nous sommes à Dieu et nous retournerons à lui.*
Dieu seul savait pourquoi nous étions arrêtés dans notre
route! Enfin, après avoir tenu conseil, on jeta l'ancre,
car le navire était parti. Comme cette catastrophe provint
du capitaine du port, tous renfermèrent leurs belles dans
leurs coffres. « Peut-être, disaient-ils, ce misérable usera
de quelque tromperie, afin de prendre l'esclave de quelqu'un de nous. » Ainsi je cachai ma princesse de même
qu'on cache une perle dans un écrin. Je jetai mon chagrin
dans la mer et je dis mentalement : « O Seigneur des
hommes, quoique toutes mes actions soient mauvaises,
je tiens de ta grâce une odeur de bonne direction. Dans
toutes circonstances, tu couvres mes fautes et tu me pardonnes, pardonne-moi donc et accorde-moi le désir que
j'éprouve à l'égard de celle que j'aime. Ne m'impose pas
l'affliction de la séparation de mon idole, car autrement
je mourrais avant l'heure du destin. »

« Sur ces entrefaites, le capitaine du port arriva dans
une barque. Cet excitateur de tumulte monta sans hésiter
sur le navire. Mon visage changea de couleur par l'effet
de la crainte, je tremblai et mon sang fut troublé. J'appris
alors que c'était le roi qui, ayant éprouvé une surexcita-
tion par l'effet de la disparition de la princesse, avait envoyé promptement le capitaine du port. Celui-ci dit donc :
« O marchands, voici ce qu'ordonne le roi du monde :
Que toutes les jeunes esclaves qui sont montées sur le
navire soient amenées devant moi sans distinction. Si
quelqu'une d'entre elles m'est agréable, j'en donnerai
tout de suite le double du prix. » Alors j'implorai Dieu, car
je vis clairement que c'était la princesse qu'il cherchait.
Le capitaine du port ouvrit donc les serrures de tous les
coffres et le tour de ma maîtresse arriva. Il la fit aussi
sortir, il appela toutes ces jeunes esclaves et il les emmena ; mais elles revinrent toutes, si ce n'est ma belle, ce
dont je fus déconcerté ; cet instant fut pour moi comme le
jour de la résurrection. Quand cette triste affaire tomba
sur moi, on aurait dit qu'une montagne s'était brisée sur
ma tête. Le trouble se répandit dans mon cœur et le
soupir sur mes lèvres ; tout l'univers parut noir à mes
yeux. Je fus tellement troublé et agité, qu'en voyant mon
état la mer se mit en grande fluctuation. Mon cœur fut
en effet très-troublé et mon œil se mit à verser des larmes.
Comme ni mes sens ni mon intelligence n'étaient plus
dans leur état normal, des cris sortaient à chaque instant
de ma bouche. Je disais quelquefois : « O Dieu glorieux, en
quel état fâcheux suis-je tombé en un instant ! Comment
un tel malheur a-t-il eu lieu, comment ma belle a-t-elle

disparu? où est-elle donc? Je ne crains rien pour moi-
même, je crains seulement qu'il ne lui arrive malheur.
Rends-la contente, ô mon Dieu, par les mérites de Mahomet, le grand prophète! Que jamais son âme ne soit en
proie au chagrin et qu'aucun mal n'arrive à son corps! »
En un mot, l'impatience continua à chaque instant, et je
comptai les astres toute la nuit. Comme je restai me la-
mentant et impatient au milieu de la mer, j'étais dans
cet état lorsqu'au matin je fus désespéré en m'assurant
que ma lune avait en effet disparu. La mer était tranquille,
mais elle me sembla teinte de sang et le soleil levant
parut aussi noyé dans le sang. Tous mes compagnons de
voyage restèrent dans l'attente; mais, quant à moi, je ne
savais que penser. Conversation eut lieu entre nous, au
sujet des pots de terre de chacun de nous qui étaient
tombés dans la rivière. Enfin, toutes les esclaves vinrent,
à l'exception de ma belle. Je m'en aperçus tout de suite;
elle n'était pas comme le soleil sous l'étoile obscure de la
grande Ourse. J'en demandai des nouvelles, mais on ne
comprit pas de qui je voulais parler. Ces jeunes esclaves
défilèrent toutes, semblables à la lune ou comme les étoiles
du matin. Puis quelque chose me vint à l'esprit, le ciel
me montra un malheur. Je n'aimais pas à être séparé de
ma belle et je voulais me noyer dans la rivière. Mes
compagnons de voyage me dirent cependant d'un commun
accord : « Ne te tourmente pas. Ne te désespère pas en
vain ; quelqu'un a sans doute ta belle en sa puissance. Il
n'y a pas de remède à cela. » Je répondis que je ne pouvais
me résigner ainsi. « Celui dont le cœur tranquille a été
blessé, comment ne désirerait-il pas retrouver le repos ?

et la vie est véritablement interdite à celui qui est abandonné par sa maîtresse. Quiconque est en doute sur
l'objet de sa recherche, n'est pas un homme, s'il n'en est
pas brisé. Celui dont le cœur est déchiré à cause de l'absence de son amie, a toujours cette épine dans son cœur.
Celui qui est poursuivi par le chagrin de l'absence doit
renoncer à la vie. Pour celui qui est dans l'esclavage de
sa maîtresse, la mort est préférable à la vie sans elle.
Celui pour qui a lieu la douleur de l'absence, mange son
sang dans la folie ; mais celui dont le cœur est tourmenté
à chaque instant et dont le sang reste sans cesse en agitation, celui-là asservira la force de la destruction. Celui
dont l'œil pleure à chaque instant, tandis que son cœur
brûle, de celui-là le sang des veines devient de l'eau
jaune et de ses lèvres sort un long soupir. Quand on n'a
pas de protecteur, la force ne peut se produire nulle part.
L'épine perce à chaque instant celui qui observe froide-
ment la loi ; celui qui semble avoir fait pacte avec le
sommeil, celui qu'assiégent cent vexations, qui n'a pas
d'ami intime et qui est séparé d'un consolateur ; celui
dont la poussière que foulent ses pieds est la tristesse
même et qui, à la place d'une chose agréable, n'a que du
chagrin, de celui-là, le cœur est loin du repos, quand il
est privé de la rencontre d'une personne qu'il aime. Celui
dont la vie est l'objet de cent malédictions, s'il vit, il est
une pierre et non pas un homme. Un tel chagrin ne peut-
il pas briser une pierre ? Khizr lui-même parcourra le
royaume du trépas. »

« Après avoir ainsi parlé, je voulus retourner et je
courbai la tête devant mes compagnons en leur disant:

Si vous me faites arriver au rivage, vous obtiendrez une bonne récompense. Ils agréèrent ma demande. Je montai sur le bateau et je parvins bientôt au rivage. Je restai là couché sur la terre comme un poisson jeté hors de la mer. Je pleurai sur mon destin. J'étais stupéfait à cause des révolutions du temps. Ayant compris et conçu ce désir dans mon cœur, à savoir de chercher de tous côtés, j'abandonnai mes hardes et je ne gardai que mon chien. Mais je repris courage, me soutenant par le don de Dieu, possesseur de gloire. »

**Triste histoire. Le khwaja demande à chaque porte
des nouvelles et cherche partout.
Après bien des démarches et des fatigues, il trouve la trace
de la princesse.
Explication à ce sujet. Meurtre du chef du port.**

Au nom de Dieu, ô échanson, abreuve-moi du vin cuit par deux feux, afin qu'il calme toute chaleur et atténue mon ardeur. J'errerai de rue en rue, à la recherche de cette princesse perdue. Que l'ivresse que je ressens pour elle montre aussi la face de son désir et qu'il se manifeste à moi! Maintenant le messager va parler avec chaleur et parcourir les étapes de l'histoire.

Cette exposition des choses fut ainsi présentée par le khwaja lui-même : « Lorsque, dit-il, j'eus donné au vent tout ce que je possédais, et que je fus devenu faquir, je m'avançai dans la plaine du voyage. Marchant jour et nuit plein de trouble, l'esprit agité, le cœur piqué d'épines, très-troublé, je parcourus le palais et la forteresse et

cependant je ne trouvai pas cette perle dans l'écrin.
J'errai, jetant des cris comme le rossignol amoureux, je
restai gémissant comme le renard désolé. J'errai dans
tout angle et, pareil à la voûte du ciel, je ne m'arrêtai
nulle part. La blessure de mon cœur était vive, mais je
ne trouvai pas la trace de ce que je cherchais. Je ne
trouvai nulle part l'odeur de cette fleur, malgré l'insistance et l'énergie de ma recherche. Mon cœur fut torturé
à l'excès, mais je ne trouvai pas dans ma course ce
soleil. Ma déconvenue fut certaine, mon cœur brisé fut
secoué comme par un tremblement de terre. Alors je
tombai désespéré et je dis : « O fortune, ne me sois pas
contraire ! » Mais le ciel ne me vint pas en effet en aide,
le temps ne me secourut en rien. Comme la violence de
mon imagination s'accrut, je me dis alors : « Restons un
peu tranquille, sans hésitation, car j'ai fait des recherches
pendant un mois. Là, je dormirais sur un lit de fleurs, et
ici, je compte les cailloux. » Dans la peine où je me trouvais, j'employais mon temps à me promener dans le
jardin, errant comme le vent. Je disais : « Mes baisers
finiront par te parvenir, tandis qu'ici la source de mon
œil versera l'eau des larmes ! Au lieu de la peine, tu as
du loisir dans la joie, tandis qu'ici j'ai blessure sur blessure et plaie sur plaie. Pendant que tu te regardes dans
le miroir, il faut qu'ici je patiente. Ton affaire est maintenant de me voler le cœur, et jour et nuit de blesser mon
âme. Tu renonces à ta promesse et à ta fidélité, tu
renonces à Dieu et à Mahomet. Tu n'as pas tenu ta parole,
tu n'as pas craint de me laisser dans l'isolement. Tu as
préféré ton repos, tandis que j'erre étant devenu sauvage

et insensé. Je m'oublie tout à fait, tandis que tu es je ne
sais où, embrassant tendrement quelqu'un. Tu mâches
tranquillement le bétel, tandis qu'ici je suis plongé dans
le chagrin et le sang. Ici, combat est dans mon cœur,
tandis que tu t'occupes de tes cheveux et de ton peigne.
Le surma orne ton œil assoupi par l'ivresse et je reste
triste comme le narcisse. Là, tu es pleine d'entrain et
plus piquante que l'épée, ici le nuage de mes yeux est
plein d'eau. Tu es contente, en te promenant dans le
jardin et moi je gémis comme la pluie continuelle. Tu as
un oreiller mou et léger, et j'appuie ma tête sur une
pierre noire et brûlante. Ton sein repose souvent sur un
autre ; mais, pour le mien, il n'y a que le sol. Quelqu'un
t'a serrée dans ses embrassements, tandis que j'erre dans
les rues en oubli. Chaque matin tu éprouves une nouvelle ivresse, tandis que ma lettre est mouillée de mes
larmes. Tu as l'apparence de la tulipe, et je me nourris de
mon sang. Je n'ai d'amis que mes soupirs, je n'ai de
confrères que mes gémissements. Je n'ai pour compagnon
qu'un animal muet. Indique-moi où je trouverai quelqu'un qui soit compatissant pour moi. J'ai erré jusqu'ici
à ta recherche, j'ai parcouru tous les angles en costume
de faquir. Mon corps ne peut plus bouger, tellement mes
pieds sont fatigués de leur long parcours. Des terreurs
s'emparent de mon cœur par l'effet du chagrin, car mourir
d'amour, est-ce une manière de vivre ? Où es-tu, ô lune
qui éclaires le monde ? Où es-tu, ô soleil qui éclaires la
maison ? Où es-tu, repos de l'âme affligée ? où es-tu, honte
de la couleur du printemps ? où es-tu, toi dont je n'ai pas
de nouvelles, toi qui es derrière le rideau d'un inconnu ?

Où es-tu, toi qui montres du blé et qui vends de l'orge?
Où es-tu, ô séduisante et artificieuse? Où es-tu, chère
amie, qui peux compatir à mon chagrin? Indique-moi
comment je pourrai te trouver, fais-moi savoir qui pourra
me signaler ton séjour. Au nom de Dieu, ô toi qui es ton
propre ornement et qui brises ton serment, ne deviens
pas ainsi sans amitié et sans compassion. Eprouve de la
sympathie pour moi qui suis à demi tué par le chagrin ;
qu'au moins le malheur s'éloigne tant soit peu de mon
cœur. Viens voir mon état, essuie la poussière de ma
tristesse ; aie pitié de moi qui ai perdu mon cœur, ne me
laisse pas agité et demi-mort. Est-ce que je me trompe,
en t'accusant? Mais alors je te ferai agréer le sang de mon
cœur. Puisque la tristesse s'appesantit de cette façon sur
moi, pourquoi ta position serait-elle heureuse? Je suis en
agonie de telle façon que Dieu seul sait comment les
choses pourront se passer. Tandis que j'ai ici le pied pris
dans la tristesse, toi dont la démarche est belle, par qui
es-tu asservie? Ici je n'ai pour ami que la peine et l'affliction et là, quel est l'ami avec qui tu t'entretiens? Ici
mes jours se passent dans les soupirs et les gémissements,
tandis que tu aurais le pouvoir de faire cesser mon chagrin. Je n'ai pour compagnon de mes nuits que la douleur,
et qui sait si on n'entre pas dans ta chambre à coucher?
Je m'abreuve du sang de mon cœur et je dévore mon
chagrin, mais quelle est donc ta nourriture chaque matin? De toute façon, mon état est changé, le plus petit
chuchotement m'est-il venu de ta part? »

« Après avoir exprimé ces plaintes j'implorai Dieu en
ces mots : « O toi qui vois les fautes les plus secrètes et

qui y apportes le remède ; toi qui es indépendant ; toi qui colores la rose et qui en ôtes la couleur, tu es le surma et le rossignol ; tu es l'ongle qui dénoue ce qui ne peut se dénouer ; tu es le créateur glorieux et excellent. Tu es le refuge des attristés et tu les fortifies ; tu es, ô Seigneur, l'excellence et la gloire mêmes. Tu connais les maux secrets, tu es le remède de toute maladie de langueur. Tu es le consolateur de tout homme dans la peine, ainsi qu'il est témoigné dans les anciens écrits. Tu es celui qui me sauve de ma détresse et si tu m'éprouves, tu me donnes du secours. Bien que le sort m'ait avili, néanmoins l'épine du trouble ne me perce pas. Qu'aucune appréhension de la révolution du temps ni de la rotation des astres n'ait lieu ! Le ciel trompeur ne me montre rien de bon ; le temps ne me sourit en rien. Pourvu que tout d'un coup le vent de l'automne ne vienne pas dans son jardin ! que cette honte du basilic ne soit pas fanée ; que ce cyprès droit ne soit pas renversé par le vent ! Que le chagrin ne parvienne pas à son cœur, que jamais des soupirs n'arrivent à ses lèvres ; que jamais des larmes ne coulent de ses yeux, et des pleurs de rosée de ses humides narcisses ; que ses joues de tulipe pour la rougeur ne lui soient pas pareilles pour la noirceur ; que la violette désolée ne soit pas sur le cyprès ! O Dieu, par les mérites du dernier de tes prophètes et par la dignité de ses compagnons, donne-lui une vie éternelle et que ce capital de mon existence subsiste en contentement. »

« Ayant ainsi parlé, je soupirai abondamment et, déplorant mon destin, je disais : « O sort, tu es injuste, c'est à bon droit que je me plains. Pourquoi des soupirs ne sortiraient-ils pas de mes lèvres, pourquoi le monde est-il ruiné pour moi? Comment as-tu pu blesser mon cœur de sorte que je ne puis plus vivre? Indique-moi comment il me sera possible de patienter et d'exister loin d'elle. »

« Je n'entrepris rien de plus, mais je m'adressai ainsi au ciel. « O ciel, dis-je, au jeu tortueux, ô trompeur firmament, jusqu'à quand resterai-je éloigné d'elle ? Dans quel état fâcheux ne m'as-tu pas jeté ? ajoutai-je, en parlant à l'objet de mon amour. La coupe du vin a renversé mon désir. Je me trompe, tu n'as pas tort en cela, car ce proverbe est bien connu partout : Que si quelqu'un perd son or, ce n'est pas la faute de l'endroit où il le perd. Mon cœur est sans doute bien peu de chose ; mais il n'a aucun tort envers toi. Tu n'as pas compris mon discours, bien que nous fussions en tête-à-tête. Bien que je te donnasse les meilleures raisons, tu ne t'en préoccupais pas. Tu n'étais sensible ni au chaud ni au froid du temps ; ni à la justice, ni à l'injustice, ni à la concorde, ni à la guerre. Je te parlai en pleurant avec cent supplications, mais tu n'y fis aucune attention, tu ne pris pas garde à mon discours. Par ta lumière, tu as rendu obscure mon affliction. Celui qui est tourmenté par la douleur ne peut supporter une nouvelle peine. » Après m'être exprimé de cette façon, j'interpellai ainsi mon cœur : « O toi, lui dis-je, de qui suinte du sang et qui ne me donnes que des tourments ! Tu dois te rappeler mon discours ; il n'y a rien à y ajouter. La quantité de mes soupirs annonce mon chagrin. Y a-t-il quelqu'un qui, pareil à moi, soit troublé comme le nard et stupéfait comme la peinture d'un mur? A qui le devoir du silence sera-t-il? Pour qui la recherche de la mort sera-t-elle le chemin à suivre ? Dis-moi qui, comme moi, est en un état pénible? Indique-moi qui est maintenant affligé, qui est troublé et stupéfait, agité et gémissant comme moi? A qui est, comme à moi, l'habitude des soupirs et des gémissements? Qui est dans le dernier degré de l'impatience? Qui a l'habitude de se lamenter? Qui est semblable à Ferhad? Qui tombe par terre ayant perdu son cœur et qui est agité comme le poulet à demi mort? Qui est celui qui atteindra le rang de Kaïs; qui sera désolé et triste comme Nal? Qui est tremblant comme le mercure, qui est aujourd'hui sans force comme le tourbillon? Dis maintenant, qui désire le trépas et qui est pris par le mal de la mort? » A ces demandes, mon cœur me répondit en gémissant : « O toi qui ne connais pas les choses et qui les ignores! Pendant que par la vue seule, tu es malade d'amour, dis-moi quelle sensation éprouve celle que tu aimes? »

« Ignorant donc ce qui s'était passé, j'errai ébahi, allant çà et là ; je cherchai mon Joseph avec beaucoup de peine, mais je ne pus jeter une corde dans le puits de Canaan. Je continuai donc cette recherche à chaque porte, si ce n'est à celle du chef du port. Toutefois, ayant entendu le message du cœur, je pensai qu'assurément il ne restait plus que cet endroit où pourrait être celle que j'aimais. Ayant donc pris ce chemin et me démenant, je vis en arrivant que la maison n'avait pas de cour. Il s'agissait de parvenir à une chambre haute et, pour y parvenir, de passer par un puits. Un voleur n'aurait pu franchir cet obstacle et l'œil du désir y devenait aveugle. Mais moi amoureux, je tournai autour comme le papillon

autour d'un fanal. Je ne trouvai pas moyen d'y entrer ;
mais, chose étonnante, l'espoir me fortifia. Il y avait tout
près un nouvel égout, dont l'ouverture était fermée par
une grille de fer. Alors désespéré, ayant détourné mon
visage de la vie, je passai par cette entrée dont je brisai
la barrière. Je me vis dans un palais, mais je n'y trouvai
pas cette perle introuvable ; je vis seulement son éclat.
J'allai de porte en porte comme les dés du trictrac ; mais
la meule du chagrin ne cessa pas de tourner. Lorsque
l'aurore du jour du dénoûment fut arrivée, je suivis cette
lueur incertaine. Je trouvai une bonne chance et j'entrai
par cette porte. Je vis alors que la princesse était pros-
ternée, ignorant ce qui se passait, et qu'au milieu de
cent craintes qui l'assiégeaient elle priait en ces termes :
« Auteur de toutes choses, toi qui dénoues le nœud des difficultés, vois l'injustice, pardonne ma faute et accomplis
mes vœux. O créateur du monde, par ta toute-puissance,
l'arche de Noë a bravé le déluge ! Regarde, ô Dieu, mon
dénûment et vois que je suis prise dans le filet du
malheur. Je n'ai pas d'asile et je ne puis pas même soupirer librement. Je ne crains pas pour ma vie, mais pour
ma religion, car Satan a trouvé une bonne occasion pour
me tenter. Donne-moi la sécurité, ô mon protecteur ;
place-moi sous ta sauvegarde, ô toi qui me pardonnes !
Réunis-moi à celui qui me demande, à celui qui m'aime
tendrement et qui me console ! Mais ces idées sont ab-
surdes ; je suis en prison, et comment espérer l'union ? »
Elle parlait ainsi et des larmes mouillaient son visage,
c'était la voie lactée éparpillée sur la lune. Je la regardai ;
mais à la fin je n'y pus tenir, j'errai autour d'elle et je

tombai à ses pieds. Elle dit en me voyant : « Je te remercie,
ô Dieu, miséricordieux pour tes créatures ! Quand espé-
rerai-je que mon horoscope me montrera un jour favorable ! Rien n'est impossible à ta puissance, montre-moi
un peu enfin le feu et la lumière. Après avoir fait tomber
quelqu'un sur la terre, tu le relèves si tu veux jusqu'au
ciel. Tu combles les vœux des nécessiteux, tu agrées les
vœux des délaissés. »

« Après avoir ainsi parlé, elle tomba évanouie par
l'effet de la vive sensation de notre rencontre et ne revint
à elle qu'après une ou deux secousses. Alors je lui montrai
la plaie de mon cœur et je lui exprimai le désir de savoir
ce qui s'était passé sur cette péri, semblable au soleil.
Elle me raconta en pleurant ces tristes circonstances :
« O intime ami bienveillant et compatissant ! me dit-elle,
lorsqu'au matin ce méchant batteur de chemin qui espère
mes faveurs amena sur le rivage toute la compagnie avec
lui et m'exprima ouvertement ses desseins, Dieu, afin que
mon secret ne fût pas dévoilé et qu'aucun malheur n'attei-
gnît ni toi ni moi, lui qui tient bienveillamment caché ce
qu'il veut et qui accorde aux délaissés cordialement son
secours ; Dieu, dis-je, fit que cet homme jaloux m'enferma
derrière le rideau du harem ; et, après m'avoir renouvelé
formellement le désir de son âme, il m'envoya en cachette
du côté de son palais. Quant à mes compagnes qui res-
taient, il devenait inutile de les conduire au roi. Comme
mon père ne trouva donc pas la trace de celle qu'il cherchait, il les renvoya toutes, peiné et contrarié de ma disparition. Il fut ainsi forcé de renoncer à cet artifice, et,
désespéré, il fit publier partout que la princesse était

affectée dans sa constitution et qu'elle avait une maladie
mortelle. Puis dans quelques jours on saura généralement
que je suis bien réellement partie pour l'autre monde.
Toutefois, j'ai une autre douleur, le ciel me montre une
nouvelle tyrannie. Chaque nuit de nouvelles blessures
m'atteignent, c'est-à-dire que ce bœuf poilu, sans pitié,
désire s'approcher forcément de moi, et mon chagrin est
d'autant plus grand. Toutefois, il reste éloigné par l'effet
de ma résolution; mais chaque nuit il montre forcément
l'émotion de son cœur. Bien qu'il ait exprimé mille agi-
tations, toutefois, le combat n'a pas réussi jusqu'ici; mais
il est à la maison, et quelque jour il aura le dessus. Toutefois, j'avais résolu dans mon esprit que, quelque part
que tu fusses, je serais à toi. Espoir a toujours été à mon
cœur d'unir mon sort au tien, espérant qu'un jour heureux
se manifesterait d'entre tous les jours. Est-ce qu'en priant
la grande idole, ce que tu désires ne sera pas accompli ?
Je connais ton vœu, tu connais mon désir : il n'y a pas
de doute que nous serons réunis. Si tu y consens, je t'ap-
prendrai quelque chose et je t'indiquerai la conduite à
tenir. » Je répondis : « Je n'hésite pas, et j'agirai conformément à tes ordres. »

« Elle me dit alors : « Va le matin du côté du palais, là
il y a un vêtement noir d'un grossier canevas. Mets-le et
reste assis silencieux, afin que personne ne s'émeuve de
la chose. Ceux qui viendront visiter l'idole pour l'adorer
te donneront beaucoup d'or. Tu recueilleras ainsi tant
d'or et d'argent qu'il y en aura un monceau. Après trois
jours, tu seras un glorieux *pandwâ* (brahmane) : on te
donnera des présents et une robe d'honneur et on voudra

te renvoyer. Mais ne te lève pas et dis : « C'est inutile, je
ne me soucie ni d'or ni d'aucune chose du monde, je ne
suis pas nécessiteux, mais je demande justice : je suis
victime de l'injustice, bien qu'innocent. Ayant compris
que j'étais voyageur, on m'a fait tort, et je suis venu ici
porter plainte. Si la reine bienveillante savait la chose,
elle écouterait mes doléances et me rendrait justice. Sinon, je suis tombé dans un état déplorable, mais j'espère
que l'idole écoutera ma plainte. »

    « On ne te demandera pas le récit de la tyrannie dont
tu as été l'objet. Dans tous les cas, ne t'attache à personne, n'agrée les services de personne, et il est certain
que tu trouveras l'objet de tes souhaits et que de toute
façon ton désir réussira. Voilà ce qui se passe là, tel est
l'usage de cet endroit. La mère des brahmanes viendra
elle-même ou elle te fera venir et elle te demandera de lui
expliquer ton affaire. Alors tu lui diras : « Je suis affligé
par la peine loin de ma patrie et de la Perse mon pays.
Ayant ouï vanter votre bienveillance et les bontés de votre
justice, j'étais venu ici en pèlerinage, mais l'injustice a
prévalu sur moi. Des voleurs de grand chemin m'ont pillé,
on ne m'a pas même laissé mon esclave pour me consoler.
Elle avait un visage de lis, la taille haute du cyprès élevé ;
elle était charmante comme les houris et les péris. Le
chef du port l'a vue quelque part et aussitôt il en a été
amoureux. Ayant ceint sans danger la ceinture de l'astuce
il l'a enlevée et l'a conduite dans sa maison. Ma situation
est malheureuse. Dans son absence, un instant est un
mois, une ghari une année. Je suis étranger et voyageur ; et dans ma détresse j'ai porté ma plainte ici. Ayez

compassion de moi, rendez-moi justice et donnez-moi la
perle de mon désir. » Tout ce que tu pourras dire de
plus, il faut l'exprimer sans crainte. »

« Lorsqu'elle eut ainsi parlé, la princesse resta silencieuse ; et le muezzin fit entendre son cri. Alors la lampe
du matin fut allumée, et le roi de l'Orient (le soleil) se mit
en route. La princesse resta les yeux mouillés de larmes,
et moi je me levai, et ayant raffermi mon cœur comme
une pierre, j'allai à l'endroit indiqué sans être revêtu de
mes habits comme d'habitude, mais couvert de cette sorte
de sac. Bref, que dirai-je ? car j'entendis peu de paroles
pendant les trois jours que je restai là ; toutefois, après
avoir persévéré dans mon attitude, une personne me dit :
« Viens, la mère des brahmanes te demande. » Je me levai
et j'allai sur-le-champ avec cette personne. Quelle description ferai-je de ce que je vis là. C'était un endroit qui
augmentait étonnamment le bien-être, l'âme semblait
y errer dans le corps. C'était une construction où des
pierres précieuses étaient partout enchâssées ; ici brillaient des rubis, là des perles. Le plafond était enrichi de diamants. On aurait dit que c'était un miroir
de lumière. Tout mon corps restait stupéfait comme
mon esprit. Ce que je voyais me faisait l'effet d'un
collier de perles. Je me trompe : la perle aurait-elle eu
un éclat pareil ? le rubis et le diamant seraient-ils d'une
si belle eau ? Etait-ce un simple éclat, ou la flamme
de Sinaï ? C'était l'Orient qui brillait de tous ses feux.
Le salut m'apparaissait à chaque instant ; mais là une
seule parole pouvait être considérée comme un crime.
A travers la porte l'éclat de son indépendance était

évident, à travers le mur ce qu'elle faisait était manifeste.

« Un masnad enrichi de pierreries était étendu, un
beau et brillant tapis le recouvrait. Celle qui y était assise
était vêtue de noir. C'était la vieille mère des brahmanes.
Ayant pensé que c'était elle je m'agenouillai par terre en
soupirant et en gémissant. Je m'écriai : « Je suis tombé
dans le malheur, j'ai vu l'injustice et j'en ai retiré mes
lèvres. Je suis faible et désolé, inconnu ici, affecté par la
peine, brisé de cœur. Je suis un voyageur éloigné de ma
patrie et de mon pays, en proie à la tyrannie et à la plus
grande méchanceté. » A la demande qui m'en fut faite, je
lui dis mon secret à savoir : comment mes jours blancs
étaient devenus noirs. Elle s'écria alors en colère : « Est-il
possible qu'un tel voleur de grand chemin ait commis cette
injustice ! » Après avoir ainsi parlé, elle ordonna à deux
adolescents de sa suite de me prendre avec eux et d'aller
dire de sa part au raja que le chef du 'port tenait une
mauvaise conduite, qu'il était amoureux d'une femme
étrangère et qu'il rendait ainsi malheureux cet homme
et sa bayadère. « Il a pris de force avec lui cette femme
et il a jeté dans l'infortune cet étranger ; car il a
été perfide envers lui. Je sais que cette femme est dans
sa maison ; ainsi, à l'instant même, prenez lui son bien
et livrez-le immédiatement à cet étranger. Si vous ne
vous hâtez pas, vous aurez des reproches en échange. »

« Ces deux adolescents s'étant levés de leur place,
s'apprêtèrent à marcher en grand apparat. Ils parurent
donc devant le roi ayant en leurs mains leurs insignes
et ils firent respectueusement le tour du trône. Ils mar-

chèrent en faisant résonner la conque et le *chappar* [1], et en chantant ils imitèrent l'*anti-pât* [2]. Avec cet apparat et cet entrain ils arrivèrent donc là où le roi se trouvait. Celui-ci, apprenant cette nouvelle, descendit de son trône et les y fit asseoir avec honneur. Il leur prodigua des marques de respect et de déférence et il leur dit les mains jointes : « Que le lotus de vos pieds qui sont venus ici soit verdoyant, j'en ai reçu de l'exaltation. S'il y a erreur, faites-la connaître; je suis humble, ne m'attribuez pas une valeur que je n'ai pas. »

« Ceux-ci lui dirent tout de suite ce que la mère des brahmanes les avait chargés de lui transmettre. Le roi dit alors : « Cet étranger a une religion différente de la nôtre et il est venu ici avec une femme. Si ces événements sont vérifiés à son égard, le méchant dont il s'agit doit être puni de ses méfaits. Si en effet le crime qui a eu lieu est prouvé, le coupable mérite d'être lapidé. »

« En entendant cela, je m'évanouis, et tout vivant que j'étais, je mourus, pour ainsi dire. Un tremblement total me saisit, je voulus parler, mais ma langue fut très-lourde, mes lèvres furent sèches et mes yeux pleins de larmes de sang. Un vêtement d'air s'appliqua sur ma couleur naturelle. Heureusement ces adolescents comprirent que le roi allait faire le contraire de ce que je désirais, et la colère dans le cœur ils lui dirent hardiment : « Il n'a pas été obtempéré à notre demande, car nous l'avions faite par l'ordre de la grande déesse. En

1. Ce mot paraît être ici le nom d'un instrument de musique.
2. Ce mot paraît être ici le synonyme de *parikrama*, « circumambulation religieuse. »

effet, le roi ayant demandé à s'assurer de la chose, il a voulu ainsi agir d'après son propre sentiment. Nous présentons à présent notre requête formelle. Dans tous les cas, sache que la déesse est puissante. » En entendant ces paroles menaçantes, le teint du roi devint jaune et un long soupir sortit de ses lèvres. Tout troublé et stupéfait, il se jeta en pleurant aux pieds des délégués de la mère des brahmanes. Les ministres du roi, qui étaient sages et intelligents, lui dirent alors : « Le mal s'est en effet emparé du préfet maritime. Il semble ne chercher qu'à nuire, il agit tyranniquement et il se conduit irrégulièrement. » Le roi dit alors : « Puisque tous sont réunis contre ce démon il faut qu'il tombe en confusion. » Alors le roi me donna un vêtement d'honneur et me confia le poste du commissaire du port. Il me rendit possesseur des richesses du commissaire actuel et il me permit même de le faire mettre à mort. Puis il écrivit à la mère des brahmanes une humble lettre pleine de compliments en ces termes : « O manifestation de gloire, d'honneur et de puissance, toi qui fais cesser l'emploi de la clémence, toi qui es de noble naissance et qui donnes la grandeur, toi qui es vraiment la *caaba* du but et la *quibla* du désir, conformément à mon ordre donné dans ce palais, j'ai soumis tous petits, et grands, à ton protégé. Je l'ai honoré de ce poste et je l'ai rendu libre d'infliger la punition qu'il voudrait. » Enfin il me congédia et j'allai me jeter de nouveau aux pieds de la Dame. Celle-ci, contente, dit tout de suite : « Il y a ici cinq cents jeunes gens actuellement même, il faut les mettre à sa disposition, et ils resteront à sa suite ». Je

partis ainsi accompagné de cette troupe pareille aux
flots de la mer. En arrivant je saisis le chef du port et,
me servant de l'épée et des flèches, je le fis entrer en
enfer, et je m'emparai de tous ses biens et de toutes ses
richesses. En voyant mon agissement, un agent en
donna la nouvelle dans le palais. J'y allai et je me
réunis à la belle, comme le rossignol à la rose ; et
comme le papillon, je m'offris en sacrifice avec cent
blessures à cette charmante personne au visage de
flamme. De son côté elle voulut prendre mes malheurs
sur elle ; mais bientôt le chagrin et la douleur de l'absence se dissipèrent, et les fleurs parurent sourire dans
le jardin.

« Lorsque cette figure de lune eut vu ce qui se passait, elle se prosterna en action de grâces. Après avoir
rempli les devoirs de la prière, elle sortit et s'assit avec
distinction sur son sofa. On fit venir les employés et
je leur donnai de nouveaux vêtements d'honneur. Je
les traitai d'après l'ancien usage ; et on fit entendre
de nouveau le son des instruments de musique. Avec
toutes les attentions convenables, je leur donnai des
présents selon les moyens que j'avais à ma disposition.
Lorsque je fus libre de tous ces soins, alors, avec un
cœur épanoui et un esprit content, je réunis sous un
prétexte les rubis, les diamants et les perles, toutes
les choses les plus rares des pays lointains et des
pierres de grand prix. On me conduisit au palais avec
pompe et éclat et on me reconnut comme un maître
bienveillant. Je vis tous les officiers et les trouvai sans
reproche. On me donna des vêtements cousus d'or ; puis,

après avoir pris congé de mes subordonnés, je partis de là et j'allai chez le roi des rois. Je lui fis présent de ce que j'avais apporté, restant debout respectueusement les mains jointes. Je demandai tout ce que je jugeai nécessaire au sujet de ce qui s'était passé auparavant de méchanceté et de trahison. Ayant compris ce dont j'avais à me plaindre, le roi agréa cordialement ce que je lui dis. Il s'excusa sur les anciens traitements que j'avais éprouvés me considérant comme devant être écouté. Il me donna ensuite le diplôme qui me conférait le rang et la dignité de chef du port. Je le remercia, et plein de joie et de contentement j'allai chaque semaine lui présenter mes respects.

« De son côté cette figure de fée me fut facilement liée en mariage conformément à la loi. Lorsqu'elle fut ornée comme une mariée, le ciel parut répandre sur elle en *niçar* la lune et les pléiades. Son vêtement rouge était enrichi de pierreries d'où sortait une odeur d'essence de rose et d'ambre et du parfum des fleurs. Elle avait un *dopatta* d'or avec une frange de perles qui brillait tellement, qu'elle aveuglait l'œil du soleil. Ses beaux vêtements enrichis de perles ressemblant à des bulles d'eau brillaient comme la jeunesse. Ses cheveux n'étaient pas tressés, mais ils lui servaient de voile, au travers desquels on découvrait l'extrémité de son sein pareil à un bouton de rose. Une sorte d'état magique me saisit, il était tel que les anges n'auraient pu m'en délivrer. Je n'étais pas un moineau; cependant les oiseaux du cœur effacèrent mon cœur comme le *anca*[1]. Si l'on veut

1. Oiseau fabuleux et par conséquent introuvable.

comparer son corset (*anguia*) au firmament, il faudra s'appuyer sur la poitrine des anges. Ce corset était cousu de pierreries et de perles de belle eau pareille à celle de la vie. Comme sa robe était faite de brocart, elle brillait d'un nouvel éclat et d'une nouvelle splendeur. Sa ceinture d'or ne pouvait arrêter les regards, tellement elle était éclatante ; elle aurait serré élégamment les Gémeaux. Elle donne le cauchemar aux papillons et en la voyant la bougie se cache dans le fanal ; si j'en faisais une description développée, mon récit ne suffirait pas. Auprès de cet éclat le soleil paraîtrait obscur. Ceci est un secret de la puissance de Dieu, que quelquefois le jour est noir et la nuit blanche.

« Nous passions ensemble le jour et la nuit dans le plaisir et la volupté. De temps en temps notre esprit se livrait à l'imagination ; mais qui connaît la situation de deux personnes qui sont ensemble ? Sur ces entrefaites, la caravane que je souhaitais arriva de Zerbâd et j'éprouvai un désir violent d'aller en Perse ; mais malheureusement par la voie de terre. Comme j'allai donc là d'après mon ancien usage tout en cherchant à éprouver l'or et l'argent, j'aperçus deux personnes qui paraissaient être en domesticité et en servitude. En faisant bien attention, le rideau fut ouvert pour moi et je reconnus mes frères qui étaient pris dans l'esclavage. La nature n'accorde jamais de repos, quand même elle soit désolée et avilie. Bref, je les amenai sans danger, et je les fis des hommes nouveaux. Ayant pensé qu'il fallait les traiter poliment, j'éloignai de mon cœur toute haine. Mais ils ne se tinrent pas en

repos et ils songèrent au meurtre et au sang. Une nuit
donc je dormais et mon chien veillait à mon chevet,
lorsqu'ils vinrent furtivement, et, me voyant dans cet état,
ils trouvèrent l'occasion favorable pour me tuer. Comme
ils prirent pour bannière l'épée du malheur avec l'intention de me trancher la tête, mon chien fit entendre
ses aboiements et instruisit ainsi ceux qui ignoraient
ce qui se passait. Je fus sauvé, ces deux méchants
furent pris, et ils furent saisis d'une véritable honte.
Lorsque cet acte eut lieu de leur part, j'en tremblai.
Toutefois, m'étant consulté dans mon cœur, je les con-
signai dans une cage. J'honore ce chien à cause de sa
fidélité et je punis ceux-ci à cause de leurs méfaits.

« Sire, dit enfin le marchand, j'ai expliqué devant vous
dans les plus grands détails tout ce qui a eu lieu.
Actuellement vous êtes libre de me condamner à mort ;
pardonnez-moi ou punissez-moi. Si vous ne me condam-
nez pas, je vous en bénirai et je vous déclarerai digne
de respect et d'honneur. Quant aux grains de rubis, je
vous en expliquerai franchement l'origine, ainsi que vous
me l'avez demandé ».

Dans cette histoire on explique en détail
les circonstances des tristesses du jeune marchand d'Azerbaïjan.
Histoire du vieillard sans hypocrisie.
Déclaration du sexe de la belle à visage de fée. Agitation
du khwaja et conduite du roi.

Donne-moi à boire, ô échanson, un vin couleur de rubis,
afin que je puisse parler convenablement des rubis dont
il s'agit. Je ferai entendre cette explication et je décrirai
en même temps le chagrin et la joie. Il n'y a jamais eu à
ce sujet la moindre explication, si ce n'est celle de la fin
du discours adressée au roi.

   « Cet homme illettré se mit donc à me dire pénible-
ment : « Sire, ce fut lorsque j'étais chef du port que j'acquis ces rubis. Un jour que, content, ayant ceint mes
reins, je regardais d'un toit élevé la plaine déserte, et
que, libre des pensées du monde, j'observais les épines
qui la couvraient, tout à coup mon regard tomba par
hasard sur des gens égarés dans un endroit peu appa-
rent. Deux individus y cheminaient et ils étaient si mai-
gres, qu'ils semblaient une ombre. Je fus étonné, je les
appelai tout de suite et les examinai; je vis alors un homme
dans un état pitoyable, qui avait avec lui une belle femme.
Ce n'était pas un homme, mais l'image de la fatigue et de
la peine, et, quant à la femme, elle était comme la lune,
entourée de nuages. Je ne lui demandai pas le motif de
son état désolé, je craignais d'en entendre le récit. Ce
visage dans la détresse était agité par l'attente, mais sa
joue fatiguée était pleine d'espérance. Cet œil superbe
qui faisait honte à celui de la gazelle était alors comme

l'œil du narcisse en automne. Ces cheveux entièrement
en désordre montraient au juste l'état de son cœur ; troublé, stupéfait et triste, son corps ne pouvait se tenir
debout et ses sens n'étaient pas dans leur état normal.
Ces deux personnes étaient dans l'ardeur de l'intimité et
se tenaient embrassées comme on embrasse un enfant.
J'eus compassion de leur état, mon naturel me porta à la
compassion. J'envoyai alors la femme dans le harem
du palais et je mis l'homme à l'abri. Comme je lui
demandai l'indication de leur pays, alors ce malheureux,
sanglotant, dit : « J'ai faim, donnez-moi quelque chose à
manger et prenez ceci. Je suis sur le point de perdre la
vie, j'ai souffert l'infortune par l'effet de mon sort. » Quand
je le vis dans cet état de désolation, je lui donnai tout de
suite du pain et de la viande rôtie. Sur ces entrefaites,
l'eunuque en chef, sachant la chose, apporta une boîte
pleine de joyaux. Tout ce qu'elle contenait était la pro-
priété de cette femme, on aurait dit que c'était le produit
de l'impôt des sept climats. Quand j'ouvris cet écrin, j'y
vis des pierreries précieuses de grand poids et de grosse
forme, de haut prix et de valeur considérable.

« Après que cet homme eut mangé quelque chose, il
reprit de la force. Je lui demandai comment et d'où il
avait eu ces belles pierres. Il dit alors poliment : « Vous
qui êtes favorable à votre esclave, faites attention à mon
état. Je suis le fils d'un charpentier du pays de l'Azerbaïjan. Lorsque je fus un peu avancé en âge, j'étais très-
maigre ; aussi, mon père bienveillant me conduisit-il en
Hindoustan. Avec l'aide et l'assistance des jours, le
voyage se termina bien. Ayant emporté de là quelques

raretés en souvenir, j'allai ensuite vers le Zerbâd. Avec
le secours du ciel et la bonté de Dieu, cette distance fut
parcourue en bonne fin. Content, revenu de là avec des
provisions, je retournai à mon pays sur un navire. Nous
partîmes malgré les vents contraires, et nous nous trouvâmes à la merci des flots. Le capitaine, affligé, s'écria :
« O Seigneur, viens-nous en aide, toi qui as assisté Noé,
agis d'un bras fort et puissant comme tu le fis pour lui.
Montre-moi bientôt le rivage de mon désir, fais arriver
le voyageur à son but. » Je te dis ces paroles avec cent
peines et cent craintes, car le vent contraire s'attachait
à nous. Cependant le vaisseau, marchant toujours, entra
dans le tourbillon; je saisis une planche qui flottait; mais
je fus submergé pendant quelque temps au fond de l'eau,
secoué par les vagues. Personne n'avait des nouvelles
de ses compagnons, le père ne se mettait pas en peine
de son fils. Dans ce peu de jours d'emprunt, on mangeait
les balayures qu'importaient les vagues. Enfin, après
trois jours nous arrivâmes au rivage, mais nous n'avions
qu'un souffle de vie.

« Cependant, surmontant notre crainte, nous jetâmes
notre corps débile sur le rivage. Là, nous vîmes de tous
côtés des joyaux. Il y avait des diamants en abondance dans les champs et beaucoup d'hommes étaient
debout autour. Ils paraissaient malheureux, ils avaient
le corps nu et de couleur noire. Comme nous arrivâmes, nous vîmes allumé un feu de joie auprès duquel
ces gens-là faisaient griller des vesces. Je leur demandai de m'en faire manger. Je mangeai donc, puis
je tombai sans force dans un coin. Après un certain

temps je repris mes sens ; alors quelqu'un vint auprès
de moi, et ayant jeté un regard de compassion sur mon
état, il m'indiqua bienveillamment mon chemin. Comme
cet étranger fut mon seul guide, j'allai du côté qu'il
m'avait indiqué. A peine allai-je par ce chemin que le
collier du malheur me vint en vue. Il n'y avait là en
effet ni trace d'homme ni d'animal, mais un vent violent
soufflait dans la plaine. Cette plaine terrible et effrayante
n'était pas un désert, mais plus qu'un désert. Je parcourus néanmoins cet emplacement et je vis qu'il y
avait un château fort. Il était si élevé, que la vue n'aurait
pu arriver au pinacle. Son sol était de perles et son pla
fond était comme le ciel. Sa porte était sculptée en
pierre, elle était ornée de joyaux enchâssés de toute
couleur. Toutefois, cette porte était fermée ; il y avait
bien une indication, mais elle ne pouvait servir aux hommes. En avant, s'élevait une petite montagne qui rappelait
le noir mont Sinaï. Je la regardai, mais je passai outre
et tout à coup une porte se présenta à ma vue. Quand
j'arrivai à cette porte dans mon état de désolation, elle
s'ouvrit au nom de Dieu. Puis ma vue alla du côté du
toit, et alors je vis un vieil Européen qui, ayant reconnu
que j'étais étranger, me dit d'approcher ; m'étant avancé,
je le saluai les mains jointes et ainsi je fis un *lam* d'un
alif[1]. Il me fit asseoir d'un air bienveillant, sans cérémonie, et il me donna à manger du pain et de la viande
rôtie. Après que j'eus mangé, je vis à la fin du jour qu'il
manifesta l'agitation de l'ivresse. Comme ma nature

1. C'est-à-dire : de droit que j'étais, je me courbai pour le saluer.

exigea du repos, je me retirai dans un coin et j'allais m'endormir quand il me dit : « Maintenant, raconte-moi ton histoire. Qui es-tu, quel est ton état, quel est le mauvais sort qui t'a conduit ici? » Je lui indiquai alors ma filiation et ma parenté et je lui fis connaître ma détresse.

« Quand il eut entendu ce récit, il me dit : « Voici le temps du repos, demain matin je t'indiquerai ce qu'il y aura à faire. » Je me reposai là ; la nuit se passa gaiement et le matin arriva. Il me dit alors : « Va dans cette chambre, tu y trouveras une bêche, un crible et un sac. Prends tout cela et apporte-le ici. » Seigneur du monde! me dis-je alors, qui sait ce qu'il va me faire? qui sait en quel lieu le sort m'a conduit? » Désespéré, j'apportai ce qu'il me demandait; il me dit alors, en m'indiquant ce monticule : « Creuse la terre à la profondeur de deux palmes et mets dans le sac tout ce qui sortira de là; puis, après l'avoir criblé, sépare les pierres les plus grosses. Lorsque le sac en sera plein, reviens et ne crains rien. » Je fis de ce que je trouvai ce qu'il m'avait ordonné : « Prends cela, me dit-il alors, et pars, il n'est pas à propos que tu t'arrêtes ici. » En entendant ces mots, je le suppliai en disant : « O toi qui protéges l'esclave et qui es bienveillant envers le voyageur, puisque tu me traites avec bienveillance, mon âme a repris vie. Je te suis tout à fait reconnaissant; où est ma langue, que je puisse te le dire ? Mais dis-moi à quoi me seront bons tous les joyaux que tu m'as donnés ? Quand je serai affamé, me seront-ils utiles et assouviront-ils ma faim ? J'ai donc si longtemps parcouru le désert en vain! — Tu es en proie en effet à une mauvaise fortune, me dit-il alors, et je plains ta situation. Je comprends que tu voudrais habiter ton pays et vivre avec tes compatriotes. C'est pour cela même que j'ai voulu t'empêcher de partir à l'aventure et tu n'es pas content. Prends donc cet anneau, et quand tu arriveras au marché, tu verras là mon frère aîné, adroit et fort, compagnon de mes souffrances. Tu lui donneras mon cachet et tu le salueras de ma part. En voyant ton état désolé, il t'offrira avec empressement ses services. Fais ce qu'il te dira et suis son bon plaisir. Tu ne seras pas inutilement affligé par le malheur, poursuis ton affaire en avant. »

« Encouragé par ces paroles, je le saluai les mains jointes et je marchai content du côté de la mine de douleur. Arrivé là, après avoir tâtonné quelque temps, je remis à ce personnage le cachet de son frère. En le voyant, il se mit en colère et me dit d'un air chagrin et contrarié : « O objet de tyrannie de la révolution des astres, toi qui supportes les injures et la pesanteur du ciel ! ton étoile se dévoie, elle t'a conduit ici en jouant un faux jeu. Mon frère ne t'empêche pas de poursuivre ton chemin; le ciel est injurieux, je gémis sur ta jeunesse. » Ayant entendu ces paroles, je lui racontai ma situation déplorable. Ce personnage, tout en me faisant connaître ses impressions, me conduisit avec lui et alla en sa maison. Quel endroit ! Il faisait la honte du paradis. Si je voulais décrire tout ce qu'on voyait dans cette maison, ce serait une longue histoire qui abrégerait la nuit. Cependant, il continua à me parler et me dit : « Cette affaire est très-mauvaise pour toi. Je ne vis jamais rien de pareil, car tu es venu ici comme dans un tombeau. » En entendant ces mots, je courbai le front respectueusement et je posai ma tête sur la terre du respect. Puis je lui dis : « O vous qui êtes sage, tout ce qui arrive est destiné et arrêté. Cependant accordez-moi votre faveur, car ce que vous m'annoncez est de mauvais présage. Indiquez-moi une bonne fois le but de tout ceci. — Lumière des yeux, me dit-il alors, j'arrangerai l'affaire de telle façon que ta vie sera épargnée pendant quelques jours. Si Dieu me vient en aide, je te marierai avec la fille du vizir. — Bien, dis-je, mais comment le vizir donnera-t-il sa fille à moi, malheureux, à moins que je n'adopte sa religion; alors peut-être seulement ce bonheur aurait lieu pour moi. Comment donc pourrais-je avoir en vue cette affaire? O Dieu, éloigne ce désir de mon cœur ! » Mon interlocuteur répliqua : « Il y a ici un usage constant, qui est que celui qui se prosterne devant l'idole est l'objet des respects de tout le monde. Tous doivent le servir et de toute façon ils font pour lui des souhaits. Ils considèrent ses paroles comme une révélation et ils admettent tout ce qu'il dit. Après-demain je te conduirai là, et tu feras ce que je te dirai. » Bref, un matin il me mena avec lui. C'était comme le roi et le mendiant. Je regardai respectueusement et tête nue l'idole, et je vis qu'on s'extasiait sur sa puissance. Il y avait nombre de jeunes filles à visage de lune et à tournure pareille, vierges délicates, au sein de jasmin, au corps de lis, au caractère vif comme le mercure et au menton d'argent. Elles fai-

saient honte aux houris et aux adolescents du paradis,
qui en auraient eu du dépit, tandis que les fées en auraient pleuré de jalousie.

« D'après l'indication de ce vieillard, à laquelle je
me conformai, je baisai le pied de l'idole au bord de
son trône, puis je pris en main le pan de la robe du
vizir. Alors le roi demanda qui j'étais, et mon compagnon, d'heureux caractère, et qui connaissait le secret,
répondit : « Ce jeune homme est un de ceux à la position
de qui je m'intéresse. Il demande à baiser les pieds
du roi ; il est loin de son pays et malheureux, et comme
il est ici, il désire que le vizir l'attache à sa personne.
Ce voleur de cœur est amoureux de sa fille, qui est la
honte des houris du paradis et qui dépare sa lumière
à l'astre des astres, elle qui dans le monde sublunaire
a un brillant éclat. Si cette idole jetait quelque part
son collier [1], le polythéiste jetterait au loin sa ceinture [2].
— S'il accepte notre religion, dit alors le roi, nous l'ac-
cepterons sans doute. » Comme il parla ainsi, l'orches-
tre résonna, on célébra mon mariage et on fit des
réjouissances. On me donna un vêtement d'honneur
en grande pompe, et ayant entouré mon cou d'une corde
noire, on m'entraîna auprès du trône de l'idole. Tantôt
j'espérais, tantôt je craignais. Quelquefois, à cause de
ma houri, j'étais comme dans une crise, tantôt par
crainte j'étais dans l'eau comme le cancer. Les assistants
debout, les mains jointes, disaient : « L'idole l'accepte. »

1. Allusion au *swayambar*.

2. *Zunnâr*, mot arabe qui indique proprement la ceinture que les
chrétiens avaient été obligés de porter du temps des premiers khalifes.

Alors, tous furent contents, ils se mirent à rire aux éclats. On me délivra de cette forte corde, et on me fit entendre des bénédictions. Il y avait partout de l'agitation ; on se conformait aux usages du mariage. Tous étaient contents, pareils au pin et au jasmin. Comme la fleur de la rose blanche n'était pas épanouie, on lui donna joyeusement un mari. Tout le monde fut satisfait, la lune et Jupiter furent unis. Mais comment le cœur aurait-il été satisfait, la rencontre ayant eu lieu en cérémonie ? Lorsque forcément le jour fut terminé, la lune parut avec le soir, alors on orna la chambre secrète, et elle fut égayée par les récits, fournie de vin et de coupes. Les rayons de la lune y amenèrent la clarté, l'œil de la lune s'y appliqua. On étendit un lit doré et enrichi de pierreries, qui surpassait l'éclat du soleil. Ici, des bouquets de roses ; là, des guirlandes et du bétel ; ici, de l'essence de roses ; là, de l'ambre et des boîtes de senteur. On trouvait aussi dans des flacons du vin de Portugal qui donnait plus de vivacité aux mouvements. On avait disposé des lustres de cristal, et on avait ainsi éclairé l'ameublement. Des figures de fée, des échansons ornements du cœur, tout gentillesse et agacerie. On vint, on se trouva et en un instant, ce palais fit honte à Canaan.

« La personne qui était restée debout en arrière, rendait noire par son éclat la porte de l'Orient. On se mit à faire boire en présentant la coupe. Il y avait du vin rouge dans les gobelets, qui ressemblaient alors au narcisse. Quelqu'un parlait doucement en souriant et se dilatait comme la lune. Quelqu'un disait : Qu'attend-on ?

Un autre disait bien : Ne vous impatientez pas. Quelqu'un disait : Oui, agissez ainsi ; un autre : Ne vous hâtez
pas. Pendant quelque temps on fit des feux d'artifice
et les discoureurs riaient et plaisantaient. Ensuite, par
la faveur du Dieu tout-puissant, la multitude des étoiles
se manifesta et au milieu des étoiles la lune éclatante
projeta sa lumière, qui fit parvenir en nous l'espérance;
aussi fis-je les préparatifs nécessaires. Quelle description offrir, ô Dieu, maintenant? avec quelle grâce agi-
tait-elle les pieds ; elle couvrait son corps et voilait son
visage. Elle serrait, avec l'élasticité de sa ceinture, sa
taille charmante, que développait le soudain mouvement
de la joie. S'étant sauvée de la grande foule enivrée du
vin couleur d'argawan, elle rougissait, et le soleil et la
lune se cachaient sous leur couverture de nuages. Elle
excitait le dépit dans la prunelle des anges en avançant
promptement la jambe avec grâce. Tantôt elle riait,
tantôt elle s'arrêtait ; elle marchait coquettement, elle
détournait le visage. Quelqu'un pourrait-il en faire la
description convenablement sans que le *calam* en eût
le sein déchiré ?

« Nous arrivâmes enfin à une salle où se trouvait
un rideau. L'arrangement de cette salle était si beau,
que je serais embarrassé de pouvoir le décrire. La fille
du vizir était assise, mais elle éprouvait de la crainte,
elle ressautait et soupirait. Lorsque nous fûmes ainsi
réunis, on passa du vin à la ronde, ce que voyant,
nous ne dîmes plus rien entre nous. Par l'effet de la
pudeur, la fille du vizir fut émue à la fois par l'attente
et par l'action à accomplir. Ensuite, quand à la place de

l'ivresse il y eut mouvement de l'œil, nous nous fîmes
signe l'un à l'autre et les prétextes furent mis de côté.
Lorsque la salle fut libre des étrangers, que l'épine ne
fut plus associée à la rose et que le vertige de l'ivresse
fut dans les yeux, alors l'inquiétude de la jeunesse se
développa. L'action ne languit pas et la nature n'aida
pas à arrêter l'énergie. L'impatience s'agita avec le
désir, la pudeur disparut humble et silencieuse. Puis,
comme l'intimité se mit en ébullition, nous nous prîmes
l'un l'autre en vif embrassement. Je la serrai en tres-
saillant, et elle, en détournant le visage, me dit en me
repoussant de ses mains :« Ne me tourmentez pas ainsi ;
je vous adjure d'écarter votre main. Je n'aime pas
que vous me touchiez, cette action ne me convient pas.
Si vous ne cessez pas de me tourmenter, vous vous en
repentirez. Quelquefois elle disait : « Voyez qui vient, »
quelquefois : « Qui est-ce qui appelle ? » Quelquefois
elle mettait en soupirant ses mains sur ses lèvres et
baissait le sourcil, quelquefois elle avait le visage sévère
et elle parlait durement, quelquefois en accordant des
faveurs elle le faisait comme à regret. Quelquefois, étant
négligente, elle perdait haleine, quelquefois elle donnait son voile et elle riait. Quelquefois elle arrêtait sur
moi des regards obliques, quelquefois en soupirant elle
s'attachait à moi. Tout émue, tantôt elle couvrait son
corps, tantôt elle soupirait, tantôt elle était haletante.
Quelquefois elle se collait à moi, quelquefois elle s'en
allait au loin, tantôt elle tressaillait, tantôt elle rougissait. Pendant un certain temps, j'agis comme un taureau
intrépide, et, sur ces entrefaites, il resta peu de la nuit.

Alors, ma fortune endormie se réveilla. Ce bouton serré s'épanouit à l'air. Il s'entr'ouvrit complétement par l'effet du matin qui mit la rosée dans la coupe de la tulipe. La pudeur se retira du front et tous les plis du corset se desserrèrent. Elle fut inondée de sueur, sa couleur blonde [1] se changea en rubis. Si des désirs arrivaient de ce côté-ci, ils ne parvenaient pas encore là. Elle baissa les yeux et rougit, elle se leva de son lit en souriant : « Que reste-t-il à faire ? dit-elle. Prenez la route du bain. » Bref, après m'être baigné et m'être habillé, je baisai le pied du trône. On me donna alors un vêtement doré et on me décerna un titre pompeux; contents et sans souci, nous passâmes notre temps jour et nuit dans la joie et dans le plaisir. »

La femme devient enceinte, l'enfant meurt. Puis elle meurt aussi, et le marchand la pleure.

Échanson, il me faut du vin, car mon beau fragment de lune ne laisse pas le moindre désir dans mon cœur.

« Après que ces deux personnes eurent été en compagnie l'une et l'autre pendant deux ans, l'huître produisit tout à coup des perles. Quelque temps se passa ainsi, mais le loup du mal finit par les atteindre. Qu'arriva-t-il? Si ce n'est que, dans cet état désolé, une jeune gazelle morte tomba de la vessie de musc. A peine ce poison était-il sorti de cette femme qui avait été

1. Ou plutôt de *michelin champaka*.

enceinte, qu'elle fut privée de la vie. Quand ce dou-
loureux événement eut lieu, de grands soupirs sortirent
de ma bouche. L'impatience envahit mon cœur et des
pleurs remplirent mes yeux. Je ne compris pas néanmoins que c'était une malheureuse affaire et cependant
je répandis une pluie de larmes. Sur ces entrefaites,
grands et petits s'assemblèrent, des lamentations et des
gémissements eurent lieu dans le palais. La vie devenait
à charge aux vivants.

« Tout à coup tous vinrent successivement auprès de
moi en pleurant et en se frappant la tête. Ils se dépouil-
lèrent de leurs vêtements et ils firent un grand deuil, car
tel était l'usage. Ce fut au point que j'oubliai mon chagrin
et cette fraîche rose qui s'était épanouie pour moi. Sur
ces entrefaites, on me tira par le collet et, quand je
regardai, je vis que c'était le vieillard qui m'avait guidé
dans cette affaire. Il me dit : « Tu es fou ; tu gardes le
silence et tu ignores complétement le sort qui t'attend.
J'éprouve de la douleur au sujet de ta vie, et tu n'y
songes pas ! Je n'y puis malheureusement rien ; tu n'as
que la mort en perspective et je ne saurais t'en délivrer.
Mais ne souffle pas mot. Le seigneur du temps propice
exercera sa bonté. Tu seras délivré vivant, le pansement
sera appliqué à ta blessure. »

« Sur ces entrefaites, quelques gens de service me
prirent par la main en soupirant et me conduisirent
promptement du côté de la pagode. En y arrivant je vis
qu'il y avait une foule innombrable. Grands et petits
étaient réunis là. On étala tout ce que possédait ma
bien-aimée ; on donnait de l'argent comptant pour les

marchandises qu'on désirait. Chacun prenait ce qu'il voulait et donnait de l'argent comptant en échange. Quand il y en eut suffisamment, on me renferma dans un coffre et on mit dans un autre, avec beaucoup de soin, des confitures, du fruit, du pain, du rôti. Quand tout cela fut terminé, au milieu de soupirs et de cris, on mit le cadavre dans un coffre spécial. On posa ce coffre sur un chameau, en le séparant de celui qui contenait les comestibles. On me fit monter sur ce coffre et on mit sous mon bras un écrin de joyaux. A ce moment malheureux, on me fit accompagner d'un beau cortége et on sonna les cloches et les sonnettes. Une grande foule suivait par derrière ; tous souhaitaient pour moi la bénédiction du ciel. Ceux qui m'avaient porté jusqu'au firmament, m'en retiraient maintenant et me montraient la campagne. Celui qui veillait sur moi et qui dès l'abord avait été bienveillant à mon égard se lamenta et me dit : « Mon ami, je t'empêchais auparavant de poursuivre ton chemin, et tu ne compris pas que je soupirais au sujet de ta vie. Tu as voulu sciemment ta perte et tu as déchiré mon cœur qui s'en ressentira jusqu'à la résurrection. » J'entendis ces paroles, mais aucune réponse ne vint sur ma ma langue et je restai regardant, troublé dans mon esprit.

« Sur ces entrefaites on m'amena auprès du château que j'avais d'abord vu fermé. Quelques personnes se réunirent pour m'accompagner. On ouvrit la porte et d'un commun accord on m'y fit entrer. Cependant un vieillard vint auprès de moi et me tint ce discours : Toi qui as un visage qui prévient en ta faveur,

13

sache que le ciel qui excite du trouble est terrible. Le
monde est un lieu de mort et chacun y est soumis.
Nous ne vivons qu'un jour et ce jour s'en va dans la
douleur. Il est évident que ce monde est un palais
trompeur. Tantôt il y a joie, tantôt chagrin et soupir.
Ce monde n'est pour nous qu'un songe et il n'y a que la
mort à attendre. Il n'est pas stable ; c'est indubitable.
On y a toujours du chagrin et jamais du bonheur. Toute
affaire, qu'elle réussisse ou non, est comme une trace
sur l'eau. Tout ce qui existe n'a pas plus de durée
qu'une bulle d'eau. Le monde est un triste banquet où
tous les hommes sont consumés comme par un feu violent. Il est dur de le quitter et on ne peut en emporter
des bagages. Quelquefois on y désire un flacon de vin
ou une simple coupe ; tantôt l'union avec une belle
couleur de rose, quelquefois il y a beaucoup d'or, tantôt
il y en a manque. Quelquefois on voit le trouble et
tout sens dessus dessous. Tantôt le cœur éprouve depuis
le matin un grand chagrin et la veine de la rose est
attristée par la lancette du chagrin. »

« Quelquefois on mettait la couronne et le bandeau
royal sur ma tête courbée comprenant que mon cœur
était l'asile de la noblesse. Quelquefois on ornait
ma selle et quelquefois ma litière, et d'autres fois on
me faisait monter sur un palanquin. Mais lorsque le
temps du départ arriva, la chose eut lieu sans chevaux
ni éléphants. Alors un cercueil se présenta tout à
coup. L'argent ne servit à rien ni non plus cette belle
au corps d'argent. Le jardin fut dévasté par le feu, et
un sépulcre obscur fut ma résidence. Lorsque le ciel

vous jette dans le tombeau, il n'y a là aucune distinction
entre le roi et le mendiant. Personne ne connaît la
différence de la poussière, aucun cœur content ne se
met en peine du cœur déchiré, du roi héritier de la
couronne et du trône et du derviche mort avec cent
besoins. On prépare pour le roi un lit sans sommeil
dans un coin de son palais, et le derviche ne peut
même avoir une grossière couverture. Personne ne
saurait emporter ni or ni argent, mais la douleur reste
toujours. Un cercueil est préparé, recouvert pour quelqu'un d'une étoffe grossière et pour un autre d'une
belle étoffe. L'un n'a qu'une planche de sandal pour
se sauver et l'autre a un bon bâton et une maison
forte. La lune n'est que de trois jours et cependant
quelqu'un a le droit de faire quelque chose. Car celui
à qui Dieu a donné la patience comprendra dans son
esprit la différence qu'il y a entre la sincérité et l'astuce.
Transportera-t-il quelque chose de ce monde, puisqu'il n'en a plus besoin? Ne sois pas fâché de ce que je
te dis et, l'ayant compris, livre-toi à la joie ou au
chagrin; peu importe. Prends maintenant ton argent,
ta femme et ton fils et emporte tout cela jusqu'à ce
que la grande idole soit satisfaite. Tu resteras là sans
compagnon ni commensal. Tel est l'usage qui est
établi. »

« Quand on m'eut fait comprendre ce dont il s'agissait
on me laissa tout seul, on sortit et on ferma la porte à
clef. Comme je restai seul, je fus désolé et je soupirai;
j'étais chagrin, j'avais du regret et de la crainte. Bien
que je fusse extrêmement triste, je fis entendre raison

à mon esprit. Je vois en effet que le conservateur du
monde cache toujours quelque chose sous ce qui est
manifeste. Enfin je me levai forcément sans pouvoir
résister et je fus sur le point de me jeter à l'eau. Accablé
de tristesse, ma vue se porta vers un angle et, désespéré,
je m'y réfugiai. On m'avait donné, à la vérité, quelques
comestibles ; toutefois, étant agité, je jetai de grands cris
et je dis à haute voix : « O toi qui régis le monde, vois
ma faute, répands tes dons et fais-moi parvenir mon
pain quotidien. Le sort m'a rendu malheureux ; il m'a
pris là où il n'y avait pas de témoins du monde. Qui
me rendra justice, qui entendra les plaintes de mon
chagrin ? »

« Dieu fut bienveillant et juste, car sur ces entrefaites,
la porte s'ouvrit de nouveau. On fit entrer un cercueil
qu'accompagnait un vieillard décrépit, puis on sortit
par la porte, qu'on referma. Alors l'idée me vint à l'esprit
de désirer la nourriture du vieillard. Je me levai donc
tout à coup et j'arrivai auprès de lui. Il était assis,
mais l'instant de sa mort était arrivé pour lui. Je lui
fendis la tête par derrière et le destin ne me fut pas
contraire. Le vieillard fut tué sur le coup et j'eus ainsi
de la nourriture. Quelques années s'écoulèrent dans
cette situation, le sort me fut favorable ; enfin un cercueil arriva et il y avait avec le cercueil une jeune femme
belle comme la lune, un visage de fée qui faisait honte
à la rose et au jasmin, des joues et un menton de
jasmin. Si la lune l'avait vue quelque part, de dépit elle
aurait été tout à coup mise en pièces comme si elle eût
été de la toile. Cette femme rendit lumineux l'empla-

cement de cet endroit, qui était noir. Tel fut l'effet du
joyau de son corps. Lorsque je vis cette honte de la
rose, mon cœur fut comme effacé en moi-même. Je ne
voulus lui faire aucun mal, mais au contraire alléger
un peu son chagrin. Toutefois, en me voyant, cette jeune
gazelle augmenta en son cœur le chagrin. Mais tout de
même je pris un prétexte et je calmai ses alarmes. Je
tâchai d'entrer en intimité avec elle et je lui fis quelques demandes derrière le *parda* ¹. Enfin, par l'effet de
l'inclination des deux côtés, l'huile se mêla goutte à
goutte au torrent. Quand quelque laps de temps se fut
écoulé de grosses perles tombèrent dans l'huître. Ce
n'étaient pas des perles, mais un rubis incomparable,
c'est-à-dire cet enfant ornement du bras qui le porte.
Dieu nous ayant accordé cet enfant charmant, il fut
comme la lune lumineuse dans une nuit tout à fait
obscure. Un travail véritable m'étant ainsi imposé, la
tristesse de mon esprit fut soulagée. Faut-il toujours,
me dis-je, se laisser aller au chagrin ? Resterons - nous
pour toujours renfermés ici ? Quel est le jour où nous
serons retirés de la saleté et où nous aurons la propreté
en partage ? Au milieu de ce chagrin nous nous endor-
mions et j'eus dans mon sommeil une vision où il me
fut dit : « O toi qui ne peux exécuter ton voyage, si tu
veux sortir d'ici, brise la porte de l'égout et sauve-toi.»
En entendant cet avis, j'ouvris les yeux, stupéfait, et,
ayant compris ce qui m'était dit, je rendis grâces à Dieu.
Alors j'ouvris avec adresse cette porte et nous passâmes

---

1. C'est-à-dire « le rideau du harem », façon de parler pour signifier
l'intimité.

par là tous les trois. Comme j'avais trouvé beaucoup de joyaux, je les pris avec moi et j'emportai cet écrin et cet or, qui annonce ma position antérieure.

« O roi, continua le marchand, lorsque j'eus appris ces circonstances, j'en fus affligé et j'en répandis des larmes. Ma compassion envers cet homme étant forte, je le chargeai de me remplacer. Ce possesseur de joyaux fut alors content. Il ne craignait plus le sort, il n'avait plus peur du temps. Sur ces entrefaites mes jeunes fils qui étaient faibles et languissants moururent. Et même un fils très-beau de cinq ans mourut aussi. Le chagrin que la princesse en éprouva fut tellement violent, qu'il lui fut impossible de vivre. Pendant quelques jours elle fut l'esclave de la douleur ; et dans sa tristesse elle ne cessait de soupirer. Elle finit par quitter la vie et le monde par l'effet de la peine profonde qu'elle éprouva. Comme la chasteté fut son apanage dans le monde, ô Dieu, que le paradis soit son partage ! Quand cet événement qui brise le cœur eut lieu, je ne sentis plus de goût pour la vie, et cependant, bien que la vie me fût insupportable, je ne choisis pas la mort.

« Sur ces entrefaites, le roi de ce pays se dirigea vers le royaume de l'éternité ; et cet empire, ce trône, cet apparat, ces richesses, tout enfin devint comme l'épine, la proie du sort inexorable. Le roi fut remplacé et je me retirai de ce pays, accablé de tristesse. Alors, au milieu de mes cent blessures diverses, le nouveau roi me donna ces joyaux en cadeau. Je fus voyageur de tout voyage lointain et j'arrivai avec mon chien à Nischapur. Je restai là dans la souffrance et l'anxiété

sans avoir des nouvelles de l'état des choses. Aucun
voile ne fut retiré de dessus mes aventures, et on me
donna le nom d'adorateur du chien. A cause de cette
inculpation je payai un double impôt sans murmurer.
Je m'occupai alors énergiquement du commerce et je ne
voulais plus sortir de mon pays. Mais ayant eu auprès
de moi cette lune [1], je suis venu baiser ici le seuil de ce
palais.

« Je lui dis alors : « Cet enfant n'est donc pas à toi ;
il n'est pas un fragment de ton cœur. — Quoiqu'il ne
le soit pas, répondit-il, je lui suis en réalité plus fortement attaché que s'il l'était. Il est du nombre des
sujets de Votre Majesté, mais il est maître de ma fortune,
car je n'ai personne autre au monde. »

« Alors je parlai au jeune homme et je lui dis :
« Quel est ton nom et celui de ton père ? De quel jardin
es-tu un frais rejeton? De quelle maison brillante sort
ta pleine lune ? » Mais il croisa les bras sur sa poitrine et dit : « Je répondrai à condition que j'aurai la
vie sauve. Je raconterai tout ce qui me concerne du
commencement à la fin et je tirerai mon augure d'une
feuille non écrite. — Je t'accorde, lui répondis-je, ta
vie bénie ; mais fais-moi connaître franchement ta situation. — Cet humble sujet, dit-il alors, est la fille du
ministre : mon père a été mis en prison. Comme à son
égard il y avait eu un reproche, j'ai amené ce qui
devait le justifier. Ce chien est l'animal en question, et
voilà les rubis qui ont donné à mon père un mauvais

1. C'est-à-dire la fille du vizir déguisée en garçon.

renom. Maintenant que vous avez appris ces circonstances d'un bout à l'autre, mettez mon père en liberté.»

« Le khwaja, qui apprit ainsi la vérité, poussa un soupir
qui parvint jusqu'au septième ciel. Il regarda de tout
côté avec l'impatience de l'éclair ; il fut affligé comme
un nuage du printemps. Il fut troublé comme le nard ;
il fit des plaintes comme le rossignol. « J'avais cru vraie,
s'écria-t-il, cette apparence trompeuse. Croyant le droit
cyprès du jasmin, j'ai pris sur mon épaule le filet de
la vexation dont chaque maille est la lancette de la
mort. *Il n'a pas fait le pèlerinage,* dit-on en proverbe, *et
néanmoins il n'est pas resté dans sa maison. Pour avoir caché
la chose il en est résulté de la honte manifeste.* » Puis tantôt
le khwaja courbait la tête vers la terre, d'autres fois il
se la frappait avec une pierre. Comme je le vis si dé-
couragé, je l'appelai auprès de moi et je lui dis que je
voulais le marier avec cette jeune fille. Je lui appris
donc cette bonne nouvelle et de toute façon je le calmai
et le consolai et je lui montrai qu'il avait tort de se
tourmenter. Je le laissai libre de continuer à suivre son
usage, je lui donnai un vêtement somptueux et dans un
temps heureux et à une heure favorable je liai le khwaja
et la jeune fille par les chaînes du mariage, je donnai au
khwaja un jaguir et je l'honorai devant les grands et
les petits. Par la grâce de Dieu, après quelques années
un rejeton naquit de ce cyprès à taille droite. Comme
ce fils fit le tour de la ville, il couvrit d'ombre la lumière du soleil. Il fut un grand marchand d'entre les
marchands et son commerce fut considérable. Son jeune
fils fut possesseur de gloire et il est mon ministre. »

Après avoir ainsi parlé, le roi ajouta : « C'est assez, Dieu nous suffit, le reste n'est que de la fantaisie. J'ai exposé ma situation afin que vous soyez encouragé à me dévoiler la vôtre. Maintenant j'espère, seigneurs, que vous me ferez connaître vos aventures, et que vous vous exprimerez véridiquement en sorte qu'il n'y ait après vos discours aucune nouvelle recherche à faire. »

Aventures du troisième derviche.

Échanson, verse-moi à boire trois coupes de vin pour m'exciter à raconter complétement les aventures du troisième derviche. Alors je ferai entendre le récit avec verve, en sorte qu'on battra les mains de chagrin.

Lorsque le troisième derviche eut entendu toute l'histoire du roi, il s'énonça ainsi : « Ce malheureux, tombé dans la poussière et dans le puits de la douleur, n'a jamais ressenti la joie, car il a toujours été plongé dans le chagrin. Il peut dire seulement qu'il est le fils du roi de Perse. J'étais le seul enfant du roi et maintenant je suis un magasin d'affliction. J'avais été élevé gentiment et gaiement, et maintenant je suis mourant dans le mépris. Au commencement de la saison du printemps je chassais avec beaucoup d'amis ; j'étais donc allé à la chasse un jour lorsque je vis un daim que je voulus prendre. « De toute façon, me dis-je, il faut l'avoir vivant, il faut lui parler, l'apprivoiser. » Je fis donc mille pas seul à sa poursuite, mais je ne pus l'atteindre. Le cheval que je montais fut fatigué et moi-même je n'eus plus de force. Désespéré, je plaçai

une flèche sur mon arc et je blessai ce daim. Mais il
se dirigea vers la montagne et je le suivis. Là il entra
dans une caverne et je restai plein d'appréhension. Je
m'assis affaibli au bord d'une fontaine et j'entendis
quelqu'un qui pleurait à chaudes larmes. Près de cet
endroit était une tourelle qu'on aurait dite un écrin de
joyaux. Des paroles et des soupirs en arrivaient tristement : « Qui est-ce qui t'a blessé, innocent? disait-
on. Qui dans ce chemin t'a tourmenté ? Que la flèche
de mes soupirs l'atteigne. Qu'il ne jouisse pas du fruit
de la jeunesse, qu'il soit uni à la peine et au chagrin. »
En entendant ces mots, j'arrivai tout de suite là ou
était le vieillard qui gémissait. Alors que vois-je ? Si
ce n'est ce daim affaibli que j'avais blessé à la chasse
couché auprès du vieillard qui pleurait et retirait la
flèche de sa blessure. En apercevant ce vieillard je le
saluai et je pris part à sa douleur. Je restai auprès de
lui en soupirant et demandant pardon de ma faute in-
volontaire. « J'espère, me dit-il alors, que, si Dieu
veut, tu dis la vérité. Puisque tu as commis involontairement cette faute, je te la pardonne » Bref, il retira
la flèche du corps du daim et appliqua un onguent à
sa blessure. Quand la chose fut terminée, le vieillard
fit apporter de la nourriture.

    « Après avoir mangé, je m'endormis pour prendre
du repos. Quelque délai eut lieu, et, sur ces entrefaites,
des pleurs parvinrent à mon oreille. C'était cet homme
compatissant qui pleurait. Je tressaillis et tout à coup
j'ouvris mes yeux, qui étaient fermés. La salle où je me
trouvais était vide et on n'y entendait aucun bruit. Tou-

tefois, après avoir bien regardé et considéré, j'aperçus
un rideau (portière) dans un coin. Je le soulevai, et,
comme j'entrai dans l'intérieur, je vis ce vieillard qui
versait des larmes de sang. Il avait avec lui une jeune
femme dont le visage avait de l'éclat; c'était une charmante poupée d'un air européen . Je la saluai poliment, mais elle ne répondit pas à mon salut. Alors,
je lui dis : « Charmante idole, dis-moi dans quelle religion il est permis de ne pas répondre au salut qu'on
vous adresse, et de ne pas parler à ceux qui désirent
vous entretenir. Quelle est donc ta religion, et ta doc-
trine? Indique-moi de quel pays tu suis l'usage. » Mais
elle ne répondit pas non plus et j'éprouvai alors du
trouble dans mon cœur. Je me jetai sans délai à ses
pieds, mais je vis qu'ils étaient entièrement de pierre
taillée. Alors je pris le pan de la robe du vieillard, et
je lui dis : « Je suis le but de la flèche de tes soupirs,
car sans doute tes vœux à mon égard ont été exaucés,
puisque ce malheur est tombé sur moi tout à coup.
Considère ma position, et donne-moi l'éclaircissement
que je désire. Dis-moi à quelle constellation appartient
cette lune, de quel écrin est cette perle ? Quelle est la
cause de votre isolement et pourquoi habitez-vous ce
jangle? » Quand il m'eut entendu, il me dit : « Jeune homme,
ne cherche point à mourir. Ne viens pas chercher ici
volontairement le tombeau. Il serait fâcheux que tu
fusses comme moi. Si tu tranches ma vie, elle ne sera
pas tranchée en réalité ; le mal de mon cœur ne cessera
pas. Ma vie ne trouvera pas le retour de la jeunesse ;
elle restera honteuse du temps. Je quitterai cette ha-

bitation en repos, mais je resterai comme Majnun dans
un filet de fumée. Je n'ai autre chose à dévorer que mon
propre sang, car le chagrin m'est seul en perspective.
Si la vie m'est conservée, j'en suis content. Si elle me
quitte, elle restera en souvenir. Par Dieu ! renonce à
connaître mon secret, ne cherche pas à être confident
de ma douleur et de mes soupirs. Renonce à ton désir
de jeunesse. Ne te jette pas aveuglément dans un puits.
Ne te permets pas ce tourment pour toi-même, ne me
rends pas malheureux par ton chagrin. Si ta couleur
est rouge comme les fleurs de l'arbre de Judée, ne
deviens pas jaune comme du safran par l'effet de l'infortune à laquelle tu t'exposes. L'amour est impi-
toyable et il place souvent sous l'épée un innocent. Il
a rendu malheureux des milliers de personnes, il les
a mises dans la désolation et dans la détresse. Un
amant s'est tué d'un coup de ciseau, un autre est allé
mourir sur le tombeau de sa bien-aimée, un troisième
abandonna son royaume et ses richesses, un quatrième
passa sa vie dans le désir. N'insiste pas sur cette explication, car son énonciation me rend malheureux.
Par Dieu! abandonne cette envie et laisse cette fantaisie.
— Mais j'ai renoncé à la vie, répondis-je, et sans raison
j'ai quitté mon pays. Si je meurs avant d'avoir satisfait
mon désir, je veux au moins auparavant te mettre en
deux morceaux. Si tu tiens à la vie, ne refuse pas de
dire ce que je te demande. Indique-moi ce qu'est
cette statue et ne cherche pas à lire l'arrêt du destin. »
« Ce vieillard, jeté par ces mots dans le désespoir,
soupira d'abord tout troublé ; puis il me dit : « Excel-

lent jeune homme, puisque tu ne veux·pas te rendre
à mes observations, eh bien! écoute mon histoire. Ce
malheureux qui te parle en ce moment se nomme Namân
le voyageur. J'aimais tellement le commerce, que j'étais
enivré du vin de sa coupe. J'avais beaucoup voyagé
dans les sept climats, mais je n'avais pas vu un pays
que je voulais connaître. Bien que je fusse allé en effet
de royaume en royaume, je n'avais pas eu l'occasion
de visiter l'Angleterre[1]. Je n'y fis jamais aucune affaire ;
mais je savais que là, le royaume et le roi sont libres.
Bref, m'étant réuni à une caravane, je partis, en ayant
soin de porter des choses rares. Mais dirai-je tous les
malheurs qui m'y sont arrivés inopinément, à cause
de quoi je suis destitué de tout et j'ai rendu mon habitation tout à fait désolée? Un valet vint et me dit :
« Homme distingué, la reine a appris qu'il était arrivé
ici une caravane, et aussitôt l'ordre a été donné aux
voyageurs de se rendre chez elle et d'apporter leurs
raretés. »

« Toutes les marchandises de choix, sans qu'il en
manquât aucune, furent donc apportées en sa présence.
Comme la reine écarta le voile qui la cachait, je crus voir
le soleil. Cependant, je surmontai la crainte que j'éprouvais et je me mis à montrer à la reine mes raretés. Je
voulais parler, mais il sortait de ma bouche autre chose
que ce que je voulais dire. La reine, me voyant troublé,
me dit, s'adressant personnellement à moi, d'apporter

1. Il est clair que l'Angleterre n'est mentionnée ici qu'à cause de
la liberté dont on y jouit; mais ce qui suit ne se rapporte en aucune
façon à l'excellente reine Victoria.

toutes mes raretés, ce que je me mis en mesure de faire.
Quand j'eus entendu les paroles de la reine, je la saluai
avec joie. Je me retirai ensuite tout déconcerté, mais
je crus comprendre à son air qu'elle désirait me revoir.
Bref, mon cœur fut satisfait et je vis le soir de mon
infortune. Je fus ensuite très-agité dans mon lit, comme
le mercure. La nuit se passa, mais je changeai sans
cesse de place, et je restai dans de continuelles angois-
ses. Elle se termina néanmoins, mais un nouveau malheur m'attendait, une gharî[1] me paraissait une année.
Enfin, après bien des peines et des soucis, l'aurore
parut et le jour se montra. Alors je fis ma prière du
matin et je baisai la terre. Cependant la reine demanda
à me parler en particulier et voulut avoir des détails
sur mes achats et sur les profits que je désirais obtenir.
Je lui répondis les mains jointes : « Je ne m'occupe
pas du profit ; je n'ai d'autre but que de vous présenter
mon hommage et je n'ai pas d'autre désir. C'est au
destin que je dois d'avoir été reçu par Votre Majesté,
en audience particulière. — Fais alors une chose,
me dit-elle, et, si tu réussis, tu en trouveras la récompense. — Si l'affaire peut avoir lieu par ma personne
ou par mon argent, répondis-je, je ne reculerai pas.
Quand même il me faudrait braver la pointe d'une épée,
je ne l'éviterais pas. » Alors la reine me donna une
lettre et me dit : « Va vite et rapporte la réponse le
plus tôt possible. » Elle ajouta cette indication : « Il y
a un jardin agréable qu'on trouve de ce côté tout de

---

1. Subdivision du *pahâr*, dont il y a quatre pour le jour et autant
pour la nuit. La *gharî* est d'environ une demi-heure.

suite. Demande au gardien la permission d'entrer et
remets-lui cette bague afin de pouvoir être introduit.
Tu iras où il te dira ; tu salueras de ma part celui à
qui je t'adresse, et tu lui diras : « O toi qui es fidèle et
qui es en proie à la tristesse et à la peine ; toi qui restes
toujours avec un nouveau chagrin, tu as sans cesse
de nouveaux tourments et une nouvelle douleur. Ici
mon âme est à l'étroit pour vivre, car ma douleur est
comme une pierre sur ma poitrine. Mon chagrin propre
n'est rien au prix du tien, mais le tien m'affecte douloureusement. Si je pouvais en mourant prendre ta
peine, je serais aussi délivrée de la mienne. » Ainsi
parla-t-elle. Quand j'arrivai à la porte du jardin, je vis
le gardien tout armé. Il prit la bague qui devait me
servir d'introduction et me dit : « C'est bien ; va, une cage
est accrochée à un cyprès. Dans cette cage est renfermé
un jeune homme, tu lui remettras cette lettre. » J'allai
donc là et je remis promptement la lettre. Dirai-je ce
qui m'arriva pendant que j'attendais la réponse ? Voilà
qu'une armée de nègres se montra et vint à moi comme
les flots de la mer. Cette troupe sans pitié m'attaqua, non
pas avec des pierres, mais avec des épées. En un instant
je tombai sur la terre, mon courage me fit défaut. Je
ne tardai pas à recouvrer mes sens et je vis alors que
j'étais sur un lit. On m'enlevait par les quatre côtés,
et, bien que vivant, on me mettait dans un cercueil.
Je perdis patience et je ne pus m'empêcher de dire à
ceux qui m'emportaient : « Mes amis, pour Dieu, parlez,
que voulez-vous faire ? Dites-moi pourquoi on m'a blessé,
et où et dans quelle intention vous me portez sur vos

épaules. » Alors ils ressentirent de la compassion, et ils
se décidèrent à me dire la vérité. « Celui, dirent-ils,
qui est renfermé dans la cage de fer est le fils du roi
d'ici. Quand le roi fut en agonie, il dit à son frère :
« L'héritier de mon trône est encore bien jeune. Pour
l'amour de Dieu, lorsqu'il sera en âge de raison, exécute
ma recommandation, c'est, à savoir, de le marier à ta
fille et de le faire asseoir sur mon trône. Ne fais pas
périr ni perdre le dépôt qui t'est confié et n'use pas de
perfidie à ce sujet. » Mais son frère n'agit pas d'après
ces exhortations et il usa de perfidie. Il renferma sa
fille dans son palais, mit son neveu en prison et répandit
parmi les grands et les petits le bruit que l'héritier
du trône était fou. La princesse, cette lune lumineuse,
cette belle perdrix, n'est donc pas unie jusqu'à présent
au prince. Tous les deux emprisonnés sont dans l'agitation, et n'éprouvent pas de repos un seul instant.
La lettre que la princesse t'a remise était une lettre
d'amour. Cependant, le roi en a eu des nouvelles, et
ce tyran a exhalé des soupirs. Il m'a mis à la tête
d'une troupe d'Abyssins pour te tuer, il a même pris
conseil de son ministre afin de faire tuer le prince par
sa fille même et faire ainsi par tromperie mourir cet
innocent.

« Ce malheureux fit donc cet arrangement et il y
détermina la péri comme par miracle ; en sorte que
la princesse convint qu'elle tuerait le prince sans balan-
cer. On fit donc sortir l'infortuné prince de sa prison,
on l'amena là où devait se terminer l'affaire. Quant à
moi, je suppliai mon bienveillant interlocuteur en ces

termes : « Au nom de Dieu, lui dis-je, conduisez-moi en cet
endroit et je vous en serai très-reconnaissant. Je veux
voir avant de mourir ce qui se passera. » Celui-ci, ayant
ressenti de la compassion, me permit de me tenir debout
dans un coin. Alors je fus étonné de voir que le roi
était là, assis sur un trône, dans tout son éclat. La
princesse était aussi avec lui et avait dans sa main une
épée nue. Quand le prince prisonnier arriva, se tenant
debout devant elle, la princesse courut à lui. Elle
jeta l'épée de sa main et elle prit dans ses bras
le prince, en disant : « Forcément j'ai saisi ce prétexte
pour accomplir mon dessein. J'avais résolu de te voir
et de me réunir à toi au moyen du prétexte qui m'était
donné. J'ai pensé que si j'agissais hardiment, je réus-
sirais. Le moment que je désirais ardemment est arrivé,
et je suis satisfaite. — Je suis content aussi, répondit-
il. J'étais heureux d'être tué par ta main. Ici même,
ton désir est satisfait, tandis que là, de mon côté, j'ai
recherché ce moment. Mon union avec toi n'est pas
inférieure à une véritable union, ne te le figure pas. »

« Le vizir fut très-fâché de la chose et le chagrin du
roi fut double en cette circonstance ; aussi dit-il en
colère à son ministre : « Ce que tu as fait ne m'est pas
agréable. Les dispositions que tu as prises m'étaient
cachées ; tu as jeté du feu dans mon feu. » En entendant
ces paroles, le vizir désolé prit l'épée et il voulut tuer
le prince. Mais il arriva du monde invisible une flèche
qui perça subitement le méchant vizir. Alors la princesse rentra saine et sauve dans le palais et le prince
dans sa cage. Lorsque la réunion fut dissoute, je pris

14

tout doucement mon chemin. Mais un homme intelligent
m'amena auprès de la princesse. M'ayant vu blessé,
elle eut pitié de moi, et cependant je ne me plaignais
pas. Elle ordonna qu'on portât remède à mes blessures, afin que ma santé n'en fût pas altérée. Comme
sa compassion fut extrême, mes blessures furent bientôt
guéries. Un jour, enfin, après avoir fait l'ablution de
la guérison, j'allai auprès de la princesse. Elle fut
contente de me voir et elle me donna ce qu'elle m'avait
promis. Elle sourit et me dit : « Va et apporte-moi de
l'eau[1]. » Je la quittai donc et je vins ici ; je rendis libres
tous mes esclaves, et tout l'argent que j'avais, je le
donnai aux sentinelles en leur faisant promettre de me
faire parvenir des provisions de bouche et de ne rien
omettre dans leur service. Tel était mon état, homme
sensible ! Voilà ce que j'ai à dire sur la princesse !
L'amour malheureux que j'éprouve pour elle me serre
le cœur. En effet, quand j'eus entendu en détail l'état
des choses, une grande attraction d'amour se fit sentir
dans mon cœur. L'impatience me rendit sans repos et
alors j'endossai l'habit de faquir. Etant parti de là, j'errai
de lieu en lieu, mais ne trouvai aucun indice qui pût
me faire parvenir à mon but.

« Toutefois, un jour, je vis que beaucoup de personnes s'enfuyaient çà et là. Bref, la place fut vide en
un instant, et la ville qui était habitée fut déserte immédiatement. Je restai là néanmoins, et je vis alors qu'un
jeune homme était cause de ce tumulte et de ces soupirs.

1. Façon polie de dire à quelqu'un de se retirer.

Il s'avançait une épée à la main, et il était suivi d'un
cercueil. En me voyant il fit signe de son épée, je branlai
alors la tête et je lui dis : « Sépare ma tête de mon corps
sans crainte ; car c'est ce que je recherche depuis un
certain temps. Ainsi ma peine et mon chagrin cesseront
et je bénirai mon meurtrier. Je suis venu auprès de toi
sachant le sort qui m'attendait, afin que mon désir
fût accompli. » Toutefois, ce jeune homme ne voulut
pas me faire mourir, me sachant affligé par la douleur.
Il m'en demanda la raison et alors je lui fis entendre
sans crainte, mais en pleurant, ma situation. Il jeta un
cri, ses yeux se mouillèrent de larmes et il me dit :
« O Dieu, quelle tyrannie ! » Bien qu'il fût très-agité, il
me dit néanmoins : « Ne crains rien, je t'annonce aujour-
d'hui que j'ai ta guérison dans ma main. La raison de
mon action, c'est que ceci est le cercueil du prince.
Un autre vizir s'est emparé de celui que tu as appris
être prisonnier dans une cage. Ce chagrin n'a pu être
supporté par moi, et en rétribution je l'ai tué sur-le-
champ. Je voulais tuer aussi le roi, mais il fit serment
et se mit à se lamenter en disant : Ce n'a pas été ma
faute si la chose est arrivée. Je n'ai pas d'artifice envers
toi. Je restai désespéré dans mon étonnement et je ne
voulus pas verser le sang d'un moucheron. Mais puisque
ma conduite a été telle, tout ce que tu as vu est en
concordance. Chaque mois j'observe le deuil et je me
livre à un nouveau chagrin pour un chagrin ancien.
Mais je compatis de tout mon cœur à ton affliction et
je t'obtiendrai une entrevue conformément à ton désir. »

   « Je fus reconnaissant de voir ce jeune homme insensé

partager ma tristesse et être bienveillant envers moi.
Le jour s'étant ainsi passé en paroles, le jeune insensé
se leva au soir. Il me fit lever aussi, me prenant par
la main, et il me conduisit dans un jardin qui dépréciait
le jardin de l'éternité. Mon âme semblait sortir de
mes lèvres comme de la fumée. Toutefois, en me soutenant, je récitai la prière *durûd* [1]. Ce jeune homme
étendit un masnad orné de pierreries et brillant d'or ;
il me fit asseoir sous un arbre et s'en alla tout seul. Je
restai en cet endroit et mon cœur sembla se fondre
comme une bougie, tout mon être le suivit. J'entendis
alors ce qui se disait à mon sujet avec douceur : Le
roi de Perse est venu ici et il a supporté des centaines
d'afflictions. Il a l'apparence d'un faquir, tout roi qu'il
est, et il vous donne son royaume et ses richesses. Je
l'ai éprouvé de bien des manières et je l'ai trouvé parfait. Il était amoureux de vous en secret, et en suppor-
tant l'infortune, il se mit en voyage. Si la princesse
traite favorablement ce voyageur, elle fera le bonheur
de ce prince désespéré. Si elle le serre amoureusement
sur sa poitrine, elle le relèvera de la terre et du sang.
Consentez à être en tête-à-tête avec lui, permettez-lui
de vous approcher.

« Lorsque j'allai en présence de la princesse, mon
esprit et mon entendement s'éloignèrent de moi. Quoique la vapeur de mes soupirs sortît de mes lèvres, je
me soutins néanmoins et je fis encore la prière *durûd*.
Je dis ensuite : O Mahomet, créé par compassion pour

1. Prière d'action de grâce.

les créatures, toi qui as produit Huçaïn, soutiens-moi !
Cependant, ce jeune homme se leva, il me laissa où
j'étais et il me dit en se mettant en marche : «Venez ici
sans y manquer pendant la nuit et livrez-vous avec
la princesse au plaisir et à la joie. Elle a agréé ce que
je lui ai exposé ; ainsi le désir de votre cœur sera
accompli.» La princesse m'appela donc auprès d'elle
et elle me serra sans hésiter contre sa poitrine. « Si tu
veux m'accompagner, me dit-elle, emmène-moi loin
d'ici. — Mettons-nous donc en marche, lui dis-je alors,
et allons ensemble. » Mais je dévorais une grande
inquiétude dans mon esprit. Il fallait savoir comment
je l'emmènerais et où je trouverais un lieu de sûreté.
Tout en marchant, elle me dit : « A quelle distance
est le lieu que tu habites ? car je n'ai pas la force de
marcher, je crains d'être fatiguée et d'être obligée de
me reposer quelque part. — Ame de mon âme, lui
dis-je, il y a un endroit tout près d'ici. Là réside un
esclave à moi. Nous irons chez lui aujourd'hui et nous
nous y arrêterons un peu. » Précisément, je trouvai sur
la grande route une porte, et j'y entrai comme un hardi
voleur. Je trouvai la maison très-propre et chaque
chose était bien disposée. Là, réunis, nous nous mîmes
à boire du vin, mais mon cœur était calciné par la
crainte, comme de la viande rôtie, car je disais en moi-
même : «Si le maître de la maison arrivait, il ne nous
laisserait pas ainsi. Dieu sait quel malheur nous attein-
drait s'il se mettait en colère, et s'il ne nous maltraite-
rait pas ! » La nuit se passa ainsi dans la crainte et dans
l'espérance, dans le rire, dans la joie et en prière.

« Sur ces entrefaites, le bruit du départ de la princesse se répandit, on en parla dans les rues et les
marchés. Des hérauts en annoncèrent même la nouvelle ;
et ils répandirent de l'or dans les pans des robes.
Par avidité, bien des gens coururent de rue en rue et
firent partout des recherches. Bref, une vieille entremet-
teuse de forme chétive et très-maigre, qui n'avait pas de
trace de dents dans la bouche, qu'on aurait dite un vase
brisé, complétement ivre, ses lèvres entr'ouvertes,
entra par la porte qui n'était pas fermée. Etant venue
sans crainte auprès de la princesse, elle se mit à lui
donner mille bénédictions, puis elle lui dit : « Je suis
délaissée et nécessiteuse dans le monde. Je suis stupéfaite, car aujourd'hui ma fille, qui est enceinte, est prise
de mal d'enfant. Il m'est difficile de lui avoir les remèdes dont elle a besoin et de quoi manger ; car je jure
que le grain est difficile à se procurer. Que la princesse veuille donc bien me faire l'aumône de quelque
chose ! Si elle accomplit ma prière, Dieu exaucera aussi
ses vœux. » La princesse, touchée de compassion, lui
donna tout de suite son anneau, du pain et du *kabâb*,
en lui disant d'emporter promptement, là où elle voudrait arriver, ce qu'elle lui donnait.

« Celle-ci, contente, ayant pris cette péri comme
dans une bouteille, se saisit de la bague pour qu'elle
lui servît d'indication. Cette mauvaise femme se retira
donc ayant réussi dans ce qu'elle voulait ; mais, par la
grâce de Dieu, le maître de l'endroit, un jeune homme
armé, survint tout à coup. En la voyant, il se mit
en colère et l'envoya aussitôt en enfer. Il se tourna

tout à coup de mon côté, mais de crainte je posai ma main sur ma bouche. Je me mis à trembler et mon visage pâlit ; mais ce brave jeune homme se mit à sourire en disant : « Ton insouciance a été cause de ce qui s'est passé et un malheur plus grand aurait pu arriver. Mais votre étourderie a eu un bon résultat, j'ai fait cette affaire la porte étant ouverte. Si cette femme était venue vivante en présence du roi, un malheur serait certainement arrivé ; mais actuellement n'ayez peur de personne et restez en repos et en joie près de moi. La princesse dit alors en souriant : « Je suis votre servante. Le prince n'a pas dit la vérité en me faisant croire que cette maison appartenait à son esclave. — Tout ce que le prince a dit est juste, répondit le jeune homme. Je suis votre esclave sans avoir été acheté, ni pris par force ; tout ce que le prince a dit est juste. Ne vous tourmentez de rien et demeurez tranquille. »

« Quelque temps se passa sans que jamais cet étranger manquât à son service. Mais un jour je vins à songer à mon pays et cette pensée me rendit triste. Ce brave jeune homme, m'ayant vu tout troublé et le visage pâle, me dit en souriant, se tenant poliment debout : « Si j'ai manqué en quelque chose à vous être agréable, veuillez bien m'excuser. — Ne me chagrinez pas, lui répondis-je, au nom de Dieu ! (Qu'il soit exalté !) Ne me rendez pas honteux par votre demande d'excuse, car votre bienveillance est au-delà des limites. Vous m'avez comblé jusqu'ici de vos bontés, vous avez rendu lourd mon collet par l'effet de la joie. Je n'ai aucun souci dans

mon esprit, mais seulement le souvenir de mon pays
le trouble. » Il me dit alors : « Y a-t-il lieu de réfléchir ?
le but que vous avez en vue n'est pas difficile à réaliser.
Lorsque vous vous serrerez les reins pour partir, votre
esclave vous suivra auprès de votre étrier. De toute
façon, je vous accompagnerai dans la route; ainsi ne
soyez inquiet de rien. »

« Quelque temps après, nous fûmes sur le chemin
et nous arrivâmes à la porte de la ville. Comme je
trouvai la porte fermée, alors ce jeune homme se mit
à crier comme un lion. Il dit aux gardiens : « Vauriens,
allez dire au roi : Majesté, Bihzâd Khan t'amène ton
heureux gendre. Si tu songes à déployer ta bravoure,
voilà la balle et voilà l'emplacement. Désormais, personne ne se vantera de mettre le pied hors du château. »
Quoique l'armée eût deux fois barré le chemin, toutefois
elle fut mise en déroute par le brave sipahi qui nous
accompagnait. Par la bonté de Dieu, je fus donc sans
crainte ni chagrin et j'arrivai au royaume de Perse.
Je dressai ma tente auprès de la rivière et j'écrivis
à mon père : « O asile de ma vie ! Dieu a enlevé la tristesse de mon cœur et je suis arrivé ici content. Je
vais dans un instant vous baiser les pieds et je vous
écris cette lettre pour vous l'annoncer. » Le roi vint en
personne sans me donner de réponse et mon cœur fut
troublé. Dans mon agitation, je poussai mon cheval
dans la rivière pour aller joyeusement baiser les pieds
du roi. Mais le sort se joua de nouveau de moi et
m'éprouva par un nouvel accident. Le cheval de la
princesse prit peur, et tout à coup il se précipita dans

la rivière. La princesse eut beau tirer la bride, mais
ses soins ne servirent à rien. Comme Bihzàd vit son
dopatta qu'il reconnut, il accourut à son secours. Mais
il n'arriva pas jusqu'à elle et il se noya lui-même, sans
pouvoir être secouru. Ils furent emportés tous les deux
dans le tourbillon, et je restai anéanti sur la rive. Je
me procurai un grand filet et je le jetai dans l'eau, mais
je ne trouvai pas les noyés. Alors, désespéré, ayant
tout abandonné et ayant détourné mon visage de mes
amis les plus chers, je plongeai jusqu'au cou dans
cette rivière terrible et je voulais me noyer. Mais tout
à coup il vint à ma vue un càvalier qui n'était autre
que Khizr. Il me prit par la main et me donna cette
nouvelle : « Sois content, me dit-il, et prends la route
de la Grèce. Si tu vas là, le cœur affligé, tu y trouveras
quelques autres derviches. Quatre derviches et un roi
cherchent à poursuivre leur but. Les noyés ne sont
pas noyés, ainsi ne te fais pas périr toi-même. Ils se
retrouveront, puisque leur vie est sauve ; aie le cœur
content et va en Grèce. » D'après cette indication, j'allai
en avant malgré mes cent chagrins et je suis ici. Il
est vrai de dire que j'ai réussi en quelques jours. O mes
compagnons, mon histoire est terminée. »

Aventures du quatrième derviche.

Où es-tu, charmant échanson ? Apporte-moi la fiole
carrée. Verse-m'en du vin musqué afin que je puisse
raconter la quatrième histoire. J'exposerai ce récit
sans en rien omettre. Je ne garderai rien de caché en
mon cœur.

Lorsque ce fut le tour du quatrième derviche, il
commença à pleurer et à se lamenter. Il mit la main
sur son cœur en soupirant beaucoup, et prenant la
parole, il dit : « Sire, je suis resté éloigné de mes
désirs, le cœur brisé et l'esprit mécontent, j'ai perdu
mon nom et ma réputation, au point que j'ai peine à
retenir ma vie sur mes lèvres. Je ne désire rien et je
ne suis content de rien. Celui qui est sur cette terre
sous l'apparence d'un faquir est néanmoins le fils du
roi de Chine. Lorsque j'eus dix ans, le ciel jeta sur ma
tête le malheur. C'est-à-dire que le roi mon père
mourut subitement et que j'héritai de la couronne.
Mais, au moment de mourir, le roi dit à mon oncle :
« L'héritier légitime du trône n'est pas d'âge. Accomplissez ma recommandation. Faites-le instruire. Lorsqu'il
sera arrivé à l'âge convenable, comme la nouvelle lune,
vous lui donnerez le trône et la couronne et vous le
marierez à votre fille. » Mais mon oncle n'eut pas égard
à ces recommandations, et au contraire il les livra au
vent. Mubarak, ancien serviteur qui était dans le palais,
le lui rappela un jour. Il lui fit part de mes gémissements
secrets et il lui exprima son espoir que l'affaire du

prince serait bientôt terminée, qu'alors, ayant trouvé
le repos, je règnerais et je gouvernerais tranquillement.
J'ignore la réponse que mon oncle lui donna, toujours
est-il que Mubarak arriva tout troublé auprès de moi.
Il me serra en sanglotant contre sa poitrine, en me
disant que mon oncle rejetait ma demande. Lorsque
j'eus appris la chose, je fus privé de sentiment et je
tombai hors de moi aux pieds de Mubarak. Il me releva
et me serra de nouveau contre sa poitrine et il me dit en
me voyant agité : « Mon enfant, ne te tourmente pas,
j'arrangerai promptement tout cela, afin que tu sois
libre et pour que tu sois en possession de la jeune
princesse et de la couronne. » Je fus alors content de
l'assurance qu'il me donna et je lui exprimai à plusieurs
reprises ma reconnaissance en offrant de me sacrifier
pour lui. Ayant ainsi parlé, il me conduisit dans un
chemin caché, auprès de la chambre à coucher de mon
père. Il écarta le tapis et ouvrit le plancher, et alors
une petite porte se manifesta. Il y entra et trouva placées
là trente-neuf jarres pleines de pierreries. Sur chacune
d'elles était placé un brillant singe d'émeraude merveilleusement fait. Mais il n'y avait pas de singe sur la
quarantième jarre et elle n'était pas pleine comme les
autres. Il me montra cela et me dit : « Evidemment,
il y a là dedans une signification cachée. Mais je t'en
instruirai et je t'indiquerai les moyens de vivre conformément à ta position. Ton père, dans sa jeunesse, fut
extrêmement familier avec le roi des jinns. Il fut dévoué
à le servir, et chaque année il en recevait un cadeau.
Dans ces figures qui brillent sur ces grandes jarres,

il y a quelque chose de caché et d'extraordinaire. A la
quarantième jarre, il n'y a pas de singe en pierre fine
taillée. Ces singes font ce qu'ils veulent, car mille jinns
sont à leur disposition. Mais tant que le quarantième
n'y sera pas, les autres sont inutiles et tout à fait insi-
gnifiants. Ton père n'a pas assez vécu pour parfaire
la chose et pour compléter son désir. Il ne manque
donc plus qu'un singe; si tu l'obtiens, tu n'auras plus
aucun mal à redouter. » Alors je marchai autour de lui[1]
et je lui dis : « Cherchons le moyen d'obtenir ce singe ; tu
es le maître de ma vie. »

« Mubarak me fortifia de toute façon, puis il fit le projet
d'aller auprès du roi des génies. Il réunit tout de suite
ce qu'il était convenable de donner à ce roi en présent,
et après avoir pris ses dispositions avec soin, nous
partîmes. Il alla joyeux du côté du nord ; le cœur content et l'esprit satisfait. Quand nous eûmes marché
environ un mois, il se prosterna pour rendre à Dieu
l'action de grâces. Je lui en demandai la raison et il
me dit : « Ne vois-tu pas que l'armée des génies est arrivée ? » Je fus étonné d'apprendre cette nouvelle, mais il
mit du surma à mes deux yeux, et alors cette armée
innombrable se présenta à mes regards. Elle était com-
posée de beaux et brillants jeunes gens. Ceux que je
vis étaient somptueusement vêtus. A la fin, j'arrivai
auprès d'une tente. Là était un trône d'émeraude sur
lequel était assis un jeune roi. Mubarak le salua et le
roi lui donna l'ordre de s'asseoir. Toutefois, il se tint

---

1. Il s'agit ici de la cérémonie indienne nommée *parikrama*.

respectueusement en face, debout ; et en pleurant il lui
exposa mon état de cette manière : « Ce jeune prince,
n'ayant trouvé d'asile nulle part, est venu à votre porte
demander votre appui. Ayant bien connu le droit de
son père, il a pris en main le pan de votre robe. » Le roi
des génies répondit : « S'il se dévoue à moi, il obtiendra
tout ce que son cœur désire. C'est un dépôt dont je
veux le charger et qu'il doit rapporter fidèlement, sans
me trahir. Dans tous les cas, il faut que son intention
soit sincère et qu'il ne se permette jamais le moindre
manquement. » Ayant ainsi parlé, il montra un portrait
de femme et il dit qu'il était attristé à ce sujet. Il s'agit,
ajouta-t-il, d'en trouver l'original et de me l'amener soigneusement. Je répondis : « Je veux suivre mon sort, je
me charge de la conduire ici d'où je la rencontrerai. Si je
reste en vie, sain et sauf, *j'amènerai Balkis*[1] *à Salomon.* »

« Je partis donc, selon le désir du roi des génies,
en compagnie de Mubarak. Que dirai-je ? Je tamisai le
monde, et je ne trouvai nulle part ni le nom ni l'indice
de l'original du portrait. Enfin, je passai auprès d'une
maison et j'y vis un pauvre aveugle. Il suppliait chacun
et personne ne lui donnait rien. Alors, ému de compassion, je lui présentai une drachme. Il fit des vœux pour
moi et il me dit : « O homme généreux ! probablement
tu n'es pas un habitant d'ici. — Je ne suis, lui répondis-je,
ni du ciel, ni de la terre. Mais comment m'as-tu connu ?
Au nom de Dieu, indique-moi la chose. » Il dit alors :
« Les grands et les petits d'ici ne me donnent jamais rien.

---

1. Balkis est le nom que donnent les musulmans à la reine de Saba.

Ils auraient des lakhs de roupies, qu'ils ne me donne-
raient pas un *dâm*. Ils pensent qu'il est interdit de me
rendre justice. » En entendant ces mots, je lui déve-
loppai ce que je désirais, quelle en était la cause et
l'anxiété de mon cœur, et je lui demandai aussi de me
conter en détail sa position. Quand cet étranger eut
entendu ma demande, il me dit : « Homme distingué,
moi aussi, je suis une noble raïs du pays et d'une
naissance illustre. J'avais une fille ; mais que dis-je ?
ce n'était pas une fille, car elle faisait honte à la
pleine lune. Il était célèbre auprès et au loin qu'une
houri était née à un homme. C'était sans contredit une
fée, mais elle était modeste, chaste et au sein d'argent.
Le fils du prince régnant se dévoua à elle ; cependant, il
ne l'avait jamais vue sans vêtement, sa forme ne lui
était pas plus connue que son âme. M'ayant un jour
cherché dans ma solitude, il se mit en pleurant à me
dire : « Bon vieillard ! l'amour a pénétré ma tête ; mon
oiseau a été pris dans un filet invisible. Je ne suis pas
malheureux, mais un trouble s'est élevé dans mon
esprit. Je me suis tué de mes propres mains, une personne a fait impression sur mon cœur. Ce n'est pas sans
cause que mon corps est mortellement blessé, les
lèvres seules de celle que j'aime pourraient le faire
revivre. Mes soupirs ne peuvent sortir de ma bouche ;
on en a détruit la caravane. On a rendu la vie pénible
pour moi et on ne m'a pas laissé du tout la considération
de la loi et de l'honneur. Je n'ai pas allumé le feu de
moi-même. Un visage de flamme a brûlé la maison de
mon cœur. Mon esprit a trouvé quelqu'un caché dans

mon cœur et cet objet caché le tourmente. Si tu n'es pas bienveillant envers moi, quand ressentirai-je le moindre bien-être? Mais si tu portes remède à mon état, on pourra dire que tu me rends à la vie. Que Dieu soit content de toi, si tu agrées ma demande! »

« Quand j'entendis ces paroles et que je vis cette manière d'agir, mon esprit devint pensif comme on l'est pour les échecs [1]. Ayant compris que le prince avait l'esprit troublé par son pion, je me décidai à lui parler: « Oui, lui dis-je, ô toi qui as le meilleur naturel, je ne veux en aucune façon te faire échec et mat. Ton roi ne viendra pas dans les quatre maisons avant de trouver le chemin pour en sortir. Je ne détournerai pas le visage de ton affaire, je rendrai égale la reine au roi. De toute façon, avec vivacité et beaucoup de gaieté, j'étendrai le tapis de ton plaisir. Tu ne seras jamais foulé aux pieds de l'éléphant, la marche de mon jeu n'est pas fausse. » Enfin, je le consolai, je réunis quelques faiseurs d'almanachs. Je leur montrai la marche des étoiles et la conjonction de Jupiter et de Vénus. Ils avaient mis ensemble les Pléiades en un moment au même endroit et la lune sous l'aisselle de l'étoile obscure de la grande Ourse.

« Mais Dieu sait ce qui se passa dans la première nuit du mariage. En dirai-je les malheurs? A l'instant où le prince entra dans la chambre nuptiale et qu'il en eut fermé la porte, il se fit un bruit étonnant. Après un peu de temps, je n'entendis plus ni gémissements,

---

1. La tirade qui suit a trait au jeu des échecs orientaux.

ni plaintes, ni soupirs, ni exclamations. J'ouvris la
porte et, hélas ! je vis alors avec étonnement que le
fiancé avait la tête coupée et que la fiancée se trouvait
dans un état désolé. Elle était hors d'elle, se roulant
dans le sang. Le grand monarque, ayant appris cet
événement, vint sur les lieux et dit sans pitié de trancher aussi la tête de la fiancée. Mais lorsqu'il eut donné
cet ordre, les mêmes cris et le même bruit se firent
entendre et tous les cœurs tremblèrent. La crainte finit
par se dissiper et la fiancée me fut renvoyée. Personne
ne connut comment le malheur était arrivé inopinément
sur les conjoints. Alors je formai le dessein d'emmener
ma fille. Cependant elle tomba à mes pieds, en s'offrant
en sacrifice et me disant combien elle était affligée de
ce meurtre qu'elle n'avait pu empêcher.

« Toutefois, le roi s'empara injustement de tout ce
que je possédais, il prit tout à la fois ; et il adressa une
proclamation aux grands et aux petits afin que personne
ne me donnât un dâm[1]. Etant donc séparé de tous mes
amis, je fus en peu de jours réduit à la mendicité.
Personne n'entend mes plaintes, et personne ne me fait
aucun don. Tu m'as rendu content en peu de temps.
Que Dieu accomplisse le désir de ton cœur ! De même
que tu m'as rendu service, tu obtiendras aussi ton désir. »
Ayant ainsi parlé, il partit de là et je pris un prétexte
pour m'attacher à lui. Mon cœur s'imagina que je verrais
la beauté de ce visage de lune. Dans cette pensée,
après avoir rempli d'or le pan de sa robe, je marchai

1. Petite monnaie de billon.

suivant ses pas jusqu'à ce que je parvinsse à mon but.
Il frappa la terre de son bâton en criant douloureusement. « Seigneur, parlez, lui dit sa fille, tout va-t-il bien?
Vous revenez aujourd'hui tout de suite, quelle en est
la raison? — J'ai rencontré, répondit-il, un homme généreux et j'en ai reçu beaucoup d'argent. » Cependant, il
arriva jusqu'à la porte en annonçant cette nouvelle; mes
yeux tombèrent alors sur sa fille, et une flèche traversa
mon cœur. Prenant un peu courage, je regardai la
peinture et je ne vis aucune différence entre elle et la
belle. C'étaient les mêmes éphélides, les mêmes poils
légers, les mêmes mains, les mêmes pieds, la même
taille, le même visage.

« Tout faible que j'étais, je m'écriai alors : « Je suis
un voyageur étranger au pays. En m'appelant auprès
de vous, vous me ferez obtenir ce que je désire et vous
en serez bien récompensée. « En me voyant elle se cacha ;
le vieillard, ayant peut-être reconnu ma voix, se retourna et m'appela en me disant : « Je suis votre obligé. »
M'ayant ainsi parlé avec bienveillance, il ajouta : « Racontez-moi vos aventures. » Alors je pleurai et je me mis
à lui dire : « O homme affligé ! j'erre maintenant dans
cet état désolé, mais en réalité je suis le roi de la
Chine. Un portrait m'est tombé sous la main, ce n'est
pas un portrait, mais c'est un charme tout à fait écrit
pour moi. Ce portrait a enfoncé une flèche dans mon
cœur et j'ai été esclave de l'amour. » Je finis par dire que
je ne me souciais ni du monde ni de la royauté. La désolation était en effet dans mon cœur, je ne tenais jamais
éloigné de mes yeux ce portrait. Quelquefois je riais

15

en le voyant, quelquefois je pleurais ; quelquefois je
jetais de la poussière sur ma tête. D'autres fois, ayant
placé ce portrait devant moi, avec cent douleurs et cent
brûlures, je lui disais : « O lune qui éclaires le monde, où
trouverai-je ta trace première, où irai-je, m'étant égaré
dans mon chemin ? Au nom de Dieu, ouvre la bouche,
vois la blessure que tu as faite à mon cœur et dis-moi
un mot. Le chagrin que j'éprouve à cause de toi m'a
frappé, la vie m'est insupportable. Indique-moi comment mon cœur pourra jouir du repos ; car le monde
est aujourd'hui obscur pour moi. » Je parlais ainsi, tandis que mon corps était devenu jaune. Enfin, désespéré, j'abandonnai la royauté, je quittai mes intimes
et mes parents. Je marchai à la recherche de la belle,
j'errai de porte en porte et je ne la vis pas ; mais depuis
que je suis venu ici, mon cœur est content, on dirait que
ma maison désolée est florissante. Au nom de Dieu,
aie pitié de moi, ô faquir, je suis au comble du malheur;
viens à mon secours ; ta bonté, Seigneur, est mon
remède, et par ton moyen la santé m'est revenue. Après
m'avoir entendu, l'inconnu me dit : « Mon cher, ouvre
l'œil du discernement et regarde. Vois la cause pour
laquelle je suis dans cet état. Ne gâte pas ton bonheur.
Dieu t'a fait roi, ne te ruine pas toi-même et ta royauté.
Je t'ai appris en détail ma situation, tu ne seras donc
pas foulé aux pieds dans ce chemin sans le savoir. Que
ni toi ni ton cœur vous ne soyez brûlés ; la patience est
seulement un remède parfait. » Comme ma persistance
dépassait les limites, cet homme finit par me dire
quelque chose de satisfaisant.

« En effet, après quelque temps, il consentit à me complaire et il me dit : « Sois content. Je me suis rendu à ta demande, mais à une condition, ô jeune homme bien né. Lorsque le miel de la vie sera violemment arraché de la ruche et que ma triste vie s'envolera comme l'abeille, alors, enterre-moi sans être triste et va où tu voudras. » Comme j'en fis le serment, il fit cette affirmation et j'obtins la merveille du siècle. Mais le soleil du chagrin apparut et la vexation commença à s'appliquer à mon cœur. Comment, me dis-je, pourrai-je me séparer d'elle et comment supporterai-je ce malheur ? Jusqu'à quand pourrai-je jouir de sa vue et passer ainsi agréablement mes jours ? Tant que la bougie est dans la lanterne, le papillon soupire. Lorsqu'elle se manifeste sans voile, son esprit ne se livre plus au désespoir. Je fis alors dans mon cœur la résolution de me soumettre à ce qui arriverait et je me dis : Maintenant, goûtons l'union avec cette femme si digne d'être aimée.

« Mubarak, sachant la chose, me gourmanda. « Ne t'expose pas, me dit-il, à un fâcheux dénoûment ; par Dieu, crains le roi des génies et ne fais pas de fraude à son égard. Si tu agis contrairement à tes serments, tu tomberas sans doute sous sa colère. Au contraire, si tu lui obéis, il est possible qu'il t'abandonne de lui-même celle qui te charme. Craignons-le de près ou de loin, et plaçons sur notre poitrine la pierre de la patience. » J'étais pris comme un novice dans un filet que je n'avais pas vu, je n'osais me satisfaire, ni mener à bonne fin l'affaire. J'étais allé loin, et aussi le cœur de

la belle était épris à cause de mon séjour prolongé auprès
d'elle. Sans cesse elle excitait mes désirs et elle éprouvait du chagrin à cause de moi. Quelquefois elle me
parlait en pleurant et avec colère, elle était désolée de
cette situation. Elle souhaitait l'union, mais elle ignorait
les raisons qui l'empêchaient. Elle *cuisait* véritablement
son désir *cru ;* que dis-je ? l'amour se montrait tout à fait
de sa part. « Si vous conceviez tant soit peu ce désir,
disait-elle, hélas ! quel état serait le vôtre ! Vous avez
été malheureusement comme écrasé par l'amour et vous
avez pris injustement sur votre tête votre malheur.
Où jusque est allé votre trouble, dites-le, où jusque est
allé votre empressement ? » Moi, tout honteux et
désespéré et retenant ma respiration, le cœur blessé
par ma douleur cachée, quelquefois j'avais mon cœur
ensanglanté par la crainte, d'autres fois j'oubliais le
pourquoi et le comment. Quelquefois je disais : Que ma
vie m'abandonne ou qu'elle demeure, je n'ai pas de
regret de ce que j'ai fait.

« Quelques jours après, ce vieillard prit le chemin du
monde de l'éternité. Alors, désespéré et soumis à mon
sort, j'exécutai les rites mortuaires. J'enterrai son corps
avec mille honneurs et respects, et enfin j'allai du côté
du chemin de mon but. Comme je ne m'occupais que
de mes amours, je contemplais silencieusement celle qui
en était l'objet. Elle me recherchait de son côté, et le
sang distillait de mon cœur. Son impatience augmentait la mienne. Elle pleurait du sang, tandis que je
répandais des larmes. Mais l'idole de mon cœur ignorait l'amour et l'intimité. Celui pour qui le chagrin de

l'amour n'a pas lieu connaîtra-t-il les souffrances des
amants? Toutefois, une nuit, ayant lavé mes mains de
la vie, je voulus, quelque chose qu'il arrivât, être en tête-
à-tête avec elle. Je voulais absolument goûter quelques
instants de plaisir. Jusqu'à quand, me disais-je, resterai-je loin d'elle, quoique si proche? Ayant fixé ce désir
dans mon cœur, je me levai de l'endroit où j'étais et
j'allai là où brillait cette honte des fées. Je voulus la
prendre sous les aisselles; mais elle eut peur. Mon cœur,
anéanti, gagna la fièvre, mes lèvres touchèrent les
siennes et je pris un peu de patience. Le sort ne me sa-
tisfit pas et je n'eus en perspective que la mort. Les
pleurs abondants de ses yeux ne me permirent pas de
poursuivre mon dessein, et la pluie abondante des miens
ne produisit pas d'effet. Mes soupirs étaient comme le
bruit du tonnerre, mon impatience faisait violence comme
l'éclair.

« Nous deux réunis nous pleurions beaucoup, lorsqu'un
troisième (Mubarak) arriva avec son bon sens. Il me cria
avec douleur : « O ignorant, ne fais pas cette chose qui
excitera la colère ! Mets un frein à ton amour, de crainte
qu'il ne t'arrive malheur. » A la fin, il avança la main
vers moi et il me fit asseoir en tête-à-tête à côté de lui.
Il me dit, pour me consoler : « Sois en repos. Comprends
que le conservateur du monde ne brise l'espoir de personne, que votre sort soit noir ou blanc. Par sa grâce il
accorde le désir du cœur, mais l'impatience est sans résultat. Il est nécessaire que, sans regret ni soupir, vous
vous confiiez à sa bonté. Or, voici un arrangement intelligent que j'ai en vue, quoiqu'on ne puisse rien contre ce

qui est prédestiné. *Si le serpent meurt sans être tué par le bâton, c'est ce que tous désirent;* ce proverbe hindi est célèbre et connu près et loin. Ainsi, t'ayant vu tout troublé, j'ai voulu satisfaire ton désir. Si Dieu veut, la chose réussira, je mettrai un empêchement aux désirs du roi des génies. »

« Lorsque j'eus entendu ces mots, je lui demandai de quoi il s'agissait et ce qui s'était passé. « J'ai, répondit-il, une pommade dont l'odeur est très-forte. Je l'appliquerai au corps de la belle et je la conduirai ainsi au roi. Il est certain qu'il en éprouvera de la répugnance et qu'il aura compassion de ta peine. Alors le fiel remplira son intérieur et ton amie te sera facilement unie. » Assurance naquit en mon esprit en entendant ces mots, ce langage sympathique me charma. Je fus convaincu que j'obtiendrais mon désir et qu'avec Mubarak (*béni*) mon affaire serait *bénie.*

« Après quelques jours, l'armée des jinns se présenta à mes regards. Ils nous conduisirent avec dignité, et nous fûmes bientôt en présence du roi. Il fut d'abord content, mais en sentant l'odeur il fut chagrin; et, me parlant avec colère, il me dit : « Comment aurais-je pu prévoir une telle mauvaise conduite? Tu as trahi la confiance que j'avais mise en toi; car ce n'était qu'un dépôt qu'on t'avait confié. La crainte n'est-elle pas venue quand tu as manqué à ta foi? Maintenant il faut que je te prive sur-le-champ de la vie. J'ai reconnu immédiatement la fraude, car elle s'aperçoit tout de suite. Je tuerai le coupable de cette offense, et il éprouvera ainsi le résultat de ses actes. »

« Alors, hors de moi, je lui fis dans le cœur une blessure avec mon épée. Mais il se transforma en tourbillon;
il tomba d'abord sur la terre et ensuite il s'éleva au ciel.
De mon côté, je tombai à l'instant la tête contre terre ;
et dirai-je quel coup de pied fort et violent je reçus? Je
retombai sur la terre évanoui; mais, après quelques instants, je repris un peu mes sens. Je vis alors que j'étais
dans un désert et dans le plus grand embarras. Dans ce
désert, on ne sentait pas l'odeur d'un homme. On n'y
entendait pas non plus la conversation des jinns et des
péris. Je me levai désespéré et j'errai de tous côtés, mais
je ne trouvai nulle part l'objet de mon désir. Alors, désespéré de vivre, je grimpai sur une montagne, décidé à
me jeter en bas, ne pouvant supporter ce malheur
étrange. Mais un cavalier d'un aspect respectable et armé
du *zû'lficar* [1] se manifesta à moi et me dit : « Ne fais pas
l'action que tu médites. Si Dieu veut, tu obtiendras l'objet de tes désirs. Ne perds pas ta vie injustement, prends
plein d'ardeur la route de la Grèce. Là trois derviches
et le roi sont réunis : ils sont, comme toi, pleins de désir
et d'amour. Lorsque tous les quatre vous serez ensemble, la tristesse de vous tous se calmera et chacun de vous
aura son désir satisfait. O insensé! ne perds donc pas
ta vie inutilement. » Heureux de cette annonce, je m'approchai et je jouis du bonheur de présenter mes respects
à Ali. Il est certain, d'après lui, que Dieu satisfera le désir
de tous. Ici finit mon histoire. »

Lorsque le roi eut entendu tout ce récit, il remercia

---

1. Épée célèbre que Mahomet donna à Ali.

Dieu dans son cœur. Certainement, se dit-il, j'atteindrai
au but de mes vœux ; chaque désireux acquerra l'objet
de son désir. Ces cinq personnages étaient donc ensemble, affligés et amaigris, dans l'attente de la bonté d'Ali.

Cette dernière histoire
est l'explication du dénoûment. Naissance du prince Bakhtyar
et obtention du désir de chacun.

Sois attentif, échanson, aux joues de rose, car le printemps commence à se manifester dans le jardin. Dans
l'emplacement du jardin circule un doux zéphyr qui dans
sa course étend un tapis d'émeraude. Les roses, comme
de jeunes mariées, sont nouvellement écloses ; le pin, le
buis, le cyprès ornent le jardin. Tout est empreint d'une
fraîcheur charmante. Il y a de nouveaux rossignols et de
nouveaux gazouillements. Le paon danse avec cent gen-
tils mouvements. Il fait résonner de joie son tambour;
le coucou se sert du *mirdang* [1], le papita joue de la trom-
pette. Ne fais pas attention à ce qui se passe dans l'éloignement, mais verse-moi à boire une coupe d'eau de
rose, afin que ma langue soit plus piquante et que l'ivresse
serve d'éperon à mon désir. Mon calame a erré sur le
papier jusqu'à ce qu'il ait été conquérant; et, en effet,
voici la fin de l'histoire.

Comme toutes ces personnes émues par le désir étaient
ensemble, des serviteurs particuliers, aux pas heureux,
arrivèrent et donnèrent cette bonne nouvelle : « Sire, di-

---

1. Sorte de tambour.

rent-ils, toi qui es le refuge de l'âme, que ton royaume et
ton armée restent sains et saufs ! Dieu t'a accordé la
lumière de tes yeux. La ville connaît déjà l'enfantement
de la reine. Il est né aujourd'hui, Sire, une lune éclatante,
qu'elle soit bénie pour toi ! La cour est éclairée par le
Bélier [1]. Ainsi, tout le monde est entièrement lumineux,
et ton rosier desséché a été verdoyant. Que soit béni ce
chaton de la royauté ! que soit béni celui qui est appelé
à te succéder ! Tant que le soleil et la lune resteront au
firmament, que celui-ci soit le roi des rois ! Que, selon
ton désir, cette lumière persiste et que le monde soit
florissant dans son temps ! » A cette nouvelle, le roi
s'écria : « O Dieu ! toi qui n'as besoin de rien, s'il y a à
remédier à quelque chose, opère encore ce miracle. Tu
ne me rejetteras pas dans le doute ni dans l'affliction.
L'espérance que nous avons, tu l'accompliras, tu nous
montreras le chemin et la voie du but. »

Après avoir ainsi parlé, il vint auprès des faquirs et,
debout, les mains jointes, il leur dit : « Par votre grâce
notre désir a réussi ; par votre dévouement nous l'avons
obtenu. Prions ensemble pour que la vie du nouveau-
né demeure toujours. Que le soleil, la lune et Jupiter
lui soient soumis et que jinns et péris restent sous ses
ordres ! Qu'il gouverne avec justice et générosité, et qu'il
passe sa vie dans le plaisir et la joie ! » Puis il y eut une
grande réception où l'on entendit d'intéressants récits
et où l'on passa du vin à la ronde. On réunit pour la

---

1. Le mot *hamal,* employé ici dans le texte, signifie aussi « gros-
sesse » et offre ainsi un jeu de mots.

danse des *Vénus*[1] et de jolis musiciens avec leurs instruments bruyants. La porte du trésor fut ouverte, il y eut profusion d'or; les pauvres et les faquirs obtinrent des milliers de pièces de monnaie. Tout destitué devint riche et un monde entier fut comblé de biens. Le roi répandit des perles en grande quantité; il y eut diffusion d'or de la terre au ciel; mais cette joie fut tout à coup changée en tristesse, car le prince nouveau-né disparut dans un noir nuage. En apprenant cet événement, un deuil général eut lieu en un instant, les feuilles d'arbre elles-mêmes furent en désordre. Tout le monde désespérait de la vie du prince; on était stupéfait et surpris d'étonnement. On pleura pendant deux jours, les larmes coulèrent de toutes les paupières. Le même noir nuage parut le troisième jour et prit la forme d'un épais tourbillon. De nouveau la joie eut lieu et une nouvelle vie se manifesta. On fut encore rempli de joie et il ne fut plus question de l'évé-- nement antérieur. L'usage s'établit que tous les jeudis de chaque mois lunaire la chose avait lieu. Ce nuage venait, amenait le prince et le ramenait ensuite de la même manière. De cette façon, pendant sept ans son retour eut lieu sans faute ni manque. Le roi et les faquirs demandaient la cause de cette manifestation, à savoir, ce que cela signifiait et quel en était le motif. Bref, ils se réunirent et décidèrent de mettre une lettre dans le tourbillon et de demander la réponse aux questions qui seraient adressées. De cette façon, les cinq personnages écrivirent d'accord la lettre suivante avec des expres-

1. Il n'est pas question ici de la déesse de la fable, mais de la planète de ce nom.

sions amicales. Après avoir exalté le Dieu pur, on célébra aussi les louanges de celui dont il a été dit : *Laulak*[1]. Puis il fut écrit :

LETTRE.

« Vous qui possédez la justice et la générosité, et qui avez acquis l'honneur et la dignité, que Dieu, le conservateur du monde, vous tienne content sous sa garde ! Quoique votre désir soit fort bon, cependant le coup qui en résulte dépasse les bornes. Une lancette d'acier s'applique à la veine de mon âme, et le collier du bourreau entoure mon cou. Lorsqu'une telle violence est faite au cœur, le lion de la forêt devient comme une fourmi. Si je voulais entrer dans les détails, ce serait très-long ; le temps de la rencontre est habituel. Mais, passant là-dessus, je vous écris le souhait de mon cœur ; mon désir est tel, qu'il ressemble à la folie. De toute façon, je rends grâce à Dieu, bien que depuis ce jour je sois dans le trouble. Depuis le jour, en effet, où mon fils va à Farzâna-pûr, j'ai d'abord été très-mécontent. J'éprouvais une grande perturbation et un grand chagrin ; le cours de ma vie semblait brisé. J'étais fort agité et tout à fait stupéfait, mon état était surprenant ; comment l'exposerais-je ? Ma recherche fut étonnante et grande, mais l'odeur de l'amitié s'est manifestée à travers ce tourbillon. Mon cœur attristé a trouvé quelque consolation. Telle est la raison de l'information que je demande. Je désire donc, sans cérémonie, une entrevue avec vous. Je

1. Ce sont les paroles attribuées à Dieu, qui, en parlant de Mahomet, aurait dit : « Si ce n'était toi, le monde n'aurait pas été créé. »

serais content que nous fussions réunis ensemble, afin de boire en compagnie l'un de l'autre la coupe de l'amitié. Sachant donc que je vous attends, rendez-moi possesseur de vos faveurs. De toute façon, traitez-moi avec bienveillance et donnez-moi de vos nouvelles. »

RÉPONSE A LA LETTRE.

« D'abord j'adresse à Dieu des louanges, puis je vous salue, et je dis : O roi des rois que le ciel respecte, vous qui êtes aussi élevé que les Pléiades et qui êtes revêtu des robes angéliques, la lettre que vous m'avez écrite avec du musc est pour moi comme la sculpture sur la pierre. Le contenu de cette lettre a produit sur moi un tel effet, qu'elle m'a rendu doublement passionné pour vous. C'est ainsi que je vous ai envoyé un char volant pour que vous y montiez. Ne mettez donc pas de retard; ne vous donnez pas le temps de réfléchir et honorez-moi promptement de votre visite. Ayant conçu qu'un abrégé valait la prolixité, il me faut seulement pour toute réponse la réunion que je désire. »

Le roi Azâd-bakht avait à peine compris le contenu de la lettre que des trônes pour lui et pour les faquirs parurent. Alors il se montra avec éclat, il vola dans l'air, et dans un instant il arriva à la cour du roi des génies. Par l'application à ses yeux de l'aiguille magique, la vue surnaturelle lui fut acquise et il put apercevoir la cour des péris, la beauté du palais, la convenance de l'assemblée, le tapis, le fanal, le chandelier, des milliers de fées et de fils de fées, debout les mains jointes.

Le roi des jinns était assis sur un trône d'émeraudes.

Il se leva et combla d'honneurs le roi et les derviches ;
il les salua et les embrassa. Ces cinq personnages furent alors l'ornement du trône, et le bonheur des faquirs
se réveilla une seconde fois. Puis ils mentionnèrent le
motif de leur mendicité à chaque porte en qualité de
faquirs, et ils se recommandèrent au roi. L'appel de tout
roi et de tout chef eut lieu, et les secrets de chacun furent
découverts. Toutes les femmes objets de l'amour de ces
faquirs furent retrouvées ; il ne manqua que la princesse
de Syrie. Elle finit par se rendre à ce double enchantement, mais cet appel lui fut pénible. Quand tous ceux
qui étaient perdus furent réunis et que le tour du mariage arriva, cette réunion et cet arrangement pour les
noces, ce bruit de bienvenue et de bénédiction, on unit
d'abord les Pléiades. On aurait dit que c'était la rose
rouge et la rose blanche. C'est-à-dire, le roi des génies se
fit un gendre du prince Bakthyar, avec cent honneurs et
distinctions. Puis il donna chacune de ces charmantes
femmes à ceux qui les désiraient. Bref, chacun d'eux fut
en possession de l'objet de ses vœux par la grâce de Dieu.
Quand tous furent parvenus au but de leur espoir, ils
remercièrent et louèrent le roi.

O Dieu ! que de cette façon ceux qui le méritent parviennent, comme ces cinq, à l'objet de leur désir ! Que
soient satisfaits tous ceux qui désirent être réunis à
l'objet de leur amour et qui sont malheureux dans l'absence ! ceux qui sont anéantis par la beauté et qui désirent l'union ! ceux qui sont dans l'attente d'un autre et
dont les jours se passent dans le chagrin ! ceux qui dési-

rent voir le visage des absents et connaître les secrets des révolutions du globe ! ceux qui espèrent en quelqu'un ! ceux qui soupirent dans la séparation ! que tous soient en possession de ce qu'ils ont en vue, et que la vie d'aucun d'eux ne soit sans résultat !

Ne mets pas dans la désolation un cœur qui est dans l'attente, je t'en prie, ô mon Dieu, par les mérites de Mahomet le prophète. Je suis en proie à l'injustice, à la peine et à la tentation, je suis l'objet des calomnies et des injures du genre humain. Je suis désolé quant aux affaires et quant à mon esprit, et je renonce au bien-être, la tête silencieusement appuyée sur mes genoux. Tu as dit : « Tout homme qui, en proie à la peine et au découragement, m'invoquera, je l'exaucerai. » Je t'ai découvert les malheurs que j'ai éprouvés, j'élève les deux mains de la prière. Donc, ô Dieu juste et miséricordieux, exauce-moi par ta bonté compatissante !

FIN.